麦家
陪你读书

一切都来得及

麦家／主编
麦家陪你读书／编

SPM 南方传媒 ｜ 花城出版社
中国·广州

图书在版编目（CIP）数据

一切都来得及 / 麦家陪你读书编. -- 广州：花城出版社，2023.1
（麦家陪你读书 / 麦家主编）
ISBN 978-7-5360-9755-1

Ⅰ. ①一… Ⅱ. ①麦… Ⅲ. ①中国文学－文学评论－文集 Ⅳ. ①I206-53

中国版本图书馆CIP数据核字(2022)第189285号

出 版 人：	张　懿
特约策划：	萧宿荣
责任编辑：	林　菁　杨柳青
技术编辑：	凌春梅
封面设计：	艾　藤
封面摄影：	Fernando Garcia　Tracey Isles
内文版式：	童天真

书　　名	一切都来得及 YIQIE DOU LAIDEJI
出版发行	花城出版社 （广州市环市东路水荫路11号）
经　　销	全国新华书店
印　　刷	深圳市福圣印刷有限公司 （深圳市龙华区龙华街道龙苑大道联华工业区）
开　　本	880毫米×1230毫米　32开
印　　张	13　1插页
字　　数	237,000字
版　　次	2023年1月第1版　2023年1月第1次印刷
定　　价	69.80元

如发现印装质量问题，请直接与印刷厂联系调换。
购书热线：020-37604658　37602954
花城出版社网站：http://www.fcph.com.cn

读书就是回家

素秋

编委会

顾　　问：李敬泽　吴义勤　郜元宝　阿　来
　　　　　格　非　苏　童　王　尧　王春林
　　　　　季　进　张学昕　陈培浩
主　　编：麦　家　谭君铁
策划主编：张　懿　周佳骏
编　　辑：罗万山　俞　美

目录

《风沙星辰》 ［法］圣-埃克苏佩里
在天地间，重拾人性的骄傲与奋激　　001

《没有人给他写信的上校》 ［哥伦比亚］马尔克斯
尊严与骄傲，饥饿和死亡　　037

《一个叫欧维的男人决定去死》 ［瑞典］巴克曼
爱是我们死亡时唯一能带走的东西　　075

《丧钟为谁而鸣》 ［美］海明威
生命的可贵，在于它的宽度和厚度　　111

《西线无战事》 ［德］雷马克
战争的真实面目　　147

《宠儿》 ［美］托尼·莫里森
关乎命运的挣扎与较劲　　189

《上来透口气》 ［英］乔治·奥威尔
回不去的田园牧歌　　　　　　　　　227

《伊凡·伊里奇之死》 ［俄］列夫·托尔斯泰
虚无中的生命意义　　　　　　　　　261

《大教堂》 ［美］雷蒙德·卡佛
普通人广阔而惊人的力量　　　　　　299

《相约星期二》 ［美］米奇·阿尔博姆
同生活握手言和的"人生之书"　　　335

《流动的盛宴》 ［美］海明威
美好的令人着迷的时光　　　　　　　369

《风沙星辰》
在天地间,重拾人性的骄傲与奋激

[法]圣-埃克苏佩里

愿大家顺风时多些小心,逆风时多些耐心,勇敢面对一切。

《小王子》作者自传体散文集
《风沙星辰》品尝着沙漠的孤独
以细腻感性的文字记录冒险见闻与哲思
在风、沙、星辰之间探索人类的奥秘

扫码收听本书音频

MAI JIA
READING
WITH YOU

Day 1 《风沙星辰》

我热爱的不是危险，而是生命

 这是一本既美丽又英勇的书

1988年，一名渔夫在法国马赛港外海捕鱼，在渔夫收回来的渔网上挂着一条被海水腐蚀过的手链，上面还清晰地刻着优美的人名。这是距离他消失在星辰浩海四十五年之后，人们以这样一种特殊的方式再次相见。

在1943年7月底，他从科西嘉岛起飞，飞上蓝天，此后没有回来。据说前一晚他没睡觉，床铺叠得整整齐齐，他在酒馆里喝了一晚上酒。他离开地球的方式和他笔下的人一样，只是消失了，无人知晓他的下落。

他就是圣-埃克苏佩里。那条手链刻着他妻子的名字以及他纽约出版社的地址。

大多数人知道圣-埃克苏佩里，都是因为《小王子》。这本书长年占据各大畅销榜，成了必读经典。

只是也有人会提出：《小王子》被过誉了吗？

其中有个答案被无数人点赞："大人们真奇怪。"

在以"有用"衡量一切的成人社会里，我们用数据感知一切，却很少用真心感受事物的纯粹。作为飞行员的圣-埃克苏佩里，比任何人都相信眼前的景象，更理智精确地比照周围物体，风沙、高山、河流，在这万物之间找到自己的定位。然而，在《小王子》中，他以狐狸之口告诉我们："本质的东西，是需要用心去看的。"这是属于他的纯真。

沙漠、小狐狸、玫瑰……《小王子》中的重要情节，和自传体散文集《风沙星辰》密不可分。该书原名《人类的大地》，记录了圣-埃克苏佩里在埃及撒哈拉沙漠坠机的回忆。他在黑夜中期待黎明，在沙漠中寻找深水井，在漫天宇宙中寻找自己的星空。《纽约时报》如此评价：这是一本既美丽又英勇的书，在此价值混乱的时代，每个人都该读它，使我们重拾人性的骄傲与奋激。这本书也获得了美国国家图书奖和法兰西小说奖。

他的思想像一块外太空飞来的陨石

1900年，圣-埃克苏佩里生于法国里昂。和书中的小王子不同，圣-埃克苏佩里受的教育并不允许他享受自由和诗歌。但是圣-埃克苏佩里却有着不安分的心，九岁第一次目睹飞行表演，他就迷恋上了，期待有一天能飞上天空。在他十二岁那年的夏天，当时颇有名气的飞行员魏德林被圣-埃克苏佩里的热情所感动，带着他第一次飞上天空。他再也没有忘记那次飞行。十九岁那年，圣-埃克苏佩里投考海军军官学校，却因为法语不达标而落榜，最后进入美术学校攻读建筑艺术专业。后来，他应征入伍。只是在一次飞行事故中，头部负伤，不得不退役。但他依然经常在闲暇时间驾机飞行。

他说："我酷爱这个行业……尤其是喜欢这种孤独寂寥的感受，只有上升到四千米的高空，与隆隆作响的发动机单独做伴时才会有这种感受。"

1927年，圣-埃克苏佩里与著名飞行员梅莫兹、吉约梅、艾基安等人开辟了从法国南部的图卢兹到摩洛哥的卡萨布兰卡以及塞内加尔首府达喀尔的邮政航线。此后，圣-埃克苏佩里由一个自由散漫的巴黎少年变成一个生活严整、热心事业的飞行家。与此同时，圣-埃克苏佩里的创作似乎走向了平稳上升的阶段。他相继发表和出版了《南方邮航》《夜航》《风沙星辰》《空军飞行员》《小王子》《给一个人质的信》等作品，引发了大量关注。

作为人类历史上的第一批飞行员，圣-埃克苏佩里曾参加过两次世界大战。更让人震撼的是，他在多次死里逃生后，依旧执着于飞行！圣-埃克苏佩里本人的经历，就像小王子一样，充满了传奇色彩。他飞行并俯瞰世界，也明白人类"不过是脆弱的金箔，只消一片火山，一片新生的海洋，一阵沙尘风暴"。他说："我呼吸过远洋的风，我的唇稍尝过大海的味道。只要品尝过那个滋味，就永远不可能把它忘记。我热爱的不是危险。我知道我热爱什么：我热爱生命。"

特殊的生命历程，淬炼了他的写作。正如胡晴舫说，他的思想像一块外太空飞来的陨石，原本有棱有角，经过日月磨炼，吸收天地精华，风吹雨淋，逐渐磨成一块浑圆无瑕的玉石。

Day 2 《风沙星辰》

在遥不可及的星星间，寻觅唯一的归属

> 在汪洋般的一片黑暗中，每盏灯火都指示着某一份人类意识的奇迹

1926年，世界处于一种前所未有的争夺中，文明的边界被破坏，殖民者残暴地掳掠。人类似乎过于自信，在宇宙面前忘记了自己的渺小。而《风沙星辰》使得人们重拾人的认知。

关于飞行，圣-埃克苏佩里是这样描写的：

第一次飞越阿根廷，那个夜晚的景象至今依然历历在目，那是一个黯夜，唯一闪烁着的是平原上的稀疏灯火，仿佛点点星辰。在汪洋般的一片黑暗中，每盏灯火都指示着某

一份人类意识的奇迹。在这栋房子里，有人在阅读，有人在思考，有人在吐露心事。在另一栋房子里，或许有人正在试图探测太空，为仙女座星云的相关运算绞尽脑汁。在某个地方，有人在相爱。微弱星火在远方乡间莹莹闪现，仿佛都在渴求着得到它们需要的粮食。然后是一些更幽微的灯火，点亮着诗人、老师、木匠的家。但在那么多洋溢生命色彩的星辰之间，又有多少门窗紧闭，多少星星熄灭，多少人沉沉睡去……

那是在1926年，圣-埃克苏佩里刚成为拉特科埃尔公司的新进航线飞行员，在法国西南部城市图卢兹和法属西非的达喀尔之间提供空中联系。

那个时代的飞行职业，并不像现在有更多的安全设计，那时候是探索时期，一切都存在着风险。何况，还未开始飞行的他，已经多次接收到"某位飞行员坠毁在了某座山"的消息。仿佛飞行员最终的使命，并不是安全落地，而是消逝在天空。

圣-埃克苏佩里接收到第一次邮航通知，他感到一股幼稚的骄傲。他将负责载运一群旅客，一批寄往非洲的邮件。

他凝视着地图上呈现的荒凉地形，决定找已经多次飞行西班牙的好伙伴吉约梅取经。西班牙充满玄机，但吉约梅掌握所有解密的钥匙。几年后，这位伙伴还将陆续刷新横越安第斯山脉及南大西洋的邮政飞航纪录。而此刻，他用温暖且充满力量的语气告诉圣-埃克苏佩里："别担心，一切都会很顺利。暴风雨、浓雾、下雪，有时候这些东西会带来麻烦。这时，你只要想着所有在你之前面对过这一切的人，然后告诉自己——其他人都办到了，我一定也办得到。"接下来吉约梅用一种非常有趣的方式让圣-埃克苏佩里认识到了西班牙，并且记住了那些地方。某处的三棵柳橙树，某座农场的女主人，某处降落时容易被遗忘的小溪，某个山坡上那三十只骁勇的羊……于是，地图上的西班牙在灯光下成了另一个童话故事的国度。

圣-埃克苏佩里在各地的迫降地点以及危险陷阱上做上了十字标记，随后告别吉约梅，在冰冷的冬夜，准备明天的起飞。凌晨三点，有人唤醒了他，让他在潮湿发亮的人行道上等候公交车的接待。圣-埃克苏佩里终于明白，有那么多学长也曾经像他现在这样，在初航的大日子里心情凝重地在路边等着。

公交车载他去飞行场，除了飞行员，车上也有海关人员、公务员、检查员……车上的一切有一种扣人心弦的警戒之感。

多年后，那辆老公交车已经消失了，但它的权威性和它的不舒适依然鲜活地烙印在圣-埃克苏佩里的记忆中。它象征了一个必要的准备过程。在公交车上，谁也不知道每次的交谈又会接收到什么信息。曾经的伙伴，也许成了一条死讯。而这辆公交车就成了飞行员的最后一处避难所。

✒ 我们每次都坚持锁定那些金光闪闪的光，设法咬住它。每一次，那都代表机场和生机

圣-埃克苏佩里开始起飞。他的职业富有魔力，为他打开了一个新世界。尽管在飞行之前，他担心："我是头一次邮航……恐怕……机会渺茫。"两小时之内，圣-埃克苏佩里就将迎战黑龙，去往发着蓝色闪电的山巅。

在万里高空飞行的人们，遵守的是指针的游戏，而不是风景的变幻。外面的山岳笼罩在一片黑暗中，但那不再是山岳。那是一个个肉眼看不见的力量，必须精心计算接近它的方式。

看似一切都停止了，而时间在行走。时间一到，飞行员终于可以完全放心地把头贴在窗玻璃上——璀璨黄金从虚空中骤然迸现，闪烁在飞机场的灯火中。这样的星火灯光，是每一位起飞的飞行员的终极目标。那是所有人追求的希望。

但并不是每一次都那么幸运。他们也曾经历过奇异的飞行时刻。生死攸关，在某个特殊视角带来的风景中，可能永远不会再回来。油料紧缺，方向未知，前路一片死寂。那些光点亮了一下，又消失了，他们只能在一片失去了所有光线

和质地的虚空中茫然前进。如果能平安抵达，在笑语中回顾昨夜往事，这是每个飞行员接收到的生命礼物。

圣-埃克苏佩里真挚且优美地描写了当时的心情："在那星际间的太空，我们感动迷失，我们在一百颗遥不可及的星星之间寻觅唯一货真价实的那颗星球，我们的星星，唯有它海纳了我们熟悉的风景，我们好友的家，我们的无尽温柔。"

对于飞行员这个职业而言，他们平安飞越一段航路，并不只是观赏了一片风景，而是在思索万物。他们独自置身在凶猛的天空施加于他们的宇宙判决中，必须不断与山、海、风暴雨这三个基本神祇周旋，奋勇保护他负责载运的邮件。

然而，并不是所有的飞行员都如此幸运，会在清晨吃到可口的面包和喝到香甜的咖啡。

Day 3 《风沙星辰》

唯有人类
各自建造起孤独

世上只有一种真正的奢侈，那就是人与人的关系

圣-埃克苏佩里说："梅莫兹和其他伙伴让我明白，任何行业之所以伟大，或许首先就在于它让人聚在一起：世上只有一种真正的奢侈，那就是人与人的关系。"

在梅莫兹的十二年职业生涯中，他多次死里逃生。他曾因飞机故障，落入摩尔人手中，原本将被杀害的他又被卖掉。于是，梅莫兹得救后，又开始忙于在那片大地上空载运邮件。后来，美洲航线开通之后，他担起新的责任，横越安第斯山脉——耸立着高达七千米的山峰。

梅莫兹对敌人一无所知，就已经投入战斗，他完全无法预知自己的生死。在一次次的实验之后，有一天，他终于成

了安第斯山的俘虏。困了两天两夜，修复了摔坏的飞机，他和机械师孤注一掷，终于从断崖边缘飞出。

梅莫兹不止一次摔进沙漠、高山、黑夜、大海。但是他又不停地去开拓新航道。每当历劫归来，他总是又准备好再次出发。然而，在他又一次飞翔在南大西洋上空的时候，人们等来了长达十分钟的寂静。

"十分钟的延迟在日常生活中虽然不具大意义，但在邮务飞航领域是十分重大的状况。"一个尚待理清的时间就嵌在那段死寂的时间中，不论它是无关紧要的小事还是不幸的悲剧，都已成为定局。命运宣告出他的判决，且没有上诉的余地。圣-埃克苏佩里对于那段记忆，非常痛惜，多年后，他在《风沙星辰》中写道："我们怀抱希望，然而一小时一小时过去，慢慢地，时候晚了。我们不得不承认，我们的伙伴们不会回来了，他们的辛勤身影仿佛还在南大西洋上方翱翔，但他们已经在大海中安息。梅莫兹真的功成身退，仿佛一个拾穗人把收成过的麦子捆好之后，就在田野里睡了起来。"

风、沙、星辰，人类一旦离开熟悉的城市，就会明白他们的存在有多么渺小

作为飞行员，接受同伴们的死讯也成了工作中的一项。

他们彼此都习惯经过长久等待才能相会。他们分布在世界各地，难有机会交谈。偶尔飞行的机会，他们碰面了，一起享用晚餐，在多年沉寂、长久无法交流之后，大伙儿终于又在一起闲话家常、追忆往事。然后各自又重新上路。谁也不知道明天面临的是什么，是甜美的面包还是残忍的吞噬。

那是一个令人沉重的年代。然而，地球就是这样，既丰美又荒凉。飞行越多地方，遇见越多面孔，横跨越多山峰，航过越多海洋，圣-埃克苏佩里越相信人与人之间的联结。

圣-埃克苏佩里把那种心情写了下来："我们明白我们永远不会再听到某个伙伴的爽朗笑声。那不是锥心之痛，却充满无尽酸苦。真的，永远不可能有任何事物足以代替我们失去的某个伙伴。那么多一块度过的艰苦时刻，那么多争吵、和解、情感起伏所构成的宝藏。"

这就是人生。一开始丰富了彼此的生活，然后又被时间一一带走。圣-埃克苏佩里想要告诉我们的关于生活的答案是"当我们只是为了积累物质财富而工作，我们其实是为自己建造了一座牢笼。我们把自己孤独地关进去，灰烬般的货币不能为我们买到任何值得经历的事物"。

人生最重要的都是金钱无法买到的。那些最真挚的友谊，那些同甘共苦的伙伴之间的牵挂，那种在夜空中飞行的宁静……因为，飞行员是永恒的旅人，他们总在离开与抵达之间。

圣-埃克苏佩里身在万物之中，却永远无法触摸它们。只有这样，才能侦测每一条河流，每一座山峦，每一处农场……大地中的所有小秘密，小机关，那一切都需要飞行员揭秘。也因为如此，人类才发现了大地的真正面貌。

飞行员从划破天空的直线路径俯瞰，他们重新翻阅历史。海面上的月光、沙漠升起的篝火、路灯、港口灯……点点星光都朝飞行员发出信号。它们每一个都是完整的星球，在那一刻都能和飞行员对话。这是多么令人激动的时刻。尽管在这条路上，充满了荆棘。

但是，每个飞行员化为物理学家、生物学家，检查着那些装点了一座座山谷的文明，看到它们有时仿佛奇迹出现般，在气候宜人的地方绽放成一片美丽花园。

圣-埃克苏佩里说道，文明从宇宙的规格衡量人类，透过小小的舷窗观察他，宛如在用研究仪器测定他。此时的圣-埃克苏佩里正以年轻的邮航飞行员身份，穿越陌生山脉、沙漠。

欧洲本土即将陷入人类有史以来最大的战争中，而他的飞机却带他飞越所谓文明的边界，看见了一般人无法遇见的壮丽山河。风、沙、星辰，人类一旦离开熟悉的城市，就会明白他们的存在有多么渺小。而他的思想也越加成熟，他不再是一个只懂飞行的人，他看过一切风景，飞翔在广袤的星河中，也最终明白生命的意义。

他说:"人类才刚偶然来到这片依然温热的熔岩之上,沙漠却可能隐然成形,冰雪已然威胁着他们的生存,如此处境,他们何以孕育出对永恒的执着?人类的文明不过是脆弱的金箔,只消一座火山,一片新生的海洋,一阵沙尘风暴,即可加以泯灭。"

在这个世界上,生命紧紧偎着生命,花朵在微风斜躺着的床铺上与其他花朵交织,鹤鸟仿佛认识所有鹤鸟,唯有人类各自建造起孤独。

Day 4 《风沙星辰》

真正勇敢的人

> 我对你发誓,我所经历的一切是没有任何动物可以承受的

圣-埃克苏佩里清楚地记得从死神怀抱中夺回生命的吉约梅清晰说出来的第一句话,话里带着属于人类的骄傲:"我对你发誓,我所经历的一切是没有任何动物可以承受的。"

当我们翻开书本,会看到《风沙星辰》扉页上写着这样一句话:

昂利·吉约梅
我的好伙伴

我把这本书献给你

关于吉约梅,圣-埃克苏佩里并不打算俗气地强调他的勇气或者专业表现,他准备描述吉约梅最华丽的那场冒险。那年冬天,在飞越安第斯山脉的路上,吉约梅消失了,他已经消失了五十个小时。那是在终年冰封零下二三十摄氏度的安第斯山啊。所有人都在说:"冬天的安第斯山脉绝不会饶过人类。""在那上面,当夜晚降临在人的身上,人会变成一块冰。"

圣-埃克苏佩里再度飞在安第斯山的绝壁与高崖间,他觉得自己不是在搜索吉约梅,而是在那座冰雪大教堂中静肃地守护他的遗灵。在所有飞行员搜索五天后,依旧没有发现任何踪迹。最后,在第七天时,人们说:"吉约梅……他还活着!"

这简直是天方夜谭,神话!圣-埃克苏佩里找到了吉约梅,那是一次美丽的重逢,吉约梅创造了奇迹,所有人都哭了,他们紧紧地拥抱在一起。

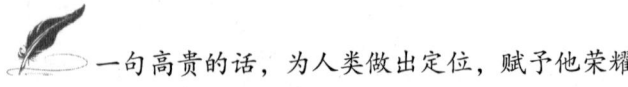
一句高贵的话,为人类做出定位,赋予他荣耀

"每踏出一步都是在救命。再走一步。不断重复同样的脚步……"这是他遭遇危险之后,最后的坚持。在那之前,

吉约梅和同伴受到气流影响，滑降到了云端，被吸进去了，也被桎梏住了。他们在六千米的高空不得动弹，玻璃结了霜，能见度几乎为零。

飞机被"吹到"三千五百米高度时，吉约梅凭着专业的技能，终于找到了参考物体。那是一个高山湖泊，叫"钻石湖"。他紧紧依着湖飞行，稍微偏离就可能撞上四周的山壁。于是他们在离湖面三十米的高度盘旋，直到油料用尽。

这样转了两个小时，飞机落地，结果飞机倒翻了过来。吉约梅努力站立，却又被风吹倒，只好爬到机身下方，在雪地里挖一个洞躲避。他把邮包堆在身边，把身体包裹起来，等了四十八小时。暴风雪平息了，他开始走路，走了足足五天五夜。

那是在零下二三十摄氏度的冰天雪地里艰苦前进，没有粮食，没有任何工具，他的手脚、膝盖都在流血。吉约梅体力不支，逐渐失去神志，但他像蚂蚁般固执地前行，不愿休息，他知道一旦躺进雪床中，就永远不会再起来。

吉约梅告诉圣-埃克苏佩里："人会失去所有保命的本能。连续走了两天、三天以后，唯一盼望的事就是睡觉。我很想睡觉。但我告诉我自己：假如我的妻子相信我还活着，她一定相信我正在走路。我的伙伴们相信我还在走路。他们都对我有信心，如果我走不下去，我就是个混账。"

为了能继续有勇气走路，他不能动脑筋想自己的状况。

有一次,又失足滑倒,他俯卧在雪中不肯起来,仿佛被拳击手打倒在地,骤然间失去所有生命热情。

"我已经尽了一切可能,我不再有任何希望,何苦继续折磨自己?"

他只要闭上眼睛,就可以在这个世界上找到平静,让岩石、冰雪,在这个世界中全部消失。但在最后的一瞬间,一股懊悔从他的意识底层浮现。"我想到我的妻子。我的保险应该可以让她生活无忧。对,可是那保险……如果被保人只是消失无踪,法定死亡时间必须往后推移四五年。"

于是,吉约梅看到了前方的大岩石。他心想,如果自己站起来,或者有办法走到那里。如果自己设法把身体卡进岩石凹处,夏天来到时人们就会找到他。他站了起来,然后又走了两夜三天,但他不认为自己能走远。因为很多象征告诉他一切就要结束了。他已经完全无意识了,也丧失了记忆力。

"我对你发誓,我所经历的一切是没有任何动物可以承受的"。圣-埃克苏佩里觉得这是他所知道最高贵的一句话。它为人类做出定位,赋予他荣耀。

回来的吉约梅仿佛被严重灼烧过,干瘪萎缩,全身是伤。圣-埃克苏佩里在文中写道:"假如我们说吉约梅很有勇气,他一定耸肩表示不以为然。但是如果我们表扬他的谦虚,那对他也不公道。这个有点太平庸,远远配不上他性格中的高贵。他知道一个人已经置身在事件之中,他就不会再对它感到害怕,因为真正让人类恐惧的是未知。任何人只要开始挑战未知,它就不再是未知。吉约梅的勇气首先就在于他人格的刚强。"他的伟大在于他感受到一种责任。他要为自己负责,为他载运的邮件负责,为怀抱希望的伙伴负责。在他的工作范围内,他觉得自己多少要为人类的命运负责。

  他说,一个热爱种地的园丁,和一个热爱飞行的飞行员没有两样。他们都是真正勇敢的人。

Day 5 《风沙星辰》

守在舷窗畔，
研究蚂蚁窝般的人类活动

> 我只是一个失落在沙砾和星辰间的有限生命，我唯一清晰的知觉是呼吸带来的温柔感受

在圣-埃克苏佩里的职业生涯中，他曾多次落入无人之境。那是一种奇特又空白的处境。他曾经迫降在一个沙层很厚的地区，在那里等待黎明。金色的山丘将发亮的侧影呈现给月亮。圣-埃克苏佩里躺在夜空之下，四周没有任何的声响、影像，没有任何的遮蔽物，从后脑到脚跟，整个人都在地面。他的重量全然托付给了它。

他迷失在荒漠里，暴露在危险中，他在沙砾和星辰之间赤裸无助，被过度的寂静隔离在他的所有生命坐标之外。在沙漠中，人同样可以感受到时间的流逝。

他也曾置身于三百米的贝壳堆之上。他是史上第一个在这里用一只手捧起一缕黄金般珍贵的贝壳砂的人。

圣-埃克苏佩里写道:"因为我知道若要回归那些坐标,我必须日复一日,耗费不知多少天、多少星期、多少个月的光阴,而且前提是,我不会在明天被摩尔人找到并杀害。在这里,我不再拥有世界的一切。我只是一个失落在沙砾和星辰间的有限生命,我唯一清晰的知觉是呼吸带来的温柔感受……"

圣-埃克苏佩里曾遇见过世界上最精灵可爱的小女孩。他认为,飞机造就的另一种奇迹是,它会带你直捣神秘的核心。"你成了一个生物学家,守在舷窗畔研究蚂蚁窝般的人类活动,不带感情地观察那些坐落在平原上的城镇。"

他清晰地记得在世界某个角落的一次短暂停留。那是在阿根廷的康科迪亚,也可以是任何其他地方——因为神秘无处不在。圣-埃克苏佩里降落在一片农田上,他被一对夫妻邀请到家里做客。那个家宛如一座城堡。

这里的一切看似年代久远,但又那么讨人喜爱,就像一棵已经让岁月敲出裂痕的老树,就像一张十几世代的恋人都曾前去坐着谈情说爱的木头长椅。这对夫妻有两个精灵般的女儿,她们在这奇特的房子里经常消失得无影无踪。她们养了一只狐狸、一只猴子、一只獴,等等,并向它们诉说各种故事。

她们郑重地告诉圣-埃克苏佩里,餐桌下有一个蛇窝,里面有一条毒蛇。妹妹说道:"晚上十点左右它们会回家,白天它们出门打猎。"她们是那样的天真,在那破败的房子里面创造出了一个神秘的天堂。

然而,在未来,这样天真的人会不会也落入世俗?

他是自由了,但自己的毫无羁绊,结果反而不再能感受到自己在世上的重量

圣-埃克苏佩里也曾帮助过偏航的人,回到命运的轨道上。在尤比角,这里所有的奴隶都被唤为"树皮"。一个名叫穆罕默德的赶牲畜的人,已经被俘虏了四年,但他的心还没有死——他还记得自己曾是个"王"。有天他去放牧,走向了一个叛乱地区,于是他被绑走,然后给卖了。他的妻子和三个孩子应该都还在马拉喀什。这个摩尔奴隶每天晚上都会向圣-埃克苏佩里进行祷告般的请求:"把我藏进开往马拉喀什的飞机……"

圣-埃克苏佩里也认识其他一些奴隶,有些奴隶已经恢复平静。他们煮水、泡茶、照顾骆驼、吃饭,有些黑人奴隶会蹲坐着享受晚风。在那俘虏的沉重躯体中,回忆已经不再浮现。他们几乎无法记得是什么时辰被虏获的,记不得那些拳头和叫喊。从那一刻起,他们就陷入了一种奇异的睡

眠中。

圣-埃克苏佩里写道:"他们不是不快乐,他们只是有了残缺。对于他们而言,这时的他,跟那个过去、那个家、那个妻子和那些小孩之间,又还留有什么交集?"

他们发现舍弃过往、接受自己是个奴仆,投身在万事万物的祥和中,也是一种温柔。然而有一天,他们其中的一个人老得不值得他得到食物或衣服,他会被赋予不成比例的自由。于是,他开始讨工作,但终究是徒劳无功。

圣-埃克苏佩里曾经在尤比角看到他们全身赤裸地死去。在他们漫长的垂死过程中,摩尔人照样来来往往。

而穆罕默德,是圣-埃克苏佩里认识的所有俘虏中第一个抗拒这个宿命的人。后来,经过几番周折,圣-埃克苏佩里买下了"树皮"穆罕默德。在交易条约签署上,"树皮"的老主人摩尔人也来了,如果在外面他们很可能砍下"树皮"的头,而此刻却热情地跟他拥抱。

穆罕默德开始扮演自由人的角色。他像个孩子般玩起探险家的游戏——通向新生的飞行。圣-埃克苏佩里准备起飞,穆罕默德最后一次朝尤比角无垠的荒漠望去。

两百个摩尔人聚集在飞机前边,等着看一个奴隶在通往自由的大门口时会是哪般模样。自由来得太突然也太全面,使"树皮"无法立刻感受到他的重生。他可以隐约察觉到幸福,但除了这份小小的幸福以外,今天的"树皮"跟昨天的

"树皮"之间并没有什么差别。

后来,圣-埃克苏佩里得知自由身的穆罕默德把自己的钱财都给了那些贫困的小孩。穆罕默德不是在讨好某个主人的孩子,而是在施与爱。孩子露出了微笑,穆罕默德感觉心中的某个部分被唤醒了,他感觉自己在地球上的重量又重了些。

圣-埃克苏佩里在文中写道:"对'树皮'而言自由是酸楚的——它让他强烈感受到自己跟这个世界失联到了什么地步。他恢复了自由之身,他拥有人的最基本财富——让人爱的权利,往北或往南走、靠自己的劳动赚钱生活的权利。然而,此时此刻市井里没有一个人需要他。他是自由了,但自己的毫无羁绊,结果反而不再能感受到自己在世上的重量。他想念那种羁绊着前行的人情重量,那些眼泪、道别、责备、喜悦。"

Day 6 《风沙星辰》

生命中最大的喜悦

> 无论我们变得多么虚弱,都不可以放弃任何让飞机找到我们的机会,不可以忘记奇迹获救的可能

在圣-埃克苏佩里飞行的职业生涯中,他打交道最多的便是撒哈拉,这个亦敌亦友的存在。

他说:"我向来很喜欢撒哈拉。我在叛乱地区度过许多个夜晚。我曾在这片金黄色的辽阔大地中醒来,看到风景像吹皱海面般在沙地上留下一道道痕迹。我曾经睡在我的飞机翅膀底下,知道天亮以后就会有人来救我。但那个撒哈拉不是眼前的撒哈拉。"

此刻,是1935年,圣-埃克苏佩里前往印度的一次远征飞行途中,飞机以两百七十公里的时速撞击了地面。他记得

当时唯一的感觉是吓人的爆裂声忽然震撼了他们整个世界的基底。

后来，圣-埃克苏佩里和同伴在飞机着火之前逃出了机舱。所幸飞机没有爆炸，然而他们却要面对更残酷的考验。以至于同伴普雷沃都感慨，还不如那一瞬间，爆炸了，一切就结束了。他们设法在周围寻找生命发出的信号，但生命并没有向他们发出任何信号。他们周围连一棵小草都没有。更惨的是，汽油箱、机油箱都爆了，储水箱也爆了，沙已经把所有水都喝掉了。他们完全不知道自己置身何处，能喝的东西不到一升。

圣-埃克苏佩里凭借着强大的毅力和普雷沃说道："无论我们变得多么虚弱，都不可以放弃任何让飞机找到我们的机会，不可以忘记奇迹获救的可能。"于是，他们开始行走，寻找绿洲，走了一定路程之后，他们就需要折回到飞机边上。只是这样的寻找，还是徒劳。他们在沙漠中走了三天，几乎失去了意识状态。于是，他们决定一直往前走，走到倒下为止。

事实上，在圣-埃克苏佩里获救以后，他们发现其他方向都无法让他们走出沙漠。而圣-埃克苏佩里做出这一选择完全是因为好友吉约梅在安第斯山脉失事时，在零下二三十摄氏度的雪地里，靠着往东走捡回了 条命。对他而言，东方就这样隐约成了生命的方向。

那天,他们在沙漠中走了六个小时,气温越来越高,沙漠幻景也开始出现,光线更是构建出了令人不安的海市蜃楼。他们又折回到飞机在的原点,因为那里还有一点点液体能喝。

走了六十多公里路,他们被束缚在一个钢铁般无法改变的循环中。放眼望去,四周一片寂静。要在三千公里范围中搜寻一架掉进沙漠而且没有留下任何消息的飞机,少说也要两个星期。而人在沙漠里要是没有水喝,顶多能撑十九个小时。

过了二十个小时,眼睛就会充满亮光,死亡将随时来临。

就在生命倒下的那一刻,他们在沙地上发现了足迹!那一瞬间,世界上再也没有比此更美的风景了

又一天清晨,圣-埃克苏佩里和同伴已经喝光了所有的液体,他们用抹布擦拭潮湿的机翼,然后挤出一点露水到杯底,其中混合了油漆和污油。看起来很恶心,但他们还是把它喝了下去。在没有更好的选择时,这样他们至少湿润了嘴唇。

同伴普雷沃突然告诉圣-埃克苏佩里,幸好还有手枪。圣-埃克苏佩里听完,带着深刻的敌意看着他。这个时候,

死亡比任何事情都简单。圣-埃克苏佩里说:"在这种时候,没有什么比无意义的自怜自艾更令我愤怒。出生可以很简单,长大可以很简单,渴死一样可以很简单。"

后来,圣-埃克苏佩里改变了策略,他一个人出发,普雷沃在原地准备篝火,在有人出现时点燃信号,只不过一直没有人出现。他不知道自己的体力能撑多久,只是也会好奇,在这片沙漠里,动物都靠什么生活?那些动物应该就是沙漠小狐狸。而《小王子》里那只聪明的小狐狸也是源自于此吧。

在一路行走中,圣-埃克苏佩里并没有遇见人,也没有找到绿洲。他们用工具收集到了很多露水,足足有两升。那带着毒金属味道的水比口渴更让人觉得恐怖。圣-埃克苏佩里和同伴开始呕吐,身体严重痉挛,全身发抖,最后只能吐出一点胆汁。

圣-埃克苏佩里描述那时的情景,他感觉到死亡正舔舐着自己的双手和脸庞。他和普雷沃出现了幻觉,以为看到了灯火,看到了湖泊,看到了有人在向他们招手。然后,一切都是死寂,只有无尽的黑暗。

圣-埃克苏佩里太渴了,便喝了酒精,食道仿佛被割裂般疼痛,他感觉自己已经成为沙漠的一分子,身体不再产生唾液,内心也不再幻想——他们已经到了人类的极限。

就在生命倒下的那一刻,他们在沙地上发现了足迹!那一瞬间，世界上再也没有比此更美的风景了。

"我们在世上孤独无助，被遗忘在尘世的迁徙之外，但现在我们又发现沙地上烙印着奇迹般的人类脚印。"

他们都被利比亚贝都因人救了。在最绝望的那一刻，同伴普雷沃说："假如我在这世上无亲无故，我会躺下来。"圣-埃克苏佩里则看到了爱妻的眼睛。他们都是黑暗中的明灯。

圣-埃克苏佩里写道："飞行员做的终究是人的工作，我们都懂得身为凡人的忧虑。我们与风、与星辰、与黑暗、与沙、与大海接触。我们设法跟自然力量周旋。我们等待黎明，就像园丁等待春天。我们等待着抵达中继站，仿佛那是一个应许之地。我们在星辰中寻找属于我们的真实。"

在这样的一次历险中，圣-埃克苏佩里明白，一支香烟和一杯兰姆酒在一名死囚手中所代表的意义。当人走到穷途末路之时，那便是生命中最大的喜悦之一。

Day 7 《风沙星辰》

本质的东西，
肉眼是看不见的

人的幸福不在于自由，而在于承担责任

与安第斯山脉搏斗的梅莫兹，跌落在四千米高的白雪皑皑的悬崖绝壁之顶，困了两天两夜，修复了摔坏的飞机，奇迹般地飞离了险地。梅莫兹告诉我们，人一旦真正地面对挑战，恐惧就消失了。令人恐惧的，恰恰是一切的未知。

迫降在零下二三十摄氏度雪地里的吉约梅，他像蚂蚁一样走了五天五夜，毫无意识却始终不敢倒下，他挑战了人性的最高意义，从死神怀抱中夺回自己的生命。他说："我对你发誓，我所经历的一切是没有任何动物可以承受的。"

圣-埃克苏佩里和同伴普雷沃，坠机于三千公里荒无人烟的沙漠。他们走了三天三夜，看见海市蜃楼，身体不再流一滴汗……他们知道死亡是最简单的事情,但再走一步,再坚持一秒,也许就有奇迹。

在这群飞行员身上,我们看到了生命的价值。他们热爱自己的职业,热爱自己的亲朋好友,并以此为准则。在他们身上,我们感受到了,人的幸福不在于自由,而在于承担责任。只有这样,我们才能生得坦然,死得从容,因为赋予生命以意义的也赋予死亡以意义。

为什么要互相仇恨?我们是一体的,我们生活在同一座星球,搭乘的是同一艘船

在文学史上,圣-埃克苏佩里写的《风沙星辰》具有特殊的含义。圣-埃克苏佩里并不是第一个描写航空飞行的作家,却是第一个从飞行出发,探索人类文明的作家。他不仅仅满足于描写大自然的秘密,而是从高空中俯瞰一切。在孤山、荒漠、冰雪、海洋的生死角逐之间,人类只是渺小的一部分。正如他所说的:"只需要一场风暴,一阵海啸,便能将人类全部毁灭。"

而人类又是如此肆意妄为。叛乱地区,某一些人类占领了领地,剥夺了他人的生存权利。他对此表达出愤懑与不满。"当世界化为沙漠,我们渴望找到友伴;同袍共享一块面包的情谊使我们接受了战争的价值。但我们不需要战争,

就可以在共同奔向同一目标时发现旁人肩膀的热度。为什么要互相仇恨？我们是一体的，我们生活在同一座星球，搭乘的是同一艘船。"在那个世界爆发了史无前例的战争，圣-埃克苏佩里通过《风沙星辰》这本书说了自己的答案。

圣-埃克苏佩里以飞行员的身份，穿越陌生山脉、沙漠，飞越所谓的文明边界，阅历了世界，依然愿意谦卑地面对生命。

在圣-埃克苏佩里掉落在沙漠的时候，那一瞬间他以为自己会葬身沙漠。他发现了唯一在沙漠里活得如鱼得水的小动物——小狐狸。这不禁让人想到了《小王子》。在两本书中，圣-埃克苏佩里同时提到了"本质的东西，肉眼是看不见的"。

风、沙、湖泊、灯塔，都是他旅程上的伙伴。但是他又坚信眼前的景物并非一切，有时候，只能用心去看、去想、去感知，才能找到答案。

当他在漫漫无际的沙漠前行时，四周一片寂静，他找不到任何的参考物，他一心一意只想找到一口井，那是他生命漫长延展的水源。

真正重要的东西是我们无法预先设想的。最热切的喜悦，可能出现在它最不可能出现的地方。正如小王子所说："沙漠之所以这么美，是因为在某个角落里，藏着一口井。"

所有的大人都曾是孩子,但只有少数人记得

很多人认识圣-埃克苏佩里是源于《小王子》。关于小王子的原型,众说纷纭,有人认为是圣-埃克苏佩里朋友的儿子,有人说是他在火车上看见的一张熟睡的孩童脸孔。

圣-埃克苏佩里在《风沙星辰》里写道:"他的小小身体翻来覆去,在微弱的夜灯下,我看到他的脸庞。啊!多可爱的一张脸!那对夫妻孕育出一颗鲜嫩欲滴的金色果实。从一群粗鄙不堪的人物之间,诞生了一个魅力和优雅的化身。我倾身凝视那滑嫩的额头、那双微微嘟起的嘴唇,我不禁心想:这是一张音乐家的脸庞,这是个小莫扎特,这是个生命的美好承诺。传说中的小王子跟他并没有两样:假如他获得良好的保护和照顾,受到一流的栽培与熏陶,他将拥有多么光辉美好的未来!"

然而,同时阅读完《小王子》《风沙星辰》,我们会发现,"小王子"是圣-埃克苏佩里,也是我们中能看出"帽子是一条蟒蛇在吞噬一头大象"的自己。在岁月的腐蚀之下,只有少数人记得,所有的大人都曾是孩子。而那时,我们对一切未知充满想象,对一切命运充满热爱。

圣-埃克苏佩里的文字有一种魔力,它会勾起自己生命中最纯真的时光,对生命最初的悸动。我们也许一生都无法

像圣-埃克苏佩里一样驾驶着飞机,飞越陌生的星辰,但作为读者,我们可以通过文字让灵魂去飞行,感知千姿百态的人生,是那么幸运。

《没有人给他写信的上校》
尊严与骄傲,饥饿和死亡

[哥伦比亚] 马尔克斯

我不相信天堂,我相信地狱;也许人世就是个地狱,因为人类总是不相信眼泪。

作者自认超越《百年孤独》的经典
主人公上校被誉为
"20世纪小说中无法忘怀的人物"
"五十六年了,上校唯一做过的事情就是等待。"

Day 1 《没有人给他写信的上校》

盼了一辈子，
却等来一个弥天大谎

《没有人给他写信的上校》是我所有作品中最无懈可击的，可以面对任何敌人

1957年春，一个阴雨连绵的日子，在巴黎街头游荡的马尔克斯，第一次见到了出门散步的海明威。当时，马尔克斯刚到而立之年，是个名不见经传的小记者；海明威却已年近花甲，凭借《老人与海》拿下了诺贝尔文学奖。

见到偶像，马尔克斯很激动。他站在圣米歇尔大道的一侧，向着对街的海明威大喊："大师！"海明威转过身，举起手，用西班牙语礼貌地回答道："再见了，朋友！"

四年后，海明威自杀身亡。也是在那一年，马尔克斯出版了《没有人给他写信的上校》。

四年前，二人之间的距离隔着长长一条街；而《没有人给他写信的上校》出版后，被各界评价"与《老人与海》齐名"，二人之间的距离，便缩减到了纸上的短短一厘米。

1982年，马尔克斯凭借《百年孤独》斩获诺贝尔文学奖，但他始终忘不掉那个没有暖气的房间，那个冻得发抖，却为一部小说改了足足九遍的年少的自己。所以他说："《没有人给他写信的上校》是我所有作品中最无懈可击的，可以面对任何敌人，我认为它的艺术成就超越《百年孤独》！"

这部小说是以10月的一场吊唁开始的，当时，上校已是七十五岁高龄，却在九个月前失去了唯一的儿子。从那以后，这对年迈的老夫妻生活陷入了"衣食无着"的窘境。

上校参加过战争，因作战英勇得到了"上校"的军衔。可他为政府卖命，落下了一身病，却始终等不来那说好了的"抚恤金"。每周五，上校都会去码头等信，等了足足十五年，换了七届政府，抚恤金却始终遥遥无期。其间，上校的儿子因为"斗鸡比赛"而死，老两口为了完成儿子的梦想，尽力豢养着那只斗鸡，好让它参加来年的比赛，一举夺魁！

家里的东西能卖的都卖了，人都吃不起饭了，却还要养活一只鸡。生活贫困压力下，上校的妻子总要抱怨、争辩。上校却说："没几天抚恤金就要来了。"妻子："这话你说了十五年了。"上校："所以，不会再耽搁太长时间了。"

可斗鸡和抚恤金这两件事，注定都是要落空的。尊严与骄傲让上校始终固执地相信着，就这样，他慢慢地走向死亡。

这本小说篇幅不长，却写尽了上校等而不得的无奈与心酸。而上校并非个例，和他一样的很多老兵，都在漫长的等待过程中，由希望变成失望，再由失望变成绝望，而后绝望地死去了。这样的社会现实令人唏嘘，也充满了无力感。

《没有人给他写信的上校》的写作灵感来自一个奇怪的人。马尔克斯经常在家乡的一家鱼市场看到他：靠在栏杆旁，像是在等待着什么。这人令马尔克斯想起了他的外祖父，一位上校，在两次内战中幸免于难，驰骋疆场，英勇作战，荣获上校军衔。他一辈子都在等着领取"军功奖"，却等而不得，直至离开人世。外祖父死后，外祖母继续等着领这笔军功奖，哪怕晚年双目失明了，也依然怀抱希望，对儿孙们说："等我百年之后，希望你们能够领到这笔钱！"

马尔克斯自小是在外祖母家长大的，外祖母非常有文化，博古通今，有一肚子的神话传说和鬼怪故事。据说，马尔克斯小时候还亲眼看到过外祖母和鬼魂说话。受其影响，马尔克斯才七岁时，就开始读《一千零一夜》了。外祖父、外祖母给他留下了太深刻的印象，所以在马尔克斯的很多作品中，都能看到这两位老人的身影。

"要是没有这三年穷愁潦倒的生活,我可能当不了作家。"

在马尔克斯还是记者时,由于他的一则报道透露了走私的丑闻,激怒了独裁当局,他不得不离开故乡,前往巴黎避难。报社被封杀,马尔克斯失了业,身无分文,又听不懂法语,只好四处流浪,靠捡酒瓶、卖报纸过日子,甚至贫困到从别人那里借骨头来熬汤。

他每天都在等信,等待国内有好的消息传来,眼睁睁巴望着报社给他寄钱。也正因为这段经历,他才写出了《没有人给他写信的上校》,如此真实地描绘出了上校的窘境。马尔克斯很感谢这段难得的经历,他说:"要是没有这三年穷愁潦倒的生活,我可能当不了作家。"

这期间,他也遇到过贵人。一次,他来到了一家旅馆,老板娘看他穿得破破烂烂的,又交不起房租,当场就想撵他走,但老板却不知道为什么,大发善心让他住了下来,而且一住就住了很久。直到马尔克斯因为写《百年孤独》这本书出了名,有了钱,回到旅馆来还债,老板娘才告诉他老板当时留下他的原因。他说,像马尔克斯这样没饭吃、没衣服穿的人,还在读报纸,迟早会有大出息的!

的确,马尔克斯属于上天赏饭吃的那种作家,也是史上"最无争议"的诺贝尔文学奖得主。他的作品实在太受大众喜爱了:《百年孤独》《霍乱时期的爱情》《一桩事先张扬的凶杀案》《没人给他写信的上校》,等等,可谓部部经典。

而这本《没人给他写信的上校》,是所有作品中最精练,结构最简单的一部,也是他最满意的作品之一。尽管这部作品出版时并不被出版商看好,甚至连稿费都不愿意付,但出版之后,却收获好评如潮,成为很多人心中的经典。

Day 2 《没有人给他写信的上校》

只要心还跳动，
希望就不会熄灭

 他始终怀着积极的态度去面对苦难

故事是从上校要去参加一场葬礼开始的：上校打开咖啡罐，发现里面只剩下一小勺咖啡了。他用小刀把最后这点咖啡刮到了杯子里，混着铁锈，泼上开水，端给了生病的老伴儿。

上校的妻子哮喘又犯了，她艰难地起身，接过咖啡，问了一句："你的呢？"

上校不得不撒下善意的谎言："我喝过了。"

短短数句，便将这个家庭一贫如洗的窘境一一道尽。镇子上响起了丧钟声，上校猛然想起他是要去参加葬礼的。阴雨连绵的10月，上校的风湿病犯了，整整一个星期都穿着袜子睡觉。

为了彰显对死者的尊重,上校穿上了那件结婚以后只在隆重场合穿过几次的黑呢外衣。家里的镜子卖掉了,他只能摸索着刮胡子,领带早已破烂不堪,他干脆打消了系领带的念头。

上校穿得跟结婚那天一样,但妻子看着他,却发现丈夫已经老多了。"一个干瘦的老头,那坚硬的骨头似乎是用螺母和螺栓串联起来的。眼睛炯炯有神,倒还不像是保存在福尔马林溶液里的。"寥寥数语,马尔克斯便勾勒出上校长期经受疾病、饥饿折磨,却在无情命运面前顽强挣扎的形象。

妻子说他:"你就像要去办什么大事似的。"

上校回答:"这次的葬礼就是大事,这么多年了,他是我们这里第一个自然死亡的人。"

自然死亡即"非暴力死亡"。而当"自然死亡"这个词冠上"第一个",细细想来,不免令人胆战心惊。那得是一个怎样黑暗的社会,竟连"自然死亡"都成了奢侈呢?

夫妻俩沉默了,他们想到了九个月前因为散发秘密传单被乱枪打死的儿子,不禁悲从中来:承载生命希望的儿子死了,可他们还活着;他们还活着,可这把老骨头早已经朽了。

外面还在下雨,上校从箱子里翻出一把很大的旧雨伞。当年刚得到这把伞时,儿子才八岁,如今他却已不在人世了，原本发亮的绸伞面也被虫蛀得千疮百孔。

上校却乐观地笑着说："现在只能用它来数天上有多少颗星星了！"上校是个很乐观的人，生活不曾善待他，但他始终怀着积极的态度去面对苦难。

生活中，如果遇到这样的他们，请多一点理解，多一分善良

上校出了门，有人向他打招呼，要把伞借给他。上校拒绝了，头也不回地回答道："谢谢，我这样挺好。"

他来到挤满了吊唁者的屋子里，走到屋子尽头，向死者的母亲致哀。对方没有回头，只张嘴发出一声凄凉的号叫。上校心头一惊，难过得喘不过气来，出了一身汗，关节好像又疼了起来。浑浑噩噩间，上校发现自己已经离开了屋子，来到了街上。有人拉了拉他的胳膊说，快点儿，老兄，我正等您呢！

这人是堂萨瓦斯，上校那过世的儿子的教父，也是他们那个党唯一躲过政治迫害，并能继续住在镇子上的领导人。

上校应了一声，依旧一言不发地走着。这时，乐队恰好奏响了葬礼进行曲，上校听出少了一只铜号。而死者生前，正是吹铜号的那个人。上校这才不得不承认，死者是真的死了。

堂萨瓦斯问上校:"您那只鸡怎么样了?"

上校回答:"还是老样子。"这只鸡是他儿子留下来的,他还指望靠这只鸡去参加来年1月份的斗鸡大赛,也算圆儿子的一个梦吧。

他们沿着原路往回走,雨停了,瓦蓝的天空高远深邃。上校觉得自己的心情和身体都舒服了很多,好像松了一口气。

堂萨瓦斯劝他找医生看看,上校拒绝了,说:"我没病,只是每到10月,我的肠子里就好像有什么小动物在折腾一样。"

堂萨瓦斯"哦"了一声,没再说什么,两人在他家门前分了手。堂萨瓦斯家很有钱,住的是二层楼的新房子。

星期五下午,雨终于停了。儿子过去的伙伴们来了,他们都是斗鸡迷,来给鸡做检查。

妻子问上校:"他们都说什么了?"上校回答:"他们兴高采烈地,要往这只鸡上下注呢!他们说这是全省最棒的一只公鸡,大概值五十比索。""比索"是前西班牙殖民地国家使用的一种货币单位。如今,一元人民币约等于七点五比索。

上校的乐观在妻子看来却很盲目,她忍不住泼冷水:"我看等这点玉米喂完了,咱们就得用自己的肝来喂它了。"

说话间，上校已穿好了衣服，今天是星期五，他该上邮局去取信了。每逢星期五便来码头取信，是上校在这漫长的十五年里，始终在坚持的一件事。

来到码头，上校心事重重地盯着邮局的船靠岸。他一眼就发现了邮电局长和他身后背着的邮袋，一路跟到了邮局。他连眼睛都不敢眨一下，生怕错过什么。可等到的却是局长淡淡的一句："没有给上校的任何东西。"

上校觉得不好意思，故作无所谓的样子说了一句："我没在等什么，我知道的，没人给我写信。"眼睁睁看着希望的光一点一点熄灭，却还要拼命压制住心底的酸涩，委实令人心疼。

命运对这个老人何其残忍，疾病、饥饿、贫穷如影随形。但这似乎是古今中外许多老年人必然要经历的结局——身体机能已跟不上时代发展的脚步，只能被飞快淘汰，成为年轻人眼中"不敢看也不忍看"的那类人。如果遇到这样的他们，请多一点理解。因为现在的他们，很可能也是未来的我们。

Day 3 《没有人给他写信的上校》

低谷期最能
看清人情冷暖

而风平浪静的背后，常常裹挟着巨浪滔天

上校去参加葬礼之前，饱受哮喘病痛苦的老伴儿说："如果见到医生，请问问他，我们家可曾得罪过他？"

星期五在码头等信时，上校碰到了医生，他问出了妻子交代的事情："医生，我妻子让我问问您，我们家可曾得罪过您。"

画面转到医生身上，他很年轻，一头乌亮的鬓发，一副整齐得令人难以置信的牙齿。医生从邮局拿到了一封信和一卷报纸，草草浏览了一遍信，然后拆开报纸读了起来。读报的过程中，他一直在默默关注着上校的举动。

没有收到信，上校自然是失落的，往回走的路上，就像是一个原路返回寻找丢失钱币的人。而走到医生诊所的门口时,天已经擦黑了。上校像是消化了没等到信绝望的情绪,终于开口,他问医生:"有什么新闻吗?"

医生递给上校几份报纸,说道:"天知道,要从通过审查的新闻中看出点名堂谈何容易!"上校接过报纸,有点失望:"大选是没指望了。"医生开导上校:"您别太天真了,咱们不是小孩子了,用不着等待救世主了。"上校要把报纸还给医生,医生摆了摆手:"您带回家去看吧,明天再还我。"

上校的确很在乎报纸上的信息,临睡前,他把鸡拴好,关上门,喷了杀虫剂,把灯放在地上,挂好吊床,这才躺下看起报纸来。他按照报纸的日期,一页一页,从头到尾,一字不漏地看着,连夹缝、广告都不肯放过。

妻子问他:"没提到你们这些老兵吗?"

"没有。"上校回答,语气已经听不出是失望还是平淡。他熄了灯,爬上吊床,继续说:"起先他们至少还把新领抚恤金的人员名单登一登,这五年倒好,干脆什么也不说了。"

原来上校是在等他的抚恤金。他盼望大选,是希望新上台的领导能尽快落实老兵抚恤金的发放;他仔细读报,是希望从蛛丝马迹中找到哪怕一丁点发放抚恤金的希望。

医生这样"雪中送炭"的贵人，实属上校老两口不幸中的万幸！

午夜，上校的身体更差劲了，发起了烧，头晕目眩，浑身跟散架了一样。第二天，他的身体稍微好转，能去照看那只承载很多人希望的公鸡了。午饭后，上校和妻子正在厨房喝咖啡，医生来给老两口看病，并带来了一个装有三张纸的信封。他告诉上校："这是昨天报纸上没登的消息。"

那是一份油印的秘密传单，记载着最近国家真实发生的大事，还有关于武装抵抗运动的现状。上校感觉很沮丧，因为这样的传单他已经看了十年了，上面的消息越来越耸人听闻。

看完秘密传单，上校一言不发地还给医生，医生却不肯接下，只压低了声音，说道："传给别人吧。"

上校把信封塞进裤兜，这时，妻子刚好从卧室走出来，故意恶狠狠地对医生说："大夫，我要是这两天死了，准把您一块儿拖进地狱里去。"医生没说话，笑了笑，从医药箱里取出几个贴着"免费"标签的小瓶子，在纸上写下服药的剂量。上校的妻子走进厨房，想煮点咖啡来招待医生，医生连忙谢绝："不必了，非常感谢，我可不想被您毒死。"

上校从卧室取来要归还的报纸，送医生出门。分别时，他咬着牙低声问道："该付您多少钱，大夫？"医生在上校背上拍了拍："现在还不用，等您那只鸡斗赢了，一总算账吧！"

读到这里，医生的形象在人心目中瞬间高大了起来！他不愿大众像上校一样被蒙蔽视听，所以冒着天大的危险，也要传递那份秘密传单给更多人知道；他知道上校的妻子是个"刀子嘴豆腐心"的人，他了解这个家庭的贫穷，于是以开玩笑的口吻拒绝了那杯应得的咖啡；小瓶子上贴着"免费"标签，就真的是免费吗？或许是医生不愿这个家庭负担太重，才故意说是免费的呢？上校咬牙问诊金的时候，医生下意识拍背安抚，肯让上校赊账，等斗鸡赢了之后再算总价……

上校去了趟裁缝铺，把秘密信件传给了儿子的伙伴们。裁缝铺如今是他唯一的避难所，自从同伴们一个个被打死、被赶走后，上校再无地方可去，无事可做，只能每周五去等那不会寄来的信。

回家后，上校想起没有玉米喂鸡了，便去找妻子要钱，妻子很为难："咱们恐怕只剩五十生太伏了。"生太伏是西班牙"比索"的次级货币单位，一比索等于一百生太伏。对这个只剩五十生太伏的家庭来说，卖掉斗鸡可能会换来的五十比索，也就是五千生太伏，是多么重要啊！

这少得可怜的钱，被妻子小心地包在手帕里，打了个结，藏在了床垫底下。九个月来，他们一个一个小心地花着这些生太伏，养活自己和那只公鸡，而现在，实在捉襟见肘了。

上校舍不得委屈那只斗鸡，因为斗鸡是家里唯一的希望。而喂鸡的玉米，一磅就要花去四十二生太伏！妻子舍不得，上校却说："以我的性子，恨不得把这只鸡炖了，一顿吃五十比索，吃伤了也是好的。我担心的，是那些可怜的小伙子都在攒钱呢！"

妻子沉默了，无奈了，最后只得点头："那就买玉米吧，上帝知道我们该怎么混下去！"

Day 4 《没有人给他写信的上校》

人活着，
总得有点念想

人类的悲欢并不相通，很多时候你的事情已经急得火烧眉毛了，或许只是茶余饭后博人一笑的谈资罢了

上校又卖掉了家里的东西，拿换来的钱买了食物。嚼着嘴里的面包，上校总要感慨一下："这简直是变戏法变出来的面包啊！"有饭吃了，心情好了，似乎连天气也跟着变好了。10月的日子里，雨居然多停了几天，上校和妻子的身体终于缓过劲儿来了。鸡的状态也很好，小伙子们把它称了称，兴高采烈地料定："这只公鸡必胜！"

而幸福的日子向来如此短暂。除了挂钟和一幅画，上校家已经没有任何东西可以卖了。

第二天是周五，上校来医生诊所门口等信。邮电局长来了，背着沉甸甸的邮袋，一封一封念着收件人的姓名。

医生依旧收到了一卷报纸，上面还在登苏伊士运河的问题，粉饰太平，不痛不痒。上校一边死死盯着邮电局长，一边跟医生说："现在报纸上就只谈欧洲了。最好让欧洲人都到我们这儿来，我们都到欧洲去，这样大家就都能知道各自的国家发生些什么事了。"

局长把医生的信递给他，医生看了上校一眼，见他紧张、不安、拘谨，便替他问了一句："没有上校的信吗？"问题一出口，上校顿时心惊胆战。

局长却把邮袋往肩头一搭，头也不回地走了，他说："没有人写信给上校。"这一次，上校一反之前直接回家的习惯，而是去自己唯一的避难所——裁缝铺坐了坐。他不想回家，不忍回家，不敢回家！他害怕面对妻子的失望，他恨不得一直在这里待到下周五。裁缝铺打烊了，上校不得不回家。妻子问他："没有信吗？"他回答："没有。"

下个星期五，他依旧去码头等信，依旧是一场空。

妻子再也无法忍受，对上校抱怨："我们等够了，像你这样一等就是十五年，真有一股牛的耐性。"上校却安慰道："我们是1823号，得挨个来嘛！"

十九年前，国会通过了给老兵颁发抚恤金的法令。从那以后，上校光申请就申请了八年，把名字登记上去又花了六年，如今依然要等下去，漫无目的地等下去。

上校想通了，问妻子要证明材料。那是一则启事，上面写着一家律师事务所的承诺：会很快办妥抚恤金事宜。妻子找到启事，递给丈夫："早就说换个律师了，说不定早花上钱了，我可不想死了之后，再把钱带到棺材里去。"

他决定了——换律师！但在换之前，上校先去拜访了律师，探探口风。了解上校的来意后，律师打起了哈哈："早跟您说过了，这事不是一两天就能办成的！"上校反驳："可十五年了，总是这一套！我的老战友们都在等待信件的过程中死去了。"

律师无动于衷，又绕起了圈子，要么怪罪"法令通过得太晚"，要么借口"有一笔专款忘了算"，要么恭维上校说他"二十岁就当了上校，已经很幸运了"！

没用的话说得口干，有用的话却刻意避开。上校打心底反感这些说法，争辩道："这不是施舍，不是他们对我们的恩赐，我们这些人当年为拯救共和国是立过汗马功劳的！"律师却泼起了冷水："没错，上校，可人们总是忘恩负义。"

这个事实，上校早在十五年前就知道了。他十分激动，当场扬言："我要换律师！"

可这句话没产生任何警示或震慑的作用，律师反而像扔掉了烫手山芋一般，十分乐意地表示："遵命，上校。"他在办公室翻箱倒柜找上校的委托书,找了很久很久,找遍了屋子各处,才从自动钢琴底下掏出了一卷纸来:"在这儿呢!"

上校盼了十五年的念想,竟这样被压在钢琴底下,所谓的"抚恤金",律师承诺的"尽快落实",都如同撕碎的纸片,轻飘飘的没有一丝重量,风一吹,就什么都没了。

这么长时间都等过来了,还在乎这点时间吗?

上校找律师要自己的申请证明,律师拿不出。他说这些文件已经由成千上万间办公室的成千上万双手,不知道转到哪个部门去了。"这期间,总统换了七任,每任至少改组过十次内阁,每位部长又至少撤换过一百次属员……"

但上校似乎是铁了心,非要把文件取出来,哪怕之前的等待全部作废,需要等待下一轮重新登记。

这天是10月27日,上校一笔一画、端正地在纸上写着申请。字写得像小学生,歪歪扭扭,但他特别用心,读了好几遍才肯签上名字。妻子赞同地表示:"早就该这么办了,直接打交道总是要好一些。"

今夜大雨滂沱,宵禁号响过后,屋里又开始漏雨了。上校一边幻想着收到抚恤金后的幸福生活,一边检查屋里漏雨的地方。他要带妻子去看一场电影,他们真的太久没看过电影了。

雨下了整整一个星期，妻子的哮喘又犯了，上校也病倒了，这个家庭又重新蒙上了一层阴影。为了活下去，上校不得不赊账，但他依然没有灰心："等雨停了，一切都会好起来的。"

当妻子的病终于有了起色，上校却已瘦得皮包骨头了。即便如此，他依旧乐观："我正打算把这把老骨头卖了呢，有家黑管厂已经向我订好货了。"愚昧的人同命运较真，豁达的人同世事嬉皮，上校面对苦难的积极乐观，固然令人敬佩，却多少带着些"打落牙齿和血吞"的悲壮。

在生病、失眠的重重打击下，上校早已筋疲力尽，甚至没法照顾那只公鸡了。妻子见状，忍无可忍，从床上支起身来，羸弱却掷地有声地说道："卖鸡！马上！"

Day 5 《没有人给他写信的上校》

只有一件东西是肯定要到的，那就是死神

 现实压得他们不得不低头

当妻子说出要"卖鸡"的时候，上校其实早就料到会有这么一天了。上校舍不得卖掉公鸡，委婉地劝道："现在卖划不来，再过三个月就要斗鸡了，那之后肯定能卖个好价钱。"妻子却不让步："不是钱的事儿！"是啊，当下重要的不是这只鸡能卖多少钱，而是饭都吃不起，又如何照顾一只鸡呢？上校不得不搬出儿子做借口，对妻子说："你想想，儿子要是知道他的鸡斗赢了，该有多高兴！"提到儿子，妻子沉默了，可想到儿子的死因，她激动地喊出了声："就是这些该死的鸡把他给毁了！"

那是1月3日，上校的儿子兴冲冲地夹着这只公鸡出门参

加斗鸡大赛。母亲劝他不要去触霉头,儿子却一龇牙,一咧嘴说:"今天下午咱们会大捞一笔的。"正是在斗鸡场上,儿子被乱枪打死,罪名是"散发秘密传单",接到噩耗的老两口,瞬间老了十岁,觉得家里的天塌了。

回想起悲伤的往事,本就生病的妻子倒在床上,仿佛全身失去了力气。过了一会,平静下来后,她跟上校讲道理:"拿咱们的口粮去喂鸡,那是作孽!"

上校用床单给妻子擦了擦额上的汗珠,说:"谁也不会因为再多等三个月就饿死的。"妻子彻底无奈了。如果不是实在熬不下去,谁愿意出此下策呢?她虽然嘴上硬,要卖鸡,但心里也是很想成全儿子的遗愿的。沉默良久后,妻子妥协了:"咱们可以把钟卖了。"

妻子从墙上取下钟,用报纸包好,让上校拿去卖给裁缝铺。上校推脱说明天上午再去吧,妻子却斩钉截铁,要他必须现在去,还说拿不到四十比索就别回来。上校觉得这样子低头求人有点丢人。可在现实面前,脸皮、自尊,又能值几分钱呢?

上校夹着大纸包上裁缝铺去了,到了那儿,儿子昔日的伙伴们都在门口坐着。其中一个叫赫尔曼的问他拿的什么,上校下意识撒了个谎,说钟坏了,要把它送去修一修。赫尔曼懂一点机械,伸手去接那个纸包:"您等着,我来看看。"

上校推辞着,一句话没出口,眼圈却先红了。这个细节,让我们再次为上校的处境感到心酸:年纪一大把了,却过着食不果腹的日子,他不想人看到自己的窘迫,不想被人同情可怜,不想被揭掉最后一丝遮羞布,不想丢掉最后一点尊严……

赫尔曼接过钟拿去检查,捣弄了几下,说没什么毛病。上校问他修钟要多少钱,赫尔曼说:"别放在心上,到1月份,那只公鸡会替您还账的。"

上校一直在等这个由头,既然对方先提到了公鸡,他便顺着话头接了下去:"我把公鸡送给你吧,送给你们大家。"

赫尔曼有点莫名其妙,上校解释道:"我这个年纪玩斗鸡已经太老了,实在弄不动了。"赫尔曼却坚持地说:"您要亲自把您儿子的鸡放进斗鸡场去,这才是最要紧的。"上校咬咬牙说:"我明白,所以才把它喂到现在。可糟糕的是还得等三个月呢!"

赫尔曼这才听出了上校的言外之意。他出了个主意,大家纷纷赞同。

傍晚时分,上校夹着纸包回了家,妻子见他把钟拿回来了,大失所望地问道:"卖不掉吗?""卖不掉,"上校答道,"不过这下子不要紧了,往后小伙子们负责喂那只鸡。"

他已经没有什么可失去的了

又是一个下雨的星期五,上校又要去等信了。路过堂萨瓦斯家的时候,对方热情地招呼他说:"您等一会儿,老兄,我借把伞给您。"这个堂萨瓦斯,我们之前提到过,是上校儿子的教父。在他们党所有的领导人中,只有他逃脱了政治迫害,至今生活在镇上。住着二层小楼,过得很富足。

上校便来到堂萨瓦斯家里避雨。相比较上校的家徒四壁,堂萨瓦斯家很富有:房间用青砖铺地,家具蒙着花里胡哨的罩布,最里头横七竖八地堆放着盐包、蜂巢格子和马鞍之类的物件。

堂萨瓦斯是个身材矮胖、肌肉松弛的人,眼睛里流露出蛤蟆般的忧伤神色。单凭这段描写,就能看出作者马尔克斯对这个人物的褒贬了。

堂萨瓦斯用戴着婚戒和黑宝石戒指的手,从衬衣口袋掏出一只小瓶,倒出一粒黄豆大小的白色药片。他得了治不好的糖尿病,每天打针,药不离身。他说:"这些药走到哪儿都得带着,就像口袋里装着死神一样,真是活受罪!"

闲聊中,堂萨瓦斯又关心起上校家的那只鸡来。他苦口婆心地劝上校说:"您已经不适合搞这些了,听我的话,老兄,趁现在还来得及,把鸡卖掉吧,能卖九百比索呢!"

有了九百比索，上校家能过好几年的舒心日子呢，他惊呆了："真能卖这么多？您认为有人肯出这么大价钱买那只鸡吗？"堂萨瓦斯信誓旦旦："不是认为，而是有绝对的把握。"

离开堂萨瓦斯家之后，上校来到了邮局。他一反往日的支支吾吾、吞吞吐吐、紧张不安，第一次直截了当地对局长说："我在等一封急信，航空的。"上校的转变，其实透露着两个信息：一是他重新找了律师，重新写了申请，他觉得这次一定会有好消息来，因而信心满满；二是他已经没有什么可失去的了，等了十五年漫长的光阴，也没什么值得再隐瞒的了。

局长查了一遍信，一言不发地拍了拍手，意味深长地看了上校一眼。上校依旧满怀信心地说："信今天肯定要到的。"

局长耸了耸肩，回答道："只有一件东西是肯定要到的，上校，那就是死神。"

Day 6 《没有人给他写信的上校》

你越是软弱，
坏人可能越多

上校觉得自己度过了一生中最漫长的五秒钟

上校告诉妻子："这鸡就是一大把现钱啊，足够我们吃上三年的！"妻子却很清醒，泼冷水道："幻想可不能当饭吃。"

上校却失眠了，迟迟无法入睡。他陷入了重重的犹豫和挣扎之中，一心想把九百比索这个数字从脑海中抹掉。

之后几天，妻子一反常态，上校问她怎么了，妻子却总以"没什么"搪塞过去。上校心里难过，对妻子说："我了解你，一个人要是不得不说假话，那真是到了山穷水尽的地步了。"

妻子长叹一声，这才说了实话，原来她去了神父那儿一趟，想拿结婚时的婚戒作抵押，求神父借几个钱，可神父却说拿神圣的信物换钱是罪过。此外，妻子这几天一直盘算着把钟和画卖掉，可谁也不感兴趣。

上校听了这些话后，感觉很难过。除了难过当下艰难的处境，也难过这四十年来，他和妻子一起生活，共同吃苦挨饿，可他终究不够了解她，他们的爱情中也有某些东西衰老了。但更难过的，是上校拼命维护的最后的一点自尊，也被当众揭穿：这样一来，全镇的人都知道他们快饿死了！

妻子激动地说："我实在受不了了，你们男人根本不知道过日子有多艰难。有好几次我不得不在锅里煮石头，免得左邻右舍都知道我们揭不开锅了。"

妻子又说到了抚恤金的事情，他们苦等多年却不得，而那些上位者在议会里每个月都能拿到上千比索！就说堂萨瓦斯，钱多得连家里那幢两层楼的房子都装不下了。妻子试图用现实点醒上校："尊严是不能当饭吃的！"

听了这些话，上校苦恼了很久，终于决定："明天就把鸡卖给堂萨瓦斯，换他九百比索！"

卖鸡的过程并不顺利，前几天还信誓旦旦劝上校把鸡卖九百比索的堂萨瓦斯，这一次见上校求上门了，反而拿捏了起来。

上校在堂萨瓦斯家足足等了一百四十分钟，堂萨瓦斯却忙得顾不上理他，领着一群雇工走进办公室，在上校面前来来回回几趟，都没正眼瞧他一下。

直到雇工们都走了，堂萨瓦斯才好像刚发现上校一样，装模作样地说："您是在等我吗，老兄？"问完，压根儿不听上校的回答，就又急匆匆地出了门。上校又等了很久很久，堂萨瓦斯才回来。他打开保险柜，取出一卷钞票交给领工。其间，他明明看到上校还在等他，却毫无表示。

当他又要走出办公室时，上校站起身来，堂萨瓦斯这才停下脚步，问上校"有什么事"。他端起架子，全世界好像只有他一个人在忙："快点儿讲，我现在一分钟都不能耽搁。"

上校觉得自己度过了一生中最漫长的五秒钟，迫于生计，他还是咬牙说道："就是那只公鸡的事。"

堂萨瓦斯这才故意羞辱上校一般，对着领工说道："都快翻天了，我这位老兄还惦记着他那只公鸡。"随即表示："好啊，老兄。我马上就回来。"

那天，上校没有等到堂萨瓦斯，他回了家，把这三个钟头里发生的事情告诉了妻子。妻子责怪上校窝囊，说他不应该像要饭一样，而应理直气壮地说："喂，老兄！我决定把鸡卖给您了。"

"照你这么说，生活也太容易了。"上校说。

妻子突然发了火。一上午，她都在收拾屋子，开心地盘算未来三年的好日子，如今却是竹篮打水一场空。

 别太天真了

上校再去找堂萨瓦斯的时候,医生正在给他看病。医生把病人的尿液在试管里加了热,闻了闻气味,而后表示一切正常。医生转向上校,说道:"就该把他给毙了,靠糖尿病来结果这帮阔佬,真是太慢了。"话里有话。

见上校来,堂萨瓦斯冷不防问了一句:"您那只鸡怎么样啦?"上校看了医生一眼,咬咬牙,低声说:"没什么,老兄,我是来把它卖给您的。"上校怕医生看不起他,连忙解释:"我玩这个已经嫌老了,退回去二十年还差不多。"

医生却说:"您总是像比实际年龄年轻二十岁。"或许医生也是不赞成上校卖掉那只公鸡的吧。堂萨瓦斯只不动声色地夸了上校一句"明智",就穿上外套急着离开。临走前,他告诉上校:"我有个主顾,大概能出四百比索。"

医生实在看不过去了,替上校说话:"四百比索?我先前可听说不止这个价啊!"上校也随声附和。

堂萨瓦斯却以"冒着被人乱枪打死,从场子里抬出来的风险"为借口拒绝。临走前,堂萨瓦斯打开保险柜,往各个衣兜里都塞了些钱,然后递给上校四张钞票,算是定金:"这是六十比索,老兄,等鸡卖了咱们再清账。"

上校和医生一道离去,路上,二人谈起卖鸡的事来。上

校向医生解释:"我是没别的办法了,那畜生简直是在吃人肉呢!"医生却很清醒:"吃人肉的畜生只有一个,那就是堂萨瓦斯,我肯定他会把那只鸡以九百比索的价钱转手卖出去。"

上校很吃惊,问道:"您这么认为吗?"

医生回答:"当然!他会把这笔买卖做得跟他那回和镇长签订著名的爱国条约一样出色。"

医生告诉上校堂萨瓦斯的真正为人:当时镇长赶走了堂萨瓦斯很多同党,堂萨瓦斯却是唯一一个幸运留下来的人,而且仅用半价就把同党们的家产买了下来。医生劝上校:"别太天真了,堂萨瓦斯是那种要钱不要命的人。"

Day 7 《没有人给他写信的上校》

人的脆弱和坚强，
都超乎自己的想象

他自觉心灵清透，坦坦荡荡，什么事也难不住他

12月的一个星期五，上校如约来到码头等信。他跟在邮电局局长身后，穿过码头一带的集市来到广场上，听见斗鸡场人声鼎沸。有个过路人向他夸了几句他的鸡，上校这才想起，今天是要开始给鸡训练的日子。怀着好奇，上校来到了斗鸡场。他看到自己的斗鸡威风凛凛，正跟对手厮拼着，场面热火朝天，观众的呐喊声震耳欲聋。他的鸡如同一个身经百战的将军，十分英勇。儿子昔日的伙伴，那个叫赫尔曼的，双手举起斗鸡，引得看台上的人们一阵欢呼。上校却觉得是场闹剧，他环顾四周，发现几乎全镇的年轻人都聚在了这里，起哄、鼓掌、欢呼——只为了一只鸡！

上校跳过隔板,挤进围了一堆的人群,劈手夺过自家的公鸡。他头也不抬地挤出人群,要把鸡抱回家。所有人都跑出来看他,小学生、卖药的黑人、全镇的穷苦百姓……上校第一次觉得回家的路如此漫长。

进了家门,妻子冲过来解释:"是他们硬给夺走的,他们说这只鸡不是咱们的,而是全镇老百姓的。"

此刻的上校却很平静,只听他淡淡地说道:"他们说得对,鸡,不卖了!"上校从衣柜取出一卷钞票,还剩二十九比索,他要把这些钱还给堂萨瓦斯。新鞋也要退掉,可以多还十三比索。至于剩下的十八比索,就等抚恤金来了再还吧。

妻子问他:"如果来不了呢?"

上校回答:"会来的。"

妻子追问:"可要是来不了呢?"

上校依旧淡淡地说:"那就不还。"

这天,老两口没吃晚饭便躺下了。夜深人静的时候,妻子请上校再冷静想一想,再考虑一下卖鸡的事情。上校却已做好了决定,说没什么好考虑的。

妻子辗转反侧,再一次提醒上校:"我们现在折腾不起了,想想看,四百比索,摞在一起该有多少啊!"

上校又提到了抚恤金:"没几天抚恤金就来了。"

妻子有好一阵儿没有说话,空气仿佛都静止了,直到她重新开腔:"这话你说了十五年了,我觉得这笔钱永远也不会来了。"上校却依旧逃避,依旧傻傻地相信着它会来的。

第二天吃午饭时,上校看出来妻子一直在强忍着不让自己哭出来,这令他很吃惊。他知道妻子生性倔强,而且四十多年的苦日子也早就使她磨炼得更加坚强。甚至儿子死的时候,她都没掉一滴眼泪。如今妻子却哭着说:"你太伤人心了,任性,死脑筋,我啃了一辈子黄土,到头来还不如一只鸡。"

上校无言以对。他恨不得能一口气睡上四十四天,直接睡到1月20日,斗鸡的日子。可他不能睡,他知道妻子正盯着自己。妻子又絮叨起来了,说四十年来,他们一直挨饿,却让别人吃得饱饱的。过去大选的时候,上校拼死拼活卖力气,是有权给自己弄个差事的,可是他没有;内战时,上校连命都豁出去了,也有权拿抚恤金的,可他依然没有。

她心酸地表示:"大家都有安生日子过,可你却快要孤苦伶仃地饿死了。"在妻子的百般追问下,上校只得又提起那些不切实际的办法来:卖钟、卖画,但就是不肯卖那只鸡。上校说等1月20日鸡赢了,我们就能拿到百分之二十的赢头啊!

妻子问:"如果它输了呢?"

上校:"这只鸡不会输,再说了,还有四十五天才轮到考虑这件事情呢。"话题像滚皮球一样,又滚回了原地。妻子绝望了,她一把揪住上校的汗衫领子,使劲摇晃着:"那这些天我们吃什么,你说,吃什么?"

上校活了七十五岁——用他一生中分分秒秒积累起来的七十五岁——才到了这个关头。他自觉心灵清透,坦坦荡荡,什么事也难不住他,他说:"吃屎。"

 生活正是在少数人的清醒与坚持中一点一点变好

小说到这里就结束了。上校和妻子之间翻来覆去拉扯的对话,其实也是理想与现实之间的一场拉锯战。当他走投无路说出"吃屎"的时候,心里的愤怒和控诉便达到了顶峰。

读这本小说的时候,你要眼睁睁地看着上校一点一点被逼入绝境,体会到他的不易与心酸,却无计可施。

人的悲剧,归根结底是时代的悲剧。在上校所处的时代里,统治阶级背信弃义,百姓生活穷极无聊。斗鸡、下赌注,是他们追求刺激的一种方式。看似一派热闹,实际无聊麻木,许多人对生活早已失去了热情。上校一边在身体上与疾病斗争,一边在心理上跟生活的绝境斗争,但他依然乐观、坚强,苦苦支撑着。

莫泊桑的《一生》中有这样一段话:"有时,我可能脆弱得一句话就泪流满面;有时,也发现自己咬着牙走了很长的路。"

上校一直都在咬牙坚持着,他说:"有朝一日感到不行了,我谁也不去麻烦,会自己躺倒在垃圾箱里。"

拿了堂萨瓦斯的六十比索,他在放弃卖鸡的那一刻,第一时间就想着还钱;而当他决定不卖鸡的时候,当他面对饥饿从容不迫迎接死亡的时候,他的人格尊严便得到了最大限度的升华。可喜的是,从小说中,我们可以看到人们传送"秘密传单",就是为了不被虚假蒙蔽;武装反抗当时腐败的政府,就是为了反对压迫,追求公平……或许,这才是马尔克斯借上校的悲剧,想要传递给我们的心里的东西。

《一个叫欧维的男人决定去死》

爱是我们死亡时唯一能带走的东西

[瑞典] 巴克曼

人要学会放下,放下是一种饶人的善良,也是饶过自己的智慧。

多国畅销书榜的常客

被译介为100多个版本

字里行间的幽默,透着无处不在的温暖

读这个故事,你会笑,你会哭

你会因此想搬到北欧去

因为那里的一切都更可爱一些

扫码收听本书音频

MAI JIA
READING
WITH YOU

Day 1 《一个叫欧维的男人决定去死》

最不会在意
社会既定法则的人

 那些有爱的人,正是重新生活的根源

弗雷德里克·巴克曼的身上,没有发生许多有意思的故事。他如同大多数的年轻人,社恐、宅,会吐槽生活中发生的事。

当然,1981年出生的他,写下了风靡全球的故事,本身也是一种传奇。在成为作家之前,巴克曼当过卡车司机、专栏作家、博客作者。某一天,巴克曼将自己和老爸的吵架过程发表在博客上,有趣的对话让他瞬间爆红,引发众多网友对其的关注。巴克曼的语言妙趣横生,并且总是能敏锐地捕捉到日常中的细节,通过小动作和微表情让每个角色都活起来。于是,他灵机一动,开始创作《一个叫欧维的男人决定去死》（以下简称《欧维》），开启了自己的文学之路。等到书籍正式出版的那一年，巴克曼三十一岁。

幸运，总喜欢弄一点小波折。巴克曼在完成《欧维》的文稿后，并没有马上获得出版社的青睐。当他将作品投递给多家出版社的时候，没有收到一封回信。有趣的是，他最终收到的一家出版社的回信，是在《欧维》出版六周后，那是一封退稿信。巴克曼没有失去信心，继续满怀热情创作下一部作品。当他完成自己的第二部作品时，一家出版社找上门来，愿意出版《欧维》，巴克曼这才进入作家的行列。

当时并没有太多人看好他的作品，甚至当巴克曼提出要求去参加书展的时候，都被负责人拒绝了。他们说："不，我们觉得书展不适合你。"显然，那时候，没有人会预料到这些陌生的故事将掀起怎样的狂风巨浪，这张在文学圈稍显稚嫩的面孔，又是怎样把故事带向世界。

这个年轻作家，用细腻、温情的笔尖，治愈了无数远隔山海，奔于疲惫生活的人。书中那群可爱的人，仿佛真的生活在世界的某个角落，他们温暖着一颗颗孤单的心灵。

人们终其一生都在假装它并不存在，尽管这是生命的最大动机之一

巴克曼还有另外两部非常有名的作品。

一部名叫《外婆的道歉信》，小说主人公是一个古怪、疯狂、四处惹麻烦的外婆。外婆也是七岁的小爱莎唯一的朋友。爱莎经历了父母离异，他们也都各自有了新家庭，她的世界仿佛只剩下了外婆。外婆也是爱莎心中的超级英雄，不管什么情况下，外婆都会站在爱莎这一边，为了她去跟全世界拼命。后来，外婆去世了。备受打击的爱莎却接到了外婆的一个遗愿，外婆让艾莎将她的道歉信送到得罪过的九个邻居手里。而正是这一趟送信之旅让爱莎逐渐发现一个比童话都精彩的人生……

巴克曼用温情的笔法，通过老人和小孩的故事构建了一个全新的世界。巴克曼用外婆的口吻告诉爱莎，告诉我们，什么是诚实、善良、勇敢，孩子又应该如何成长。

《人生清单》是《外婆的道歉信》的续集，主人公是让人讨厌的、无趣的布里特·玛丽，她六十三岁了，是人们能想象到的无趣又无聊的人。因为她不允许生活里有任何波澜。她有许多的人生清单，以保证她和丈夫的太平日子万无一失。后来，丈夫出轨，她对美好婚姻的期待摔成了无从清理的碎片。布里特·玛丽被迫离开她无比熟悉的生活。此后，一群野孩子、小混混、酒鬼和一只老鼠将她的生活搅得鸡犬不宁，然而与这里格格不入的玛丽，通过她的善良，在同这样一群人、这样一个地方的相处中，渐渐获得了新生。

巴克曼通过这本书、这位老太太告诉我们，人生有一种艰难，是舍弃无比熟悉的生活，重新开始。

老人和小孩在日常生活中经常被人忽视，但是巴克曼却用一种温情的、轻松的笔调，构建了一个个有趣的世界，创造出一个个有趣的灵魂。巴克曼说："我主要对五十五岁以上或十岁以下的人感兴趣。因为他们是最不会在意社会既定法则的人。"

《一个叫欧维的男人决定去死》中的欧维，也是一个古怪的老人。他带着坚不可摧的原则、每天恪守的常规以及随时发飙的脾性在社区晃来晃去，他人私下称其为"地狱来的恶邻"。而他准备自杀。

这不是标准意义上的悲剧，它裹着悲剧的内核，告诉我们人生的终点就是死亡，谁也无可避免。但是，在去往死亡的路上，有些人能活得那样的生动、鲜活。

在文章的结尾，巴克曼说："死亡是一桩奇怪的事情。人们终其一生都在假装它并不存在，尽管这是生命的最大动机之一。我们其中一些人有足够时间认识死亡，他们得以活得更努力、更执着、更壮烈。有些人却要等到它真正逼近才意识到它的反义词有多美好。"

选择死亡的欧维其实并不是懦弱的人，相反他是一个最珍惜生命的人，他从未浪费过一分一秒。他之所以做这样的选择，是因为他的支撑倒塌了，是因为命运加于他身上的伤结成了疤，那是他保护自己的铠甲。大多时候，我们都在关注如何生活,很少真正去思考如何面对死亡。而这本书告诉我们,爱是我们死亡时唯一能带走的东西,它能让死亡变得从容。

Day 2 《一个叫欧维的男人决定去死》

没人能正经做事，
而整个世界都在为之起立鼓掌

 "这日子没法过了。"

人们说欧维眼里的世界非黑即白，而她是色彩，欧维的全部色彩。只是，五十九岁的欧维，失去了这样的色彩。欧维朝她递上鲜花，两枝。也不知道为什么会是两枝。但总得有个数。这是原则问题，欧维向她解释。因此是两枝。

"家里没有你简直乱了套。"欧维说道。

他的太太没有回答。

"今晚会下雪。"欧维说。

她还是没有回答。

"你不在家，一个人整天在这房子里转悠一点儿都不自然。我就想说这些。这日子没法过了。"

她连这话都没有接茬。

"昨天我答应来却没来,你一定生气了吧。"他替自己辩解,"整个小区都快变成疯人院了。一团糟。如今还得亲自出去替他们倒拖斗车,连在天花板挂个钩子的工夫都没有。天黑就不能挂钩子了,你明白的。这样就不知道灯什么时候灭了。电表就这么一直跑,可不行。"欧维反复说道,"家里没有你,简直乱了套。你不在家,我一个人整天在这房子里转悠一点儿都不自然。我就想说这些。这日子没法过了。"

欧维点点头,递上鲜花好让她看见。"粉红色,你喜欢的。温室栽培。店里的人管它叫'常年花',我他妈的才不信呢。他们这么说只是为了推销更多的垃圾给你。"

又是沉默,她没有回答。欧维默不作声地站着,仿佛在寻找新的话题。引导谈话方向这活儿对他来说还是太痛苦。这本来就不是他的专职。他一向负责回答。现在这种新情况,他们俩都还得适应。

最后,他小心地、温柔地抚摩着那块冰冷的大石头,低声说:"我想你。"

六个月前,欧维的太太索雅因病去世。三周前,欧维被公司解雇。现在,欧维每天都会带一束粉红色鲜花去与妻子"聊天",然后准备自杀,欧维希望以这样的方式早日见到妻子。

怎么能整天盼着自己成为多余的人？

在那之前，欧维的生活永远是有规律的：每天差一刻到六点的时候起床，煮咖啡，然后出门巡逻，记录车牌号，检查车库门。今天之后，欧维有更重要的事情要做。

某个周二的晚上，他退订了所有报纸杂志，熄灭了所有的灯。他准备在天花板上装个钩子，以此来结束生命。他不想因为自己的死，给别人或者社会带来麻烦。没有贷款，没有负债，没有孩子，没有人需要为他打理后事，他只求安静地死去。

这个社会表现出了"已经不再需要他"的态度。他被公司解雇了。在他待了三分之一世纪的公司。从那一天起，他再也不需要承担他自己的工作责任。

回家只能等死。或者更糟糕：等他们来接你去那些不能自理的人住的地方，上个厕所都得别人插手。至今他都无法理解那些说自己想要退休的人，怎么能整天盼着自己成为多余的人？作为社会的负担四处游荡，什么人会有这样的梦想？

那天，欧维穿上了太太最爱的那件蓝色西装，像奔赴一场约会一样。忽然间，欧维被一阵急促的敲门声打断。他终于忍无可忍地打开了门，门口站着两个人，是新邻居。

矮个儿黑发的怀孕女士是个伊朗人,叫帕尔瓦娜。身边站着的是她的丈夫,叫帕特里克,是个IT男。

帕尔瓦娜给欧维递上了自己亲手做的蛋糕,表示感谢,因为那天欧维帮他们倒拖车。帕尔瓦娜随后又问欧维借梯子,同时请求他帮助另外一个邻居修理暖气。

那个邻居曾经是欧维的好友,鲁尼,他们认识三十七个年头了。年轻时的欧维怎么也想不到,自己这样的人也会交到朋友。欧维和鲁尼都一样遵循规矩办事,坚持原则。不过,后来的他们也因为一些事情,导致"老死不相往来"。而现在让欧维再去修理鲁尼家的暖气,是根本不可能的事情!

欧维把帕尔瓦娜一行人打发走之后,整个房间就恢复了安静。他坐下,看着照片里的妻子,不禁悲从中来。照片有将近四十年了,那时候他们都还年轻。太太索雅穿着一件红色的衣服,皮肤晒得黝黑,看上去很快乐。欧维站在索雅身边,握着她的手。欧维喜欢把她的食指裹在掌心里,藏在那儿的缝隙里。那一刻,欧维觉得这世上其实没有什么不可能做到的事。所有值得欧维怀念的事中,这件事最让他念念不忘。

欧维终于又站起来,用绳子在钩子上打了个圈,把头伸进去,踢掉凳子。闭上眼睛,欧维感受着绳子就像一头野兽的血盆大口,在他的脖子上慢慢收紧。顿时,周围的一切在印象中都呈现出一种慢镜头的效果。

欧维想起了年轻时候的自己,想起了索雅,想起了老友鲁尼。几年前的一天,鲁尼病了,再也没有从房子里出来过。欧维想:"还是有一点儿怀念那个该死的老混蛋了。"

在一声巨响之后,欧维无助地仰面朝天躺在地板上,瞪着天花板上的钩子,他震惊地看到绳子断成了两截。欧维多年前就说过,质量——早就没人在乎了。老天爷,1889年,埃菲尔铁塔都造出来了,而现如今,造个平房都得时不时停工,好跑开给手机充个电。这是一个还没有过期就已经过时的世界。整个世界都在为没人能正经做事起立鼓掌,毫无保留地为平庸欢呼喝彩。

欧维想:这个社会啊,他们连像样的绳子都生产不出来了吗?如今想好好寻个死都那么难。

Day 3 《一个叫欧维的男人决定去死》

只需要一缕阳光，
就能驱赶所有的阴霾

> 人们总说欧维眼里的世界非黑即白，而她是色彩，欧维的全部色彩

索雅的朋友都不太理解她为什么会嫁给欧维，欧维也没有什么好争辩的。人们说欧维刻薄，"不善交际"，他们或许是对的。但是大多数情况下，欧维认为人这玩意都不怎么靠谱。只是，欧维很明白为什么索雅的朋友都不理解她每天早晨醒来后愿意和他共度一天。

在欧维遇见索雅之前，他唯一热爱的东西是数字。除此之外，他对童年、成长几乎没有任何记忆。没有人欺负他，他也不欺负人。他不是那种把所有无关紧要的事都记在脑子里的人。

是什么人做什么事,这就足够了,欧维总这么想。他喜欢脚踏实地,不喜欢磨嘴皮子。他知道如今这算是了不得的人格缺陷。

七岁那年,母亲在一个8月的早晨因肺痨去世。十六岁那年,作为铁道工人的父亲,死在了铁路现场,因为一节失控的车厢出了轨。从那之后,欧维就不再快乐。

欧维记忆中最清晰的是,母亲坐在窗口,抬头望天,嘶哑的嗓音哼唱着歌曲,时不时会跑调,尽管如此,欧维还是喜欢听。

欧维和父亲没有太多的交谈,但彼此都喜欢陪伴。在工作上,欧维的父亲深受爱戴,他沉默寡言,也很善良。

欧维记得父亲最爱的一个词"发动机",他说:"发动机总是刚正不阿,你要是以礼相待,它就给你自由;你要是搞得像个混蛋样,它就剥夺你的自由。"父亲教会了欧维什么是善良,如何明辨是非。在往后的人生中,欧维也做到了。

欧维的父亲去世后,欧维接替了这份工作,成了一名地道工人。他成绩优秀,但是放弃了入学的机会。因为对于那个时候的他而言,能自给自足便是一种尊严。

欧维在铁道上工作的第五年,一个清晨,他跳上了一列火车,与索雅初次相遇。这是父亲死后,欧维第一次开怀大笑。

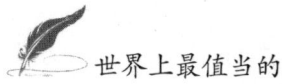 世界上最值当的投资

欧维还记得那天的初遇。他看到索雅有一头棕色的头发,蓝色的眼睛,红色的鞋,一枚黄色的大发卡,胸前别着的一枚金色胸针调皮地反射着从车窗透进来的阳光。早晨六点半,欧维刚刚下班,本应该坐上另一班火车回家。但欧维看见了站台上的她,听到了她悠扬的笑声。于是欧维又回到火车上,自己都不知道为什么。

然后,欧维做了一生中最正确的决定。他坐在了索雅身边。还没有等欧维坐稳,正在看书的索雅就愉快地转身面对他,温柔地笑着说了声"你好"。于是,欧维也很自然地回了一句"你好"。索雅询问欧维是否喜欢看书,欧维摇摇头,但是这并不影响索雅的情绪。

"我太爱读书了。"索雅说完,就开始讲述膝盖上那些书的内容。索雅说话的样子就像随时都会笑出声来,而那些笑声又像香槟泡沫发出的声音。这时候欧维意识到,自己愿意用余生来倾听对面女孩诉说她所热爱的那些事物。

欧维在反方向火车上待了一个半小时。当索雅询问欧维的职业时,欧维不假思索地脱口而出:"我在军营里当兵。"是的,要不是因为心脏问题,欧维已经住到半里地外的军营里了,但是现在他是个铁道工人,负责某辆火车的

清洁。

后来,欧维连续三个月都做着同样的事情,乘坐一个半小时的反方向火车,陪索雅聊天,但他从来没有开口约索雅吃饭,最后索雅再也忍不住了。"明天晚上八点整,我在这儿等你。我要你穿上西装带我去饭馆。"于是,就有了第一次约会。

约会的那天,索雅激动地讲述着自己的学习生涯,她是读师范专业的。当索雅看着欧维的时候,欧维有生以来第一次觉得自己是世界上唯一的男人。而他无法再假装下去。欧维告诉索雅,自己不是当兵的,实际上他只不过是个心脏不好的列车清洁工,他之所以撒谎,不外乎就是想和她一起坐火车。索雅没有像欧维以为的那样生气,反而笑了起来,说:"我还从来没听你一口气说过这么多话。而且你也没有伪装得那么好。"原来索雅早就知道了。

索雅又问欧维这辈子到底想做些什么,而欧维不假思索地回答说想要造房子。设计构造,画图纸,计算出使之屹立不倒的最好方法。后来,欧维考取了工程专业函授学位,并且在建筑工程公司找了份工作,一干就是三分之一个世纪。工作努力,从无病假,还贷、缴税,自食其力。

那天约会的时候,欧维选了一束花,索雅称欧维买的花真是世界上最值当的投资。

这样的两个人,互相理解,互相认定,给予对方最大的包容和爱。人们总说欧维和索雅就像是黑夜和白天。

索雅喜欢说话，而欧维喜欢沉默。索雅爱抽象的东西，音乐、书籍、奇言怪语，诸如此类，欧维却是个满脑子充满具象事物的人。欧维手插口袋疾步人生，索雅总是在舞蹈。

一次，当欧维问索雅为什么总是那么兴高采烈的时候，索雅说："只需要一缕阳光就能驱赶所有的阴霾。"

在他们相处近四十年时，索雅病倒了，她握着欧维的手，让他不要难过，一切都会好起来，然后小心翼翼地把食指放进他的掌心，慢慢闭上眼睛，离开了世界。欧维紧握着索雅的手坐了几个钟头，直到医院的工作人员跑来，温和而谨慎地向他解释，他们必须抬走索雅的尸体了。

Day 4 《一个叫欧维的男人决定去死》

看似刻板，
却奋不顾身

自己成了一个没用的老头之后，她会不会像过去一样喜欢？

欧维坐在萨博车里，正在准备新的一次自杀。他感受着浓稠的尾气一立方厘米接一立方厘米地充满车库和他的肺。他想着，生活不应该是现在这个样子。努力工作，还贷、纳税，自食其力，然后结婚，同甘共苦，至死不渝，当初难道不是这样说好的吗？索雅不应该先死的。

欧维不知道如今索雅该怎么看他，自己是个无业游民和她相会时，会不会给她丢脸？自己被电脑淘汰而无法保住一份稳定的工作，她会不会觉得自己是个傻瓜？自己成了一个没用的老头之后，她会不会像过去一样喜欢？

欧维思索着，然后又被急促的敲车库门的声音打断。他对着门怒目而视，觉得自己受够了。他怒吼着打开萨博的门，以至于尾气涌向四面八方。

那个外国孕妇捂着鼻子，浓稠的血从她的鼻子往下淌——欧维开门的时候，撞到了她。帕尔瓦娜解释说丈夫受伤，急救车没有她的位置，雪下得大，又打不到出租车，公交车堵得到处都是。

"欧维，所以你必须送我们。"

欧维说："没什么必须的，我又不是救护中心。"但是，最后欧维还是开车出去了，听从帕尔瓦娜的指示，去接孩子们，并且送他们去医院。欧维为自己辩解，如果太太在，看到欧维不仅把一个三十岁的孕妇撞出鼻血，还让她去挤公交车，肯定又会唠叨自己。

后来，欧维还不得不陪着看守这两个小女孩，也不得不根据两个小女孩的要求，用不同的声音给她们朗读故事。尽管，他非常不愿意，但是并不想让两个女孩扫兴。

帕尔瓦娜的丈夫需要住院，她便带着孩子和欧维一同回家了。帕尔瓦娜看着欧维，想到车库里的塑料管和尾气，有些担心。她说道："欧维，我们的暖气片坏了。你不会让姑娘们冻着是吗？"

欧维很不情愿，但还是去储藏室拿工具了。

他觉得索雅一定会高兴的,仅此而已

帕尔瓦娜的那些忙,欧维觉得自己都是被动去帮的。当然,还有那一只流浪猫也是。欧维第一次见到那只猫咪的时候,觉得它没有个猫样——它只有半截尾巴、一只耳朵,身上的毛还东少一块西缺一块的,就像被谁一把一把揪过似的。欧维不喜欢这些流浪动物,但是索雅喜欢。

后来,这只猫又被隔壁凶神恶煞"金发霉女"的狗欺负,欧维是这么称呼那位女士的。甚至有一次,"金发霉女"拿石头去砸猫咪,骂欧维是个老智障,多管闲事。欧维见状,便怒吼她,表示要是她家的狗再随便撒尿,他就会在底下铺个电路,电死它。当然,最后欧维也没有这样做。

欧维再一次见到它时,帕尔瓦娜正抱着猫咪要闯进自己的家。猫咪冻着了,又受伤了。欧维觉得这群邻居简直没完没了,总是这群人,不断阻扰他死亡计划的邻居们,都快把人逼疯了,逼死了。

猫在帕尔瓦娜和邻居小伙子吉米的关照之下,终于暖和起来了。欧维本想冷嘲热讽,却发现这个消息让他松了一口气——并不是因为自己开始关心这只猫,而是他觉得索雅一定会高兴的,仅此而已。此后,欧维走哪儿,这只猫咪总会跟上,欧维拿它没辙。等到有天去墓地的时候,猫咪也陪着欧维静静待着。

欧维把最近发生的事情和索雅讲述了一遍,这只可怜的猫咪,是一来就这样的,并不是自己有意为之的。而自己最近的生活乱了套,邻居们的事情一件又一件的。还有,索雅教过的一个学生,他也在思念索雅。

这个学生,并不是其他老师眼中所谓的好学生,但是索雅没有放弃他。那个学生说:"索雅老师是唯一一个没有把我当白痴的老师。"欧维没有回答。然后,两个男人,一个五十九岁,一个十几岁,隔着几米的距离,各自踹着积雪,就像互相踹着一段记忆,关于一个女人的记忆,她总是坚信某些人身上存在着连他们自己都未曾发现的潜质。

两个人都不知道该拿这段共同的经历如何是好。最后,欧维想起来,前几天男孩那辆乱停的、需要修理的自行车。欧维问道:"你要把那自行车怎么样?"名叫阿德里安的学生回答:"我答应帮我妞修好来着。其实,你知道不?她还不是我妞,但我想让她做我妞,就是这个意思。"

欧维打量着眼前的年轻男孩,继续问:"那你有工具吗?"男孩摇摇头,欧维觉得不可思议,没有工具怎么修。男孩回答欧维:"因为我喜欢她。"欧维一时不知道怎么回应这句话,接着说了一句连自己都不知道从哪儿冒出来的话:"下班后过来吧,我把自行车取出来给你,但你得自己带工具。"

只是，当欧维得知男孩还有第二份工作无法过去取车时，欧维最后将修好的车亲自送了过去。那是在教帕尔瓦娜学车的时候，这件事连帕尔瓦娜都觉得诧异。谁都不可否认，欧维是如此善良地温暖着身边每一个需要他的人的。

欧维在年轻的时候，拥有过一栋房子，是父亲留给他的。但是，某一天邻居家失火导致他的房子也被烧，而他只能无可奈何地听着政府人员说，反正房子也要拆就不必灭火了。那时候的欧维，刚刚冲进火场救下了邻居的孙子，而他手臂上也永久地留下了烧伤的疤痕。之后，有朋友问索雅为什么会爱上欧维，索雅回答，大多数人逃离火场，但欧维却冲向火场。

Day 5 《一个叫欧维的男人决定去死》

每个人都必须知道
他为什么而奋斗

不管生存还是死亡,我们都必须继续走下去

"每个人都必须知道他为什么而奋斗。"索雅曾经一直念叨着这句话。欧维大多数时候不以为意,但是他也从来不去反驳。而现在的他知道,索雅为了一切的美好而奋斗,为了她从未降临的孩子,而欧维为了她而奋斗。

在他们结婚不久后,索雅怀孕了。她决定坐长途大巴去西班牙旅行,但不幸的是返程途中遭遇重大车祸。

第一周,欧维每时每刻都守在索雅的床边。所到之处,人们都对他投来怜悯的目光。一个医生用冷漠而专业的语气告诉欧维:"做好她再也不会苏醒的准备。"欧维咆哮着:"她还没有死!别搞得像她已经死了一样。"

第十天，索雅艰难地睁开眼睛，看见欧维后，她把手指钻进欧维的掌心。在听到欧维告诉她一切之后，索雅哭了，久久不息。欧维告诉她，司机如何一身酒气，大巴如何蹭上护栏，后面的车如何撞上来……还有那个未来临的孩子，以及再也不能行走的索雅。此时此刻，欧维知道，他永远不会原谅自己没能守护好索雅和她肚子里的孩子，欧维知道这种痛苦将在心里永存。但如果让黑暗赢了这场战争，那么索雅就不再是索雅了。索雅表示想接受理疗："不管生存还是死亡，欧维，我们都必须继续走下去。"

接下来的几个月里，欧维见到了不计其数的穿着白衬衣的政府人员。他们认为索雅应该去疗养院，认为欧维是无法忍受将来的艰辛日子的。欧维反抗，因为他知道，现在他们唯一要回的地方，就是自己的家。

回到家之后，欧维就改造了整个厨房，装得更矮了，重新修理所有门，又在每道门槛前安装了坡道。欧维觉得总得有人为索雅站出来抱不平，于是他与全世界抗争。欧维写了很多信，给西班牙政府，瑞典政府，警察，法院，但没有人愿意承担责任，没人关心。那些"白衬衣"的回答只是互相推卸。当政府拒绝改建索雅所在学校的楼梯时，欧维写信申诉了几个月，依旧没有回应。

索雅知道欧维的苦衷，所以就任由他去抗争。终于有一天，索雅握住欧维的手，说："别再写信了，欧维，家里的生活装不下你这些信了。够了，亲爱的欧维。"

欧维听从了索雅的意见。后来，他亲自去索雅教书的地方修建了残疾人坡道。这是索雅的一份特殊工作，去教育那些不良学生。那是一群由警察护送来上课的学生，他们是其他教师和校长口中的完全没有希望的人。但是，他们让索雅落泪，让她欢笑，让她的歌声在夜晚的房间回荡。等到他们离开的时候，已经可以背诵四百年前的古诗了。欧维从来搞不懂那些满嘴破句的小无赖，但因为索雅，他发自内心地喜欢他们。

每个人的生命中总有那么一刻，决定他们将成为什么样的人

索雅曾经说过："上帝把我的孩子带走了，我亲爱的欧维，但他又给了我一千多个。"

那些"白衬衣"，总会无孔不入。多年前，他们想要带走索雅。而现在，他们又将带走鲁尼，原因是他们认为鲁尼已经毫无意识。尽管，鲁尼的太太安妮塔十分不情愿，但是政府经过几年的决策，已经下发审核文件，必须带走鲁尼。欧维并不知晓这一情况，他总觉得来得及，因为他以为这群"白衬衣"才刚来。他不知道的是，安妮塔认为欧维和索雅的麻烦已经够多了，她不想再麻烦他们。

欧维又到了索雅的墓前,含含糊糊地说着对不起:"你得在上面等我一阵儿了,我暂时没时间死。"欧维嘴里念念叨叨,听上去非常像在说"这就是一场战争"。

他决定为了鲁尼而去奋斗。

那天,"白衬衣"带来了一群人,准备带走鲁尼。安妮塔悲伤欲绝:"遇到困难就退让,算什么爱?有所求就抛弃,告诉我算什么爱?"

"鲁尼大半时间都不知道自己是谁。那谁来照顾他,安妮塔?""白衬衣"反问道,并摇摇头。"我来照顾他。"安妮塔回答。欧维,帕尔瓦娜,还有身边一群人都异口同声地说:"还有我。"随后他们往门口挤,挡住了出路口。

所有人都静默了。最后,人群中的一个女记者以"白衬衣"的银行账单为要挟,命令他们离开。

出乎欧维的意料,"白衬衣"照办了,他们离开了这里。后来,女记者告诉欧维:"别忘了你答应我的事。"

女记者认识欧维,源于上一次自杀。由于自杀被邻居不断阻断,于是欧维决定卧轨而死。但是,他还未跳进轨道,身边有一个人就因昏倒而跌入铁轨。在所有人都见死不救时,欧维在火车来临前,救下落轨的人。他独自一个人等待着火车的来临,边上有人在呼喊他,让他快上来,他迟疑了,想起父亲葬送在铁轨之上,于是他在最后一刻,还是上岸了。

这一幕被女记者看到了,她觉得欧维是个英雄。但是,欧维拒绝采访,甚至她带来了被欧维所救之人的感谢信,欧维也没有看。此时此刻,为了帮助鲁尼,欧维不得不答应。

索雅曾经说过,要理解欧维和鲁尼这样的男人,首先要理解他们是被困在错误时代中的男人。

每个人都想要有尊严地生活。对不同的人来说,尊严是不同的。对欧维和鲁尼这样的男人来说,尊严只是成年以后可以自力更生,把不需要依靠别人视为自己的权利。

Day 6 《一个叫欧维的男人决定去死》

人的品质是由他的行为决定的，而不是他说的话

 他只是喜欢循规蹈矩，仅此而已

人们总是说欧维刻薄、古板。其实欧维一点儿都不刻薄，他只是不会嬉皮笑脸罢了，古板可能也有一点。

欧维一辈子都没上过一个闹钟。六点差一刻，他准时醒来，然后直接起床，启动咖啡，沏上两人份；煮咖啡时，手往兜里一插，起身到小区里巡逻。他每天早晨都要转上一圈。他在标明"社区内禁止车辆通行"的标牌前站住，狠狠地踹了一脚，并不是因为它歪了，但检查一下总没有坏处。接着欧维走向停车场，一个又一个车库，检查确认晚上有没有人擅闯。

然后，记录只允许停满二十四个小时的车辆，如果同样

的车牌号在欧维笔记本上出现了两次，欧维便会给交管局打电话。因为这是原则，标牌上写着二十四小时，那就得服从，否则就乱套了。当年欧维还是社区委员会会长时，曾提出过一些意见，但是都被人否决了，原因是欧维太古板。

在工作上，他起初接替了父亲的班，勤勤恳恳，从不抱怨。谁让他搭把手他就搭把手，谁让他顶个班他就顶个班，毫无怨言。慢慢地，几乎班上的所有人都欠他一两个人情。欧维喜欢上班，喜欢规律，喜欢总是有盼头的感觉。欧维一辈子没有请过一天假。一个萝卜一个坑。承担一份责任，坚持一些原则。他从来不理解年轻人整天叨唠着"寻找自我"。

欧维非常清楚地知道，有人认为他只是个固执的人，从不信任别人。索雅也曾经说欧维是世界上最不灵活的人。欧维不愿把它当作耻辱。他只是喜欢循规蹈矩，仅此而已。凡事都该有个规律，让人有所遵循。

欧维是个勇敢、温暖的人。欧维九岁的时候，曾经跟随父亲打扫、清洁火车，他捡到了一个钱包。原本是谁捡到了算谁的，大多数人都占为己有，但欧维选择了上交。多年后，父亲的同事偷了一个钱包并且诬陷欧维，欧维否认了，但是他没有指认对方。他告诉经理："一个人的品质是由他的行为决定的，而不是他说的话。"

欧维的那只傲娇的猫，一直安静地陪在欧维身边，跟着欧维去巡逻，去医院，去索雅的墓前，去帮助鲁尼，陪欧维走完了人生的最后一程。尽管欧维认为自己只是觉得索雅喜欢猫罢了，并非自己的本意。

欧维与鲁尼"老死不相往来"之后，最后还是选择为他去抗争。那群"白衬衣"总是掌握最有利的文件，他们总是能带走欧维最重要的东西。关于为什么欧维和鲁尼决裂？索雅说，原因很简单，因为鲁尼买了一辆宝马。欧维觉得和买宝马的人实在是没有话说。

或许欧维无法原谅鲁尼是因为尽管鲁尼已经有了一个儿子，但根本不知道如何与之相处。或许鲁尼无法原谅欧维是因为他无法得到欧维的原谅。或许他们都无法原谅自己，因为没能把自己深爱的女人最想要的东西给她们。之后，鲁尼第一次进医院。欧维自己也不清楚他们之间的仇恨是什么时候开始的，但他知道，此时此刻一切都结束了。

 千万别把葬礼搞成"该死的盛会"

欧维深情。对索雅来说，欧维从来都不阴沉、不尖锐，也不刻薄。对她来说，欧维就是他们第一次共进晚餐时那些有点褶皱的粉红色玫瑰。因为欧维对正义、道德、勤劳以及一个对错分明的世界深信不疑。并不是因为这样的人会赢得奖牌或证书，或者会被别人拍拍肩膀说好样的，而是这样处世的人不多了，索雅知道。所以索雅想守住这个人。欧维或许不为她吟诗、唱夜曲，但从没有别的男孩会单纯因为喜欢听自己说话而愿意反方向坐几个小时火车。

只是这样的索雅，将欧维丢在了这个世界。欧维不知道究竟从何时开始，他变得如此沉默。索雅的葬礼以后，日复一日地似水流转，欧维不清楚这期间自己究竟做了什么，直到帕尔瓦娜他们把车开进他的花坛。这段时间里，欧维根本想不起曾跟哪个大活人说过一个词。失去某人以后，总是会有一些奇怪的细节惹人怀念：她的笑容，她睡眠时翻身的样子，为她粉刷房间，为她制作大书架……于是，欧维像赴一场约会，精心打扮，穿上熨帖的西服，然后从容自杀。只是，现在的欧维渐渐被需要，被身边的爱温暖。欧维知道，这肯定是索雅希望看到的，而自己也不是个没用的老头。

在某一天清晨，欧维家门口的雪没有铲，他也没有按时起来巡逻。帕尔瓦娜看到欧维的时候，只觉得他睡得很沉的样子，是她从未见过的安详。猫咪躺在欧维身边，脑袋小心翼翼地搁在欧维的掌心。欧维在帕尔瓦娜和孩子们、朋友的陪伴下，度过了最后的三年时光。

欧维在信中写道，萨博给阿德里安。猫每天吃两顿吞拿鱼，它不肯在陌生人家拉屎，别逼它。索雅的爸爸留下了一些钱，吩咐安排分给了女孩、吉米等，其余给帕尔瓦娜。最后千万别让新邻居们在小区里开车。

欧维叮嘱帕尔瓦娜，千万别把葬礼搞成"该死的盛会"。不需要任何仪式，只把他往索雅身边一埋就好。

葬礼来了两三百人。帕尔瓦娜夫妻和女孩儿们进场的时候，连墙角走廊都挤满了人。每人手里握着一支蜡烛，蜡烛侧面刻着一行字：索雅基金。这就是帕尔瓦娜决定欧维留下的钱应有的归宿：为孤儿设立的慈善基金。

帕尔瓦娜丈夫说道："这排场欧维得恨死，是不是？"

帕尔瓦娜破涕为笑，因为欧维还真会。

Day 7 《一个叫欧维的男人决定去死》

关于死亡、
爱的秘密

> 最恼人的那一刻，可能就是突然意识到自己已经到了回忆比展望更多的年龄

死亡是一桩奇怪的事情。人们终其一生都在假装它并不存在，尽管这是生命的最大动机之一。我们其中一些人有足够时间认识死亡，他们得以活得更努力、更执着、更壮烈。有些人却要等到它真正逼近才意识到它的反义词有多美好。另一些人深受其困扰，在它宣布到来之前就早早地坐进等候室。我们害怕它，但我们更害怕它发生在身边的人身上，对死亡最大的恐惧，在于它与我们擦肩而过，留下我们一个人。

这段话触动人心。人们总是以一直逃避的方式去看待死亡。然而，死亡是每个人都无法避免的。

正如作者巴克曼说："大多数人只为了未来生活。几天之后，几周之后，或者几年。每个人一生中最恼人的那一刻可能就是突然意识到自己已经到了回忆比展望更多的年龄。当来日无多的时候，必须有别的动力让人活下去。或许是回忆。午后的阳光中牵着某人的手，鲜花绽放的花坛，周日的咖啡馆。或许是孙子孙女。人们为了别人的未来继续生活。"

对欧维而言，他活着永远不会浪费时间，但是等到最爱的人被死神接走的时候，这才是他最大的恐惧。他的世界失去了一切色彩，他不知道该如何去活了。所幸这个北欧老头向死而生，在每一个春去秋来的日子里，他努力生活着；在没有索雅的日子里，他学会了自己去面对孤独的一切。他逐渐被需要、被爱，也学会了爱人，最终被时间安静地带走。

索雅曾经说："爱上一个人就像搬进一座房子。一开始你会爱上新的一切，陶醉于拥有它的每一个清晨，就好像害怕会有人突然冲进房间指出这是个错误，你根本不该住得那么好。但经年累月，房子的外墙开始陈旧，木板七翘八裂，你会因为它本该完美的不完美而渐渐不再那么爱它。然后你渐渐谙熟所有的破绽和瑕疵。天冷的时候，如何避免钥匙卡在锁孔里；哪块地板踩上去的时候容易弯曲；怎么打开一扇橱门又恰好可以不让它嘎吱作响。这些都是会赋予你归属感的小秘密。"

在漫长的岁月时光里,欧维和索雅的爱是令人羡慕的。彼此陪伴、理解、守护。欧维爱妻子就像爱生命,深知与妻子的相遇是一种幸运。索雅是欧维生命里的一道光,在欧维一无所有的时候爱上并嫁给欧维。我们知道索雅能看到别人看不到的闪光点,她不在乎欧维是否能给自己买昂贵的礼物,陪她吟诗,她从不认为欧维刻板,欧维是世界少有的以这种方式处世的人。索雅说,欧维的内心其实会跳舞,只是他不知道而已。

这样一个美好又善良的女孩,上天却一次又一次将不公的命运加在她身上。她失去孩子,终身不能孕育,她遭遇车祸,永远无法站立,但是最后她仍然向命运发起了挑战,并且保留乐观和温暖,将爱带给了更多的孩子。

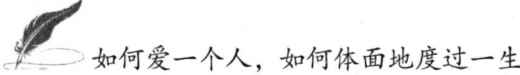
如何爱一个人,如何体面地度过一生

欧维是别人眼中古板、偏执、不好相处的怪老头,但事实上他只是坚持自己的原则而已;索雅失去了双腿,是别人眼中的残疾人,但她不曾怪罪命运,她只是有所坚持;同性恋男孩鼓足勇气,向父亲坦白,最后被父亲赶出家门,无家可归。

每个人都想有尊严地生活。对不同的人来说，尊严是不同的。阅读书本的时候，我们会发现在欧维每个自杀的时刻，穿插叙述了欧维的人生片段。那些片段，让欧维成了欧维，他的选择仿佛也在情理之中，因为他失去了人生最大的支撑。

有人说，原来欧维所有的固执都是命运在他身上烙下的伤痕所结的痂，是他对抗苦难人生所必须穿上的盔甲。

"每个人的生命中总有那么一刻决定他们将成为什么样的人。要是你不了解那个故事，就不了解那个人。"所幸最后的欧维与自己达成和解，没有索雅的他，学会了面对这漫漫时光。我们也会发现，其实真正的死亡是被彻底遗忘，是世界上没有一个人记得你。而爱，让死亡不再恐怖。欧维和索雅，会永远留在人们身边。

孤独是条漫长的河流。在月光的笼罩下，显得清冷又深邃，谁也不可避免。欧维是个会享受孤独的人。世界的声色犬马，喧哗骚动，仿佛都与他无关。他只守着自己的世界。

合上书，或许你会明白如何面对生活，如何爱一个人，如何体面地度过一生。

现代人的生活，被时间推着往前走，很多时候人们不太愿意思考当下应该怎么过，人们喜欢计划未来。有时候，正因如此，可能会丧失某些快乐。阅读一本书，看一部电影，听一首歌，享受当下的快乐吧。让日常阅读，成为砍向我们内心冰封大海的斧头。

《丧钟为谁而鸣》
生命的可贵，在于它的宽度和厚度

［美］海明威

我们总是在自我戕害，文明有文明的法则，愚昧有愚昧的枷锁；明的，暗了，先进的，落后的，人类自我制造悲剧的能力，和我们改造世界的能力一样发达。

任何人的死亡使我有所缺损
因为我与人类难解难分
所以千万不必去打听丧钟为谁而鸣
丧钟为你而鸣
以美国人参加西班牙反法西斯战争为题材
深沉的人道主义力量感动了一代代人

Day 1 《丧钟为谁而鸣》

对于作家来说，有战争的经验是难能可贵的

 美国历史上最耀眼的传奇作家

《丧钟为谁而鸣》整部小说有四十余万字，可以说是海明威小说中篇幅最长的一部，但故事讲述的时间跨度却只有三天，写得紧凑非凡。它来自海明威的真实体验，甚至有人将这本小说称为"海明威的二战回忆录"。

海明威，全名欧内斯特·米勒·海明威，他是美国历史上最耀眼的传奇作家，也是诺贝尔文学奖得主，还被认为是20世纪最著名的小说家之一，没有人不知道他的《老人与海》，书中老人圣地亚哥坚韧的硬汉形象深入人心。

海明威出生于1899年，他的家在美国芝加哥附近的奥克帕克村。母亲虽是一位主妇，却非常喜爱艺术，她希望自己

的儿子能在音乐上有所发展。但是海明威却承袭了父亲的兴趣爱好，喜欢打猎、钓鱼、在森林和湖泊中露营等户外运动。海明威从小不仅在体育上成绩优异，学业上也是同样的优秀，而在英语上更是天赋突出，可以说是一个典型的学霸。初中时期，他因为给两个文学报社撰写文章，获得了写作的经验，所以在升入高中后，他便成为学校的校报编辑。高中毕业后，他本可以进入大学继续学习，但他拒绝了，选择了到美国西南的《堪城星报》当实习记者，《堪城星报》在当时是美国最好的报纸之一。

海明威在那里实习的六个月里，采访了大量的医院和警察局，接受了良好的写作训练，所以，他的写作生涯开始于那时。或许是因为职业的原因，战争对他的吸引力变得越来越大。1918年，第一次世界大战爆发后，为了观察这次大战的情况，海明威不顾父亲的反对，申请加入了美国军事部门。但最终由于视力体检不及格，他被调到了红十字会救伤队担任救护车司机一职，他由此投身于意大利战场。

在意大利前线，他目睹了战争的残酷，在米兰附近的一座弹药库爆炸后，遍地的尸体令他感到震惊。而他自己也在一次输送补给时被奥地利的炮弹片击中，左膝盖被机枪打碎，他不得不在米兰医院住了三个月，做了十几次手术。

第一次世界大战结束后，他被意大利政府授予了十字军功奖章、银质奖章和勇敢奖章，并获得了中尉军衔。只是伴随荣誉的是他身上多达两百三十七处的伤痕,以及他脑海中那挥之不去的恶魔般的战争记忆。

海明威曾说过:"对于作家来说,有战争的经验是难能可贵的。"他早期的小说《永别了,武器》,创作灵感就来源于第一次世界大战,在这部小说里,海明威把自己当成了小说中的主人公。

之后几年,海明威以自由作者和战地记者的身份奔波于各地。1928年,他选择了在美国的佛罗里达州和古巴居住。在那里,他过上了一段宁静的田园生活,只是好景不长,第二次世界大战爆发,1937年至1938年间,他以战地记者的身份奔赴西班牙内战前线。

人人都是土地的一片、大陆的一角,每当有人消逝,都令我孱弱衰老

发生在1936年初秋至1939年春天的西班牙内战,实际上是第二次世界大战欧洲战线的序幕,也是全世界共产信仰者和社会进步力量与德、意法西斯政权之间的首次较量。海明威于1940年发表的长篇小说《丧钟为谁而鸣》,正是以这一时期的西班牙内战为历史背景,以美国人参加西班牙人民反法西斯战争为题材的。

小说讲述的是一名美国籍的西班牙语教师罗伯特·乔

丹，奉命深入敌后，去炸毁一座桥梁，以协助西班牙共和国军反攻法西斯。然而在山区游击队的短短三天时间里，罗伯特·乔丹从忠诚老实的老人家安塞尔莫、热情矛盾的妇人皮拉尔、狡猾消极的游击队长巴勃罗，以及可爱迷人的玛利亚那里，得到了成长，收获了爱情，完成了任务，却失去了性命。

书名"丧钟为谁而鸣"，来源于17世纪英国玄学派诗人约翰·多恩的著作《没有人是一座孤岛》里的一句："没有人是孤岛，能孑然独立，人人都是土地的一片、大陆的一角，每当有人消逝，都令我孱弱衰老，因为我是人类的一个，所以，别问我丧钟为谁而鸣，丧钟为你而鸣。"

海明威把这段话写在了小说的扉页中，借此告诉广大读者：面对人生，我们不应悲观，而是应该选择直面。生活在战争年代的海明威，将迷茫展现在了作品中，他也因此被称为美国"迷惘的一代"作家中的代表人物。

1941年，普利策奖委员会推荐《丧钟为谁而鸣》为当年获奖作品，但由于当时的主席、哥伦比亚大学校长尼古拉斯·巴特勒的极力反对，致使《丧钟为谁而鸣》最终遗憾落选。1953年，普利策奖委员会再次推荐海明威的《老人与海》，将其作为候选获奖作品，这一次，没有了尼古拉斯·巴特勒的反对，海明威终于获得了这个迟到的荣誉。

遗憾的是，1961年7月2日，海明威在他爱达荷兰州凯彻姆的家中用猎枪结束了自己的生命,享年六十二岁。对此,世人众说纷纭。海明威的父亲在海明威二十九岁时选择了自杀身亡,那时的海明威认为父亲是一位懦夫,选择了用这样的方式来结束生命。然而当他自己在生活中不断地体会到人间的冷暖心酸后,他开始崇拜父亲。这与小说中的罗伯特·乔丹很相似。

Day 2 《丧钟为谁而鸣》

至高无上的重任与狐狸洞

> 如今兵荒马乱的年代里,我们能去哪?我们不想被打扰

短短三天的时间,海明威却写出了人生七十年的感悟,故事中的主人公罗伯特·乔丹从一名热血青年成长为真正的战士。

1937年的春天,西班牙共和国政府军总部准备向法西斯发起反攻,从而收复马德里西北的塞哥维亚。但是在塞哥维亚与瓜达拉哈之间有一座桥,可能会成为敌军增援的通道,所以政府军司令决定炸毁这座桥,以阻断敌军的增援。

在一个地上被棕褐色松针铺满的森林里,年轻的罗伯特·乔丹跟着老向导安塞尔莫谨慎地穿行着,沉重的背包压

弯了他们的腰——他们汗流浃背。他们溯溪而上,老人安塞尔莫踩着岩石河床的边缘稳稳地走在了前面,当罗伯特跟上他时,已累得满头大汗,大腿肌肉不停地抽搐着。

他心想:这老人确实是个好向导,走山路厉害极了,虽然自己走山路也还不错,但自己跟着这老人已经从黎明走到了现在,他有理由相信,再这么走下去,这老人能让他走得累死。

出发前,在埃斯科里亚尔外的那栋房子的房间里,西班牙政府军司令戈尔茨将军对罗伯特的任务布置不断在他脑海里重复:在敌人设定的进攻时间前把他们的增援通道炸毁,以此拖住敌军的进攻时间,给西班牙政府军拿下塞哥维亚争取时间。

罗伯特是一名美国籍青年,美国大学里的西班牙语教师。因为对西班牙的热爱,他志愿加入了西班牙共和国政府军,接受了司令戈尔茨将军的委托,到敌后山区进行爆破行动。老人安塞尔莫则是负责安排罗伯特和山区游击队接头的向导。

安塞尔莫带罗伯特找到了游击队队长巴勃罗。但是,当巴勃罗得知罗伯特来找他的目的是要炸毁桥梁时,他拒绝了,他告诉罗伯特:那不适合我们,我们现在在这山区里很好。如果你炸毁了这里的桥梁,那么我们就会被敌人发现、被迫追击,最终不得不离开山区,开始逃亡,可是在如今兵荒马乱的年代里,我们能去哪?我们不想被打扰。

巴勃罗的拒绝让老人安塞尔莫感到非常气愤,他用方言怒气冲冲地对他说道:"你是畜生吗?还是野兽?你有没有脑子?此刻我们是为了至高无上的重任而来,可你却为了你蜗居的地方不被打扰,就把你的狐狸洞看得比人类利益还重要。"说完便将罗伯特身上的一个背包塞给了巴勃罗。巴勃罗垂下眼,接过背包带着安塞尔莫和罗伯特向他们的营地走去。

他们都仅仅只是履行职责的工具

巴勃罗身上的那份不悦和悲伤,让罗伯特感到了不舒服。

穿过浓密的树林后,他们来到了小山谷的上端,巴勃罗的营地就在树林外一道耸起的悬崖下面,这是个非常隐蔽的地方。除非走到跟前,否则根本就看不见它,即使是从空中也一样看不见,它就像熊穴一样隐蔽在了悬崖下面。

巴勃罗的营地离桥不远,吃完食物后,安塞尔莫带着罗伯特穿过一片陡坡上的松林,便可以清晰地看到桥了。那是一座横跨深谷的铁桥,远远的谷底里有一条河流,水流很急,白色的水花隐现于岩礁卵石之间,奔向山口的主河。

罗伯特隐蔽地一边观察着桥的结构,一边从胸前口袋里掏出一个本子，快速地勾勒出几幅草图。从桥的结构来看，想要毁掉它并不难：用科学、得体的方法，只需要找到六个分点安放炸药，同时引爆便可；如果是用粗暴的方法，那么便只需要放两个大的炸药包就可以。

虽然此刻在画图时他还没有考虑上炸药的用量，但罗伯特的心中很快就已了然有数，他高兴地合上本子，转头看到身旁的安塞尔莫谨慎地盯着公路、桥和岗亭，见他合上了本子，安塞尔莫才松了口气。

罗伯特是幸运的，有这样一位老人做伴，陪他看桥，守护他画图，如今方案已产生，但他却突然对戈尔茨司令的此次命令感到厌恶，因为炸桥造成的结果可能会带给这位老人糟糕的后果。在这一场爆破行动中，桥是这场战争和人类未来命运的转折点，但是无论是罗伯特、老人安塞尔莫，还是游击队的人，他们都仅仅只是履行职责的工具。

天黑前，罗伯特和安塞尔莫回到了巴勃罗的营地。他们看到巴勃罗和三个他不认识的人正坐在一张靠墙的桌子边。其中一个有着一张扁平且棕色的大饼脸，留着一头灰色短发，脸上长着灰色胡楂，身上穿着一件普通的黑色罩衫，领子一直扣到了领口；而另外两个明显是兄弟，两人长得非常像，都属于矮小粗壮型，深色头发、黑眼睛、褐皮肤。

罗伯特明白，这四人正在讨论着他的任务，他相信他们马上就会给他答案。果然，巴勃罗说道："我不会去炸桥，我的人也不会去的，而且，这里的每一座桥你们都不能炸。"

就在罗伯特准备说服巴勃罗时，他的妻子皮拉尔却先站出来表示自己同意炸桥。她对洞内的所有人说道："我赞成炸桥。炸了桥以后，我们就一起出去。这个地方人太多了，我已经腻味了这个地方了，如今这里就像一潭子死水，很烦人。"接着她又对罗伯特说，明天自己会带他去见"聋子"，那是一个勇敢的人，并且肯定会支持炸桥。

就在皮拉尔表态后，与巴勃罗坐在一起的三个男人也纷纷表示自己赞成炸桥，这一反转的情况使得巴勃罗的额头上出现了细微的汗水，脸上也呈现出了遭到背叛的黯淡神色。

Day 3 《丧钟为谁而鸣》

在战火纷飞中，有一份简单的幸福

没有人知道意外和明天哪个来得更早

面对妻子与自己完全相反的决定，以及其他人的忠诚宣言，巴勃罗没有再说话，只是待在一旁喝酒，山洞内出现了短暂的安静。罗伯特拿出他下午画的草图，向皮拉尔等人解释起了如何炸桥，以及他选择炸药安放点的理由。

就在罗伯特给大家解释的时候，女孩玛利亚也凑了过来，并且把胳膊搭在了他的肩头上。玛利亚是一个漂亮的女孩，棕色的皮肤、雪白的牙齿，她金黄的头发犹如日光灼烧下的金色麦田，只是剪得很短。她的父母都是共和国党人，在战争中被杀后，她被关在了巴利亚多利德的监狱里，惨遭敌军的轮番蹂躏，精神受到刺激。三个月前，共和国派爆破手哈什金炸毁了巴利亚多利德的一辆火车，使得当时正在被转移的多名囚犯乘机逃脱，玛利亚也在逃脱的囚犯当中。

就在白天玛利亚拿食物给罗伯特时，她的眼睛里有了明亮、有了光彩。当罗伯特看着她时，她的脸上甚至出现了害羞的泛红。这个女孩心中的火焰似乎被罗伯特重新点燃了。罗伯特在见到玛利亚的那一刻，也同样沦陷了。两个不存在身体与世俗羁绊的年轻人，就这样坠入了爱河。

皮拉尔视玛利亚如己出，所以在玛利亚与罗伯特第一次见面时，她便清晰地看到了两人眼中的情愫。她鼓励玛利亚大胆表白，要求罗伯特在炸桥后带着玛利亚离开，然后怂恿玛利亚在当天晚上溜进罗伯特的睡袋。爱情的温暖让他们一起抵御了严寒，那一刻，睡袋就是他们的家。

第二天一早，罗伯特在一阵法西斯巡逻机的轰隆声中惊醒，身旁的玛利亚已离开。他起身来到洞口下方，只见密密麻麻的轰炸机和驱逐机在离山洞五千英尺的上空轰鸣而过，细数后居然多达十五架。

巴勃罗营地的山洞口很隐蔽，但如果敌人想在这山里搜寻什么，就很可能发现巴勃罗藏在厩栏里的马。罗伯特询问巴勃罗："之前是否也经常有飞机巡逻？"

巴勃罗回他："以前没有那么多，通常就三架或六架驱逐机，也有时候会是驱逐坦克。但是轰炸机与驱逐机一起出动，是从来没有出现过的。"

"这很糟糕,"罗伯特心想,"飞机集结意味着会有某些糟糕的事发生,他们应该不知道政府军计划反攻的事。"他安慰着自己,可是心里又有另一个声音在说:"为什么不可能?毕竟很多事他们都知道。"罗伯特压下心中的担心询问道:"昨晚公路上有什么动静吗?"昨夜在拉格哈的费尔南多回道:"我没见着军队有动静,但在附近的咖啡馆里倒是听到一些传言说'共和国军要在这一带发起进攻了',还听说'他们那边有人要来这里炸桥,而法西斯将派部队来扫荡山区'。"说完传言后,他笑着补充道,"不过你们不用在意,这些都只是无聊的流言罢了。"

费尔南多认为的流言带给了罗伯特不小的震惊,并让他感到紧张。于是他立刻叫来老人安塞尔莫和吉卜赛人拉斐尔。他让老人吃完早饭后就去前面盯着公路,把公路上所有的动静记下来,并且要一直待在那里,直到有人去替换他才可以离开。同时,他又让拉斐尔与老人一同前往,交代拉斐尔在确定了老人所在的位置后,去一个可以看得到锯木场的地方,然后在那里观察桥上的岗哨有多少人,以及他们的换班间隔是多久。

他们珍惜生命,却更期待和平的到来

交代完了任务后,罗伯特又让皮拉尔带他去找"聋子"。因为想要完成炸桥工作，仅靠巴勃罗队里的队员是不够的，在他炸桥时，他需要足够的人手同时拿下岗哨，掩护他炸桥。皮拉尔同意马上带他去，但她提出必须带上玛利亚一起前往。

皮拉尔喜欢这两个年轻人，但她很清楚，即使是现在仍然活着的他们，很有可能再也见不到下一个礼拜天，所以时间对于这两个年轻人来说是那么宝贵，皮拉尔想成全他们，给他们独处的机会，这也是皮拉尔的善良。

"聋子"本名圣地亚哥，因为他的一只耳朵听不见，所以大家都叫他"聋子"。他和皮拉尔一样，都是共和国军的忠实拥护者，因此当他得知炸桥任务后，表示会全力配合。

三人最后商定由圣地亚哥这组负责剪断电话线，袭击修路站里的哨所，拿下后退回到桥上；而皮拉尔那组则负责剪断另一边的电话线，袭击靠近锯木场的哨所，拿下后也退回到桥上与圣地亚哥他们会合后一起撤退。

但因为炸桥的时间是定在白天，如果两组队员要在白天进行集体撤离，那无疑就变成敌人的靶子，而且马匹也不够，圣地亚哥决定当天晚上去敌军那里偷马。

对罗伯特来说，他的任务就是炸桥，然后找当地的游击队配合。但是在这一刻他明白，对皮拉尔和圣地亚哥来说，炸桥就意味着他们的家园将遭到毁灭，而炸桥时间的限定，更是让他们增加了撤离的危险，甚至会因此而付出生命的代价。

巴勃罗显然是聪明的,他一眼就看出了这个任务糟糕的地方;圣地亚哥也是一听就明白了,虽然他不喜欢,但他还是选择了配合。圣地亚哥和皮拉尔本可以像巴勃罗一样拒绝对罗伯特的帮助,但是忠诚和信仰没有让他们做出那样的选择。他们珍惜生命,却更期待和平的到来。

皮拉尔的牵挂是玛利亚,她想为玛利亚寻找一个港湾。所以在回去的路上,皮拉尔努力创造他们独处的时间。

爱情在不知不觉中改变着玛利亚和罗伯特,皮拉尔对于玛利亚的爱,让罗伯特明白那是一种胜似亲情的爱。

Day 4 《丧钟为谁而鸣》

为了让这片土地变成安居的乐土

 这些上山的汽车究竟意味着什么

当罗伯特和玛利亚回到营地时,天空开始下起了雪。雪花在松林间密集地穿梭下坠,冷风从山头阵阵袭来。

这场大雪让巴勃罗兴奋了起来,因为大雪会增加炸桥的难度,他期望罗伯特的炸桥计划能够因为这场大雪而终止。但他终究没能如愿。没多久吉卜赛人拉斐尔也从外面回来了,他告诉罗伯特,桥上的岗哨每六小时换一班,每次两个人值勤,那里一共有八个人和一个下士。而今天的公路上与平时一样,没有什么特别的,只是过了好几辆汽车。

老人安塞尔莫还没回来,刚回来的拉斐尔已经冻坏了,他的两手通红、黝黑的脸颊已被冻得发僵,他不能再次外出了。于是罗伯特让费尔南多带着他一起去找老人。

而此时,安塞尔莫正缩在一棵大树背后避风雪,他双手拢在外套袖子里,身体紧贴着树干,他拼命地把头往下缩进外套里,这突来的风雪快把他冻僵了。"公路上没什么不正常的动静,我已经知道对面岗哨的布置和规律了,再待下去也没什么意义了,风越来越大,雪也没有变小的意思,我还是赶在天黑前回营的好。"安塞尔莫犹豫着,但最终还是选择严守纪律与命令。

这时,一辆绿褐色的汽车顺着铺满雪的公路向这边开来,车轮上的防滑链叮当作响,车窗被刷成了蓝色,看不到里面,只留出一道弧形的空隙,方便车里的人往外看。那是一辆出厂两年的劳斯莱斯,是共和国总参谋部的车子,此刻被伪装成了普通汽车。可是安塞尔莫并不知道这些,他也看不到车里有三个裹着斗篷的军官,两个在后座、一个坐在折凳上。

当车子经过时,折凳上的军官透过蓝色窗户上留出的小缝往外看,只是他和安塞尔莫均没有看到对方。在车子从安塞尔莫的正下方经过时,他看到司机是一个红脸膛、头戴钢盔、身裹大斗篷的士兵,车子副座上的传令兵手里握着来复枪,汽车沿着公路往上开去。

他赶紧从口袋里拿出纸和笔做上记号,这是今天经过这里的第十辆车,其中六辆已经离开了,剩余四辆车还在山上。对于这条公路,这个数字不算特别。平常安塞尔莫分不清,哪些是关口和山区防线驻军师部的车,哪些是共和国总参谋部的车。如果此时是罗伯特在这里,那么他就会领会到,这些上山的汽车究竟意味着什么。

从此以后,无论是好还是坏、疾病还是健康,他们都将彼此相爱、珍惜,直到死亡将他们分开

天已经黑了。罗伯特非常开心安塞尔莫没有离开。"在西班牙,能够听从命令,并且坚守在暴风雪里,是一件非常难得的事,"他想着,"安塞尔莫是一个好汉,也是个好人。"

敌后游击队员们执行的每一项任务,都是在掩护共和国军,不计较共和国军给他们带来的危险与不幸。之所以愿意这样做,是为了最终能够让这片土地变成安居的乐土。罗伯特来这里之前,只是接受了一位优秀将领下达的命令,他并不在乎完成这项命令会带来什么样的后果。但是现在,他开始了担忧,"如果共和国败了,那么这些信仰它的人便再也不可能在西班牙生活了,除此以外他们还有可能会因此而失去生命"。

晚饭间,巴勃罗借着酒劲,怒斥所有人跟着罗伯特炸桥是一个愚昧的决定。他嘲笑队员们是一群幻想家,指责皮拉

尔是一个没有脑子的女人，指责罗伯特是一个专门跑来毁掉他们的外国人。黑人奥古斯丁因为忍受不了巴勃罗粗鲁的怒斥，便动手打了巴勃罗，但巴勃罗没有还手，而是掀起洞口的毯子走了出去。可是没多久，他笑着进来告诉大家，自己先前喝醉了，此刻已经酒醒了，并且还表示自己决定加入炸桥行动。

巴勃罗这突如其来的转变，让所有人都感到了不安。在他回来之前，大家商量过将他关起来，或是送给法西斯，抑或是直接用枪打死他，但善良使他们终究没有那么做。

罗伯特走到洞口，掀起毯子往外看了看。外面的雪已经停了，夜色明朗，空气中充满了寒冷。他望着对面的树干，树干的下面已变成了白色。"圣地亚哥今晚去偷马的话，会留下很多脚印，"他想着，"希望他们顺利。"

深夜，玛利亚穿着前一晚穿的一件衬衫来到罗伯特的睡袋里，她告诉罗伯特'这是她的婚礼衬衫'，而这个夜晚便是她和罗伯特的新婚之夜。

暮春的清晨，暖风将树上沉甸甸的雪花轻轻地吹落下来。已经醒来的罗伯特知道这雪是山区里的一场反常风暴，估计不用到中午，雪就会融化掉。这时，他突然听到有马靠近，他起身拿出手枪匍匐着，只见一位骑手在策马小跑，马蹄重重踏在湿润的雪地上，发出沉闷的声响。

"玛利亚。"他推推身边姑娘的肩膀，把她摇醒，"躲在睡袋里，别出来。"罗伯特瞄准一个骑兵的胸膛正中开了枪，枪声回荡在披雪的林间，顷刻间头顶传来飞机的轰鸣声。被打死的骑兵完全没有心理准备，这就意味着对方不是在追踪马蹄印，甚至可能都没注意到他们通往山上放哨点的足迹。

看着死掉的骑兵，罗伯特判定已有一支巡逻队进入山区。于是他快速布置任务："玛利亚和皮拉尔负责做好所有撤离准备；巴勃罗负责先将骑兵的马骑出去，让马的蹄印延向另一方向，然后与他们自己的马会合，费尔南多负责看守好两个炸药包，奥古斯丁、普里米蒂沃和我一起上岩石查看情况。"

一切安排妥当之后，大家便开始了行动。

Day 5 《丧钟为谁而鸣》

明知命令有问题，为何仍冷漠地执行

 只有他一人看出炸桥的命令有问题

情况非常不利，雪虽然停了，但还没有融化，如果让对方发现雪地里的马蹄印，那么"聋子"他们就有可能遇到危险。罗伯特心里清楚，当下的任务是防守，将所有的装备都留到明天。

罗伯特带上普里米蒂沃和奥古斯丁一起爬到了洞口的岩石上，架上自动步枪，用树枝作掩护，开启防守战略。巴勃罗先是骑着马奔出了山口，接着在山顶的平地上兜了个圈后，沿着马蹄印往树林走了过去，接着向左一转便不见了。

这时，空中传来隐隐的轰鸣声，有四个人从林子里穿了出来，他们一个跑在前头，三个跟在后面。领头的一路追着马蹄印,他顺着蹄印到了巴勃罗兜圈的地方勒马停下,其他三人聚集上前。突然,那领头人拨转马身,指向一片树林,正是巴勃罗的马蹄印通往的方向,于是四人打马跑进了树林。

奥古斯丁低声骂道:"狗娘养的!"罗伯特伸手搭上他的肩膀,他能感觉到,奥古斯丁在大量出汗,手掌下能感受到他背上的肌肉也开始抽搐了起来。巴勃罗已经离开四十五分钟了。"希望他不要遇到骑兵。"罗伯特心想着。

"我们可以把那四个都干掉。"浑身汗湿的奥古斯丁悄声对罗伯特说。

"是。"罗伯特低声回道,"可一旦开火,谁知道会发生什么?"正说着,一阵石头滚落的声音传到两人耳里,紧接着有两队人马出现在树林边,一共约二十人,他们骑着马,带着武器,穿着制服,军刀晃荡着跑进了树林。

"你看!"罗伯特对奥古斯丁轻声说,"要是我们刚才打了那几个,接着就得对付这些了。"

"我看到了。"奥古斯丁说,"可照你看,他们有多大可能抓到巴勃罗呢?""巴勃罗很聪明。"奥古斯丁继续说,"虽然比起从前,他现在就是个垃圾,但这并不妨碍他活下来。"罗伯特心里清楚巴勃罗有多聪明,只有他一人看出炸桥的命令有问题,而自己则只是冷漠地执行着这个命令。此刻他的心跳得很快,胸前的衬衣已经被融化的雪浸湿了，胸中更是有一种空空的感觉。

普里米蒂沃察觉到"聋子"正在被袭击，但罗伯特告诉他："什么都不要做。"开火声听得清清楚楚，罗伯特放眼望去：远处的山谷对面，一支骑兵队伍在林子外面，正朝着开火的方向穿过雪坡往上爬。只见雪地上两队黑压压的人马拉出了椭圆队形，他们翻过山脊后进入了林子。

"我们必须去帮他们。"普里米蒂沃说，他的声音变得又干又平。"那不可能。"罗伯特冷静地对他说，"我一早上都在想这个，圣地亚哥昨晚去偷马了，雪一停他们就被追踪到了，他们已经完了，我们去的话，我们也会完的，所以绝对不能分散我们的力量。"

"可我们必须去帮他们。"普里米蒂沃满脸泪水，"我们不能就这样看着他们自己应付困难，那都是我们的同志啊！"

罗伯特伸了一只手，按在这个男人的肩上说道："我们什么都不能做，如果可以，我会做的。"

"听听吧，那是一场屠杀啊。"

普里米蒂沃抽动着嘴角和脖子青筋上的胡楂说道："听听吧，那是一场屠杀啊。"枪声一重叠着一重，在一片自动步枪的开火声中，他们还听到了手榴弹沉沉的闷响。

然而就在这时,他们的头顶上传来了飞机声。一架轰炸机正朝着"聋子"遭到攻击的高地飞去。而此时的"聋子"圣地亚哥正在山顶作战,他的小腿受了伤,左臂也伤了两处,他的头痛得厉害。这个对革命忠心耿耿的中年男人,主动接下了连夜偷马的任务。但他没想到雪偏偏停了,使得敌军的骑兵巡逻队追踪到了他们的脚印,他和他的四个部下被逼到了这个山头上。

圣地亚哥躺在死马身后的岩石一角,他让部下全部收起火力,让待在坡下的敌军误以为他们已被歼灭,来引诱对方走出坡下的大石头。果然对方有一个军官中计了,只见他离开土坡,迈着大步往山上走。

"只有一个,"圣地亚哥暗暗说道,"不过看对方走路的样子应该是个军官,这个畜生,我要让你陪我们一起走。"说完他扣下自动步枪的扳机。随着枪响,那名军官脸朝下趴在了地上,坡下的火力再次冲着山顶射打,与此同时飞机的轰隆声从上空传来。紧接着一阵呼啸的轰炸伴随着"哒哒哒"的机枪声撕裂了空气,飞机在山顶来回轰炸了三次后又架起机关枪扫射了一通后才离开。

飞机离开后,土坡下的敌军来到圣地亚哥他们战亡的地方,对方的中尉下令砍下圣地亚哥他们五人的头颅,用斗篷裹着带回去报功。同时还收走了他们的步枪和手枪,圣地亚哥的自动步枪则被绑在了中尉的马背上,随着队伍往山下而去。

  一匹马的背上横着一个长条卷筒，用斗篷裹着，两头打了结，中间隔一段扎一圈，绑得一节节隆起，像豆荚一样。它被横在马鞍上，两头系在马镫皮带上。"聋子"圣地亚哥之前用的自动步枪和它并排架着，威风凛凛。

  这一情景被刚从对方阵营打探消息回来的老人安塞尔莫看到了。在回营地途中，他摸黑上了圣地亚哥他们之前战斗的山头，便立刻明白了那长长的斗篷卷里裹着的是什么了，那一刻恐惧冻结了他的心。在回营路上，他一直在为圣地亚哥和所有人祈祷，这是开战以来他的第一次祈祷。

Day 6 《丧钟为谁而鸣》

这就是战争：
生死考验下的人性

如果非死不可，他想和大家死在一起

圣地亚哥牺牲了，罗伯特的炸桥任务还需要继续，恐惧和悲伤笼罩着游击队里的每一个人。安塞尔莫在敌军阵营打探到对方有四辆四门炮的重型卡车和反坦克炮，这个消息让罗伯特明确意识到戈尔茨将军的进攻计划存在着很大的风险，于是他立刻写信说明情况，并派人送出。

夜晚再次来临，这是炸桥前的最后一晚了。罗伯特和玛利亚再一次一起躺在睡袋里，这一次他们只是紧紧地相拥着聊天。玛利亚向罗伯特讲述了她的遭遇，她希望自己做一个尊重丈夫的妻子，所以她把自己的过去毫无保留地叙述给了罗伯特听。罗伯特是一个很好的丈夫，他尊重玛利亚的思

想,倾听她的述说,同时也没有因为玛利亚被敌军糟蹋而歧视她,而是用他宽大的胸怀来安慰玛利亚。

在这个夜晚,就在罗伯特的睡袋里,他宣布他们结婚了。他告诉玛利亚,等这次任务结束后,他将带着玛利亚一起去马德里,罗伯特继续教书,而玛利亚则负责照料他们的小家,闲暇时间里他们将一起到公园里散步。两人在美好的憧憬中睡去。凌晨两点时,皮拉尔把罗伯特叫醒,她告诉罗伯特:巴勃罗跑了,并且偷走了炸药的起爆器、雷管和装引线。

罗伯特让皮拉尔不要自责,没有了起爆器、雷管和装引线,可以用手榴弹来引爆炸药。他蹲在那里,手里挑拣着手榴弹,心里却愤恨地想:我怎么可以在这件事上自欺欺人,当他们在打"聋子"时,我们其实已经完了,就像雪一停,"聋子"就完了一样。现在的我们可以随便拿下一个哨所,却没有办法同时拿下两个。巴勃罗从头到尾都明白这一点,所以当"聋子"他们被打时,他就知道他们已成了敌人砧板上的肉。

"戈尔茨将军不知道有没有收到信,再过几个小时进攻就要开始了,或许再过一会儿奇迹就会出现,我们会收到取消任务的命令。"罗伯特一边安慰自己,一边否定:"我不能把行动建立在假想上,假想奇迹会出现,期望戈尔茨收到信后,能够停止行动。现实是如果我拿不出好的方案来,我不仅炸不了桥，甚至还会把大家统统害死，所以我必须做一个好的计划。"就在罗伯特被假想、懊恼、焦虑混在一起纠缠时，巴勃罗回来了。他出现在了山洞口，他向皮拉尔和罗伯特承认自己因为一时软弱选择了逃跑，并且把起爆器、雷管和装引线扔进了峡谷下面的河里，可是在离开了队伍后，他感到了孤单，那一刻他才明白：如果非死不可，他想和大家死在一起。所以他去其他地方找了五个游击战士来加入他们的行动，以此来接替原定计划中"聋子"那组的任务。

凌晨三点，他们出发了，所有人摸黑穿过树林，向山顶的狭窄隘口爬去。每个人都背着沉重的装备，因此爬得很慢。

罗伯特的计划是：他和奥古斯丁、安塞尔莫负责炸桥，巴勃罗和皮拉尔各带一组同时干掉哨岗并切断电话线，待罗伯特他们炸桥后掩护两组人员撤离。在他们到达指定地方时，罗伯特与大家做了再次确认，之后巴勃罗询问罗伯特："我们撤回时，你会用那挺机枪和你的小机枪掩护好我们吧？""我会亲自负责机枪，从一开始直到最后。"罗伯特坚定地说道。

巴勃罗伸出手说道："我很抱歉拿走了你的东西，你懂我说的什么。"罗伯特伸出手用力地握着巴勃罗的手说道："可你带来了我们需要的。"

行动就此开始！罗伯特派了游击队里行走力最快的安德

雷斯，去给戈尔茨将军送汇报信。可当安德雷斯快速穿过山野、越过法西斯防线，进入共和国防线后，进展变得非常缓慢。

从共和国的第一道防线到戈尔茨将军所在的地方需要经历多道检查，而每一道检查都会消耗掉很长时间，当安德雷斯抵达指挥部时，戈尔茨已经起程了。心急的安德雷斯则将信件误交给了叛军头目安德烈·马蒂，正是这个被称为国际纵队总政委的马蒂将军，将戈尔茨的进攻计划泄露给了法西斯！

所以，等待着戈尔茨将军的其实是一场没有实际意义的战斗。同样，罗伯特的炸桥也变得毫无意义，却无法停止。

而没有了起爆器、雷管和装引线的罗伯特，在奥古斯丁的掩护下，和安塞尔莫把一个个炸药塞在桥梁下方，然后用电线绑紧，接着再将手榴弹固定在炸药包上，最后用铜线一头缠绕手榴弹上的保险销，一头绑在他们的手上。做好这一切后，罗伯特和安塞尔莫各自退到一侧，待时间一到引爆炸药。

一切准备就绪，公路上这时传来卡车的声音，罗伯特对安塞尔莫大声喊道："炸了它！"然后他用力扯动手腕。顷刻间，爆炸声响起，桥的中段飞上半空，仿佛浪头在最高点破碎后飞溅开来。然而当碎片雨停止后，安塞尔莫趴在白色的路碑后，脸朝下；左胳膊折在脑后，右胳膊则直着向外伸出，线圈还绕在他的右拳上。他死了，被车子炸开后的铁片刺死。

巴勃罗和皮拉尔带领的队伍也都各自有伤亡：皮拉尔组损失了费尔南多和两兄弟中的其中一个；巴勃罗组里除了他自己，其他人全军覆没。这就是战争！

世界是个美好的地方，值得我为之战斗，我很不想离开它

当所有人准备离开战场、撤出山区时，罗伯特接受了巴勃罗要他"骑在最后"的要求。然而就在他们即将穿过敌军机枪射程范围时，尖锐的爆破声落在了他们的身边，炮弹贴着地面飞来，随即公路上出现了一辆坦克。随着坦克上闪出的一道明亮黄光，一声铿然炸响后伴随着辛辣的火药味，罗伯特被压在了大马的身下，他的左腿被生生压断。为了不成为大家撤退的包袱，他果断地告诉皮拉尔和巴勃罗带领游击队撤离，并且耐心劝导玛利亚"为我们俩走"。

奥古斯丁俯身问他："要我开枪打你吗？没有关系的。"

"用不着，把子弹不多且弄不到子弹的那把机枪留下吧。"罗伯特靠着树干坐着说道，"走吧，老伙计，战争中这种事很多，帮我好好照顾玛利亚。"

奥古斯丁坐上马背，朝罗伯特深深地弯了下腰。

当所有的人都离开后，罗伯特靠着树干望向脚下的山坡，他看到卡车翻过了山头的上半段公路。"他们快到了。"他想，"这一年来，我为我的信仰战斗，如果我们在这里能赢，那么在其他地方也能赢。世界是个美好的地方，值得我为之战斗，我很不想离开它。"但转而他告诉自己，"你很幸运，度过了这样一段美好的人生，虽然只有短短的几天，但没有人能比你的人生更美好，所以你没有什么可抱怨的。"

于是他伸手拿过轻机枪对自己说："也许半个小时，如果能拖住，哪怕一小会儿，或者干掉领头的军官，那就会给游击队的撤离争取时间。"说完他翻了个身，让自己趴在地上，努力坚持着，他能感觉到有什么正在从自己身体里溜走，但是他坚持着，安静地等待。就在罗伯特感到自己快要晕厥过去时，他看到一支骑兵小队走出林子，穿过公路，向他走近，领头的军官跟着游击队的马蹄印快步上了山坡。罗伯特控制自己，小心翼翼地稳住双手，等待着军官走到阳光下，他能感觉到自己的心跳正在撞击着森林里铺满松针的土地……

Day 7 《丧钟为谁而鸣》

虽然只有短短的几天，
但没有人能比我的人生更美好

 悲剧是将人生有价值的东西毁灭给人看

在海明威创作的所有作品主人公身上，我们或多或少可以看到海明威本人的身影。罗伯特说自己不是一个真正的马克思主义者，而是一个反法西斯主义者，这也是海明威本人的立场。

《丧钟为谁而鸣》是一个悲剧故事。在小说中，海明威除了表现反对法西斯主义的思想外，整个故事都笼罩着一层阴郁灰暗的氛围。无论是游击队队长巴勃罗说"他们越来越强大，装备越来越好，物资越来越充裕"，还是戈尔茨将军承认政府军在指挥体系和工作作风上存在着严重的问题，且历来兵力不足等，都暗示了双方在军事力量上的差距，以及政府军进攻失败的必然性。

鲁迅曾说：悲剧是将人生有价值的东西毁灭给人看。小说主人公罗伯特·乔丹在和西班牙人民反法西斯战斗中的牺牲，其实就象征着美好且有价值东西的毁灭。故事结尾，当所有的人都离开后，罗伯特靠着树干的那段独白，展现的就是罗伯特人性的升华、精神的美丽，以及内心的英勇无畏。而这正符合了海明威小说中的"硬汉"形象。

生命的可贵之处，不是它的长度，而是它的宽度和厚度

短短三天，不过七十二个小时。爱情和责任、信仰和恐惧随着故事的发展不断地上演。战争，从来不会使正常而富有正义的人们感到舒心愉悦，它只会使人们在惊心动魄之余承受巨大的苦难；战争，也从不带给百姓清晰和分明，它总是带给百姓迷茫。

海明威通过大量的对话，将小说里的每个人物都塑造得有血有肉：有爱说脏话的真诚人物，有爱吃喝而又自带庄严的气质人物，有虽没有决策能力却忠心耿耿的人物，也有被酒和物质享受腐化却又聪明并心狠手辣的人物。当我们的目光在白纸黑字间流淌时，我们的心会不自觉地跟着主人公罗伯特在一起：为他得到爱情而高兴，为他失去战友而难过，

为巴勃罗的畏惧逃离而厌恶,为罗伯特的牺牲而惋惜。

罗伯特自始至终都没有放弃他的任务,即使在心存怀疑时,也依然没有放弃。因为他明白,人类的命运是息息相关的,人人都是土地的一片、大陆的一角,哪怕大海卷去一粒尘土,欧洲也会变小,就像失去一隅海岬、一方领土。——有些人终其一生都没有明白的道理,海明威用了三天的时间带我们领会。

生命的可贵之处,不是它的长度,而是它的宽度和厚度。每一个人都希望自己可以长长久久地活下去,但如果能在有限的时间里充分体会到生活的真谛、感情的美好、生命的意义,那么,七十个小时的人生和七十年又有什么区别呢?

或许,对一个将死之人来说,这是一种安慰。但是,对一个为别人的利益而牺牲自己生命的英雄来说,能如此释然地同自己所热爱的一切作别,是多么伟大!

《西线无战事》

战争的真实面目

[德] 雷马克

人和兽之间,只隔着一团愤怒,像生死之间只隔着一层纸。

亲历一战后所创作

被誉为"古今欧洲书籍的最大成就"

同名电影获奥斯卡最佳影片和导演大奖

扫码收听本书音频

MAI JIA
READING
WITH YOU

Day 1 《西线无战事》

即使躲过了炮弹，
他们已经被战争毁掉了

> 好作品就如明珠，或许会暂时蒙尘，但始终在发光

对于许多生活在和平年代的人来说，"战争"只是一个抽象的概念。它存在于老一辈遥远褪色的回忆中，存在于历史书简洁冷静的叙述里。而在《西线无战事》中，德裔作家雷马克则用冷峻、悲悯的笔触将我们带回第一次世界大战的前线，让我们得以看清战争的真实面目。

这部作品的创作与雷马克的人生经历密不可分。雷马克出生于德国西北部一个普通家庭里。他的父亲在当地工厂做装订书籍的工作，努力地维持着一家贫寒的生计。由于全家都是虔诚的天主教徒，雷马克顺理成章进入天主教会开办的

师范预科班学习，然后顺利进入了当地一家初等师范学校。

就在这时，时代的狂风巨浪汹涌而至，彻底改变了雷马克的人生轨迹。1914年，第一次世界大战爆发。两年后，雷马克中断了学业，直接从学校应征入伍，并即刻被派往西线战场，投身到了真正的战争之中。在战场上，雷马克是一位英勇的士兵。他先后五次负伤，而最后一次受伤是在佛兰德战役中。当时，为了救一位战友，他被英军的手榴弹击中，伤势相当严重。经过很长时间的治疗，伤才终于痊愈。

从那之后，他正式撤离战场，从始至终，只在前线待了六个月。但人生阶段重要与否，并不在于时间的长短，而在于分量的轻重。正是这六个月，让雷马克对战争的真实面目、士兵的真实心态有了深刻理解，也为他后来创作《西线无战事》提供了精确、鲜活的第一手资料。

战后，雷马克回到学校修完了规定课程，并在一个乡村小学当了一位教师。但这份职业显然并不适合他，仅仅一年，他就毅然辞职。那时，刚刚战败的德国经济萧条，百废待兴。在这样的大环境中讨生活，并不容易。为了养活自己，雷马克当过石匠，拿着手提箱四处兜售过货物，还曾去精神病院拉过小提琴。渐渐地，他意识到自己在写作方面的天分，先后在《大陆回声报》和《体育画报》担任编辑，开始靠写作吃饭。

多样的职业生涯、复杂的人生经历让雷马克对社会、人生和人性有了更加全面和深刻的理解,也为他后来的创作提供了丰富的素材。三十岁那年,雷马克终于开始动笔写作这部酝酿已久的《西线无战事》。仅仅花了六个星期,他就一气呵成写完了。

小说在受到六个月的冷遇后,终被赏识,被《福斯报》连载。其间,《福斯报》的销量猛增三倍,越来越多读者被这部作品深深震撼。

顺应读者要求,1929年,出版社出版了单行本,作品一出,立刻引起轰动。仅在德国国内,第一年的销量就达到了一百二十万册。其他各国也紧跟着翻译引进,迅速引发了剧烈且广泛的"雷马克热潮"。据统计,这部作品先后被翻译成四十五种文字,总发行量两三千万册,被誉为"古今欧洲书籍的最大成就"。

与此同时,电影行业也伸出了跨界合作的橄榄枝。初版后第二年,这部作品就被好莱坞搬上荧屏,引发了又一轮热潮。同名电影更是获得了第三届奥斯卡最佳影片和最佳导演奖。

 这本书既不是控诉,也不是自白

这部《西线无战事》给雷马克带来了巨大的声誉和财富,可与此同时,也给他招来了当时德国当局的刻骨仇恨和严重迫害。电影在德国首映时，几个冲锋队员带队闹场，之后还遭到禁映。同年，不堪巨大的压力和尖锐的攻击，雷马克离开德国，迁居瑞士。此后，该书还遭受了焚毁，列为禁书等厄运。

1931年，这部作品获得诺贝尔文学奖提名，却遭到德方抗议，理由是小说嘲讽了德国的"威武之师"。

1933年，在柏林歌剧院广场上举行的焚书运动中，他的作品被付之一炬，从此彻底在德国成了禁书。

1938年，因为拒绝回国，年逾四十的雷马克被剥夺了国籍。次年，他搭乘游轮抵达纽约，并在八年后正式加入美国国籍。

然而，远走高飞并不能解决所有问题。1943年，雷马克留在德国的妹妹埃尔夫莉德被判处死刑。直到二战结束后，雷马克才获悉噩耗。但除了终生的歉疚，除了将作品《生命的火花》献给妹妹，他无能为力。

当年，德国当局穷追不舍的严酷迫害，其实正说明了《西线无战事》力透纸背的深刻和覆盖全球的影响力。确然，它已经成了战争题材作品不倒的标杆。在此之后，所有同类型作品都会与它一较高下，以此确定自身的水准。

在这个故事中，雷马克淋漓尽致地向我们展现了第一次世界大战的狰狞面目。这里没有赫赫战功慷慨激昂，只有无数生命的黯然陨落；没有运筹帷幄决胜千里，只有无数家庭的支离破碎;没有英雄人物壮怀激烈,只有整整一代人的精神迷茫。战争让人类化身为野兽和恶魔,肆意践踏着最宝贵的生命。枪炮、毒气、坦克,各种手段推陈出新,无所不用其极。

然而,这部作品并不仅仅是要抨击战争的残酷和荒谬。雷马克坦言:"这本书既不是控诉,也不是自白。我只是试着描述一代人——即使躲过了炮弹,他们已经被战争毁掉了。"

雷马克将这"一代人"浓缩进普通士兵保罗这个角色身上,以保罗的第一人称讲述了他在战场上的所见、所闻、所感。而保罗,正是千千万万底层普通士兵的缩影。他的身上,浓缩了那一代人身体的伤痛、精神的迷茫直至最终的牺牲。

扎根赤裸裸的真相,用少数人的人生来展现多数人的命运,来阐释大时代的洪流,以此引发跨时代的思考和警醒,正是这部作品的深刻之处和永恒力量。

Day 2 《西线无战事》

他们刚刚走进生活，却不得不对一切开炮

只有改变，他们才能在战火纷飞之中保住命，活下去

报名参军那年，保罗还是个十八岁的学生。战火刚刚点燃，保罗的老师康托列克在体操课上发表了一通冗长的演说，便软硬兼施，带领全班同学去地区指挥部报了名。

那时，所有人都在为战争和英雄欢呼，任何人稍作犹豫就会被斥为懦夫。陷在这种愚蠢的狂热之中，没有一个学生敢于说不。毕竟，置身时代的滚滚洪流之中，个体的意志实在太单薄，个体的力量实在太弱小。二十个本该走向各自未来的年轻生命，就这样懵懵懂懂走进了子弹、炮火和毒气之中。

谁也不知道他们能不能活着回来,可就算没有一个人能够幸存,也不会有人责怪康托列克——他只不过是在以"正确的方式"做着"正确的事"。可事实上,世界上最可悲的灾难,往往正是由无数个"康托列克"共同推动、共同造成的。

上战场前,他们在训练营接受了为期十周的军事训练。在这里,排长西摩尔史托斯是统治他们的暴君。他有权力命令他们无休无止反复操练,有权力为一点小错肆意惩戒他们,直到彻底累垮他们。在无休止的操练、谩骂和刁难之中,"没用"的个性、思想和自由被彻底击碎,只有"有用"的英勇精神被无限放大。

保罗和同学们渐渐变了,变得冷酷无情、残忍粗鲁、满腔仇恨。可与此同时,他们也深刻理解了实用、团结和战友情谊的价值和意义。毕竟,如果不能重塑世界,那就只能重塑自己。去接受,去改变,才能去适应、去掌控。保罗和同学们的这些改变,正是他们在学校中学不到、在战场上却不能少的。只有改变,他们才能在战火纷飞之中保住命,活下去。

保罗和三个同学分到了同一个班。四个人里,克罗普头脑最清醒,莱尔一心迷恋随军的姑娘们,米勒还盼望回家参加考试,在炮火中也不忘念叨物理定律。

除了同学,保罗也结识了更多战友。钳工加登,身材单薄却饭量惊人。挖煤工海尔,一双大手能够轻松攥住一切。农民德特林,心中只装得下他的老婆和农庄。四十岁的卡特是所有人的头领,他顽强机警,足智多谋,第六感超乎寻常,就算是在荒无人烟的旷野,也能鬼使神差般找到肉和面包。

 生与死之间的壁垒,竟然这样单薄脆弱,不堪一击

然而即便受过训练,真的走上战场,看到了第一个死人,经历了第一阵炮火,保罗的内心还是再一次被猛烈撼动。在这里,生与死之间的壁垒,竟然这样单薄脆弱,不堪一击!

就像这次,出发开往前线的足有一百五十人,可在一场出其不意的重炮猛轰之后,能够回到后方换防的就只剩下了八十人。而受伤的士兵之中,就有和保罗一起长大的老朋友克默里西,他在一场出其不意的重炮猛轰下负伤。当保罗和米勒、克罗普赶到野战医院看他时,克默里西的腿已经被锯掉了。所有人都明白,他再也走不出这间病房了。他苍白蜡黄的面颊上已经浮现出了一种线条,一种生命停止律动、死神占据上风的线条。他仍然是他,仍然是那个和他们一起烤马肉、蹲弹坑的克默里西。可他又不再是他了,他已经变得

越来越模糊,越来越遥远。

保罗想起克默里西的母亲。他想起当年他们出发那天,克默里西的母亲把脸哭得又肿又胀,她紧紧拉着保罗的胳膊,请求他照看克默里西。在一场战争中,克默里西或许轻如草芥,可在一个家庭中,他却比泰山更重。

保罗也想不负嘱托,但在战场上,每分每秒都危机四伏,每一个人都自顾不暇,一个人又有什么能力照看另一个人?

探望时,米勒看上了克默里西的靴子。所有人都明白,这双靴子对克默里西已经没有任何用处,只有克默里西自己还心存生的希望。这双靴子是他最好的东西,他不愿割舍。还有那只他昏迷时被人偷走的手表,他还耿耿于怀,希望能够再找回来。

然而在战争的阴霾下,重伤患者塞满病房,医疗力量却极度匮乏,生命比想象中更加渺小,更加脆弱。当保罗第二天再来看克默里西时,他求生的火星已经彻底湮灭。他让保罗把靴子带给米勒,并嘱咐他要是能找到那块手表,就帮他寄回家去。

克默里西弥留之际,保罗拼命叫来医生,医生却只告诉他,今天他已经截了五条腿。保罗又叫来护理员,护理员也只能告诉他,今天这里已经死了十六个人,克默里西即将成为第十七个。而他们,正在等他腾出那张床。

> 权力是一块精光闪烁的钢铁，本该成为建设的栋梁，可一旦缺乏制衡，就常常会被磨成一柄危险的尖刀

新到的增援部队中出现了西摩尔史托斯，当年在训练营，几乎所有人都和他有过节，尤其是加登对他怀恨在心。原来，加登有遗尿症，夜里总把尿撒到床上。为此，西摩尔史托斯专程找来另一个也有遗尿症的士兵，让两人轮流睡上下床铺，以此来轮番羞辱他们。

为了报这"一箭之仇"，在训练营的最后一晚，加登和保罗、克罗普、海尔悄悄埋伏在偏僻小路上，一把蒙住西摩尔史托斯的头，用鞭子和耳光狠狠教训了他一顿。开赴战场后，他们偶尔也会谈起西摩尔史托斯。他们无法理解，西摩尔史托斯当邮差时谦和有礼，可为什么戴上绶带，握住军刀，他就成了一个不折不扣的虐待狂？

卡特分析道，西摩尔史托斯的变化，归根结底是人类追逐权力的天性导致。他认为，人总是不惜一切紧紧抓住权力，就像狗不惜一切逮住肉吃掉一样。因为在这个世界，拥有权力，便可以发号施令，为所欲为，哪怕这些命令根本不合情、不合理。权力的膨胀导致了人性的异化。平时越是寂寂无名，手握权力后往往就愈发狰狞可憎，面目全非。

的确，权力是一块精光闪烁的钢铁，本该成为建设的栋

梁，可一旦缺乏制衡，就常常会被磨成一柄危险的尖刀。而事实上，西摩尔史托斯也并不是特例。人性就像冰山，浮出水面的只是极为有限的一部分。当外界环境的水位下降，常常会露出让人意想不到的面目。

然而，还没见到西摩尔史托斯，保罗和战友们就被派往前线构筑防御工事。夜里，卡车载着他们开进炮兵阵地。下了卡车，徒步绕过一片小树林，战场终于出现在大家眼前。亮红色背景蔓延在广阔的地平线上，炮火喷出的火焰、不断窜出的火球、缓缓飘落的蘑菇云此起彼伏，将天地照得如同白昼。炮火沉闷的轰鸣声、机枪单调的射击声、连绵不断的爆炸声震耳欲聋。手榴弹、迫击炮、大型重炮在天空中追逐、嘶吼、咆哮。

这里，就是正在吞噬无数生命、造成无数悲剧的人间炼狱！然而对保罗这些老兵来说，一切已经司空见惯，他们只想尽快修筑工事，完成任务。

Day 3 《西线无战事》

人世间最大的悲剧，
是让天使变成恶魔

他们又在为谁的错误付出代价，失去生命

到达前线后，保罗和战友们立刻大干一场，几个小时就完成了任务。但卡车还要等一会儿才会来接他们，大家便躺下身来，试着睡一会儿。可没过多久，保罗被雷管的爆炸声猛然惊醒——几颗炮弹在后方爆炸，一颗比一颗离他们更近。紧接着，扫射来了。保罗和战友们戴好钢盔，以最快的速度匍匐散开。弹片嗖嗖掠过耳畔，炸起一片片破碎的泥土，掀起一阵阵痛苦的哀号。当扫射终于停下，哀号声却愈发刺耳恐怖，从四面八方钻进人们耳中、心中。那不是人的声音，而是来自受伤的马匹。其中一匹马肚子中了弹，肠子流了一地，绊住了蹄子，跌倒在地上，又挣扎着站起来向前爬。

可在战场上,人命尚且无暇挽救,更别说去救一匹马。人们终于想到这匹马,也只能用一颗子弹终结它的痛苦。

保罗听到战友德特林在一旁边走边骂:"它们到底做错了什么?"是呀,马做错了什么?可他们又做错了什么?他们又在为谁的错误付出代价,失去生命?

终于到了返程的时间,保罗和战友们在草地上摸索前行,打算绕过小树林返回上车地点。然而还没走到小树林,一团火球忽然冲向天空——又一轮轰炸来了!一瞬间,黑暗变得疯狂,大地在炮火中爆裂,小树林瞬间被夷为平地。

保罗和战友们迅速躲进附近的墓地。仓皇逃窜之中,一块弹片却忽然削到了保罗的钢盔,巨大的重创让他差点失去知觉。那一瞬间,一个念头迅速闪过脑海:不能昏迷!他奋力跳进一个弹坑,爬进弹坑中一个裂开的东西里暂时躲避。等保罗缓过神来,睁开眼睛,才发现自己正紧紧抓着一个死人的衣袖,而他此刻就躺在这个死人的棺材之中!

当"生"的领域遍布"死"的威胁,人们只能在这个离"死"最近的地方寻求"生"的庇护,这是多么可悲。

轰炸之后,毒气又来了,保罗立刻戴上防毒面具。面具中,空气稀薄而灼热。他感到自己的头嗡嗡作响,青筋在钢盔中暴起,胸口憋闷得喘不过气来。但他知道自己不能摘下面具。在野战医院中,他亲眼看见中毒的伤兵夜以继日地哽咽着，将烧伤的肺一块一块呕吐出来。

黎明时分，夜风终于吹散了毒气。在朦胧的曙光中，保罗和幸存的战友们从棺材、尸体和残肢中站起，一个接一个爬上卡车。五死，八伤。比起来时，卡车上又宽敞了很多。

> 越是深陷困境，就越要学会苦中作乐；越是寸步难行，就越要努力蓄势待发

在后方休息时，大家谈起战后的打算。卡特挂念着老婆和孩子，德特林惦记着农田和庄稼，海尔会回乡继续挖煤。他们都拥有自己的家庭，自己的职业，战争不过是人生中的一个暂停键。当战争结束，他们还能按下重启键，重回属于自己的人生轨道。但保罗、米勒和克罗普却不同。他们没有职业，没有家庭，还没有机会建立起自己的人生轨道，就不得不向一切开火。然而轨道是人生的根基，决定人一生的走向。没有轨道，人就会失去方向和目标，像无头苍蝇般横冲直撞，头破血流。就算能够平安回家，保罗和同学们又能何去何从？他们还有机会重建轨道，重拾对世界的热爱和信任吗？

比起战友们，加登更关注眼下——西摩尔史托斯终于来到了前线，而他绝不能放过他！战场可不是训练营，经历了真正的战火后，他们早已不再是刚刚走出校园的稚嫩新

兵了。

当西摩尔史托斯朝众人走来，像从前那样大摇大摆颐指气使，加登和克罗普不仅没有乖乖服从，还冷静地反唇相讥，让他颜面尽扫。然而，一时的痛快是要付出代价的。西摩尔史托斯很快将他们的行为报告上级。当晚，加登和克罗普就接受了审讯。

好在负责审讯的少尉贝尔廷克还算公正，向双方证实了遗尿症事件后，他严厉训诫了西摩尔史托斯。当然，惩戒还是逃不过的。加登被罚禁闭三天，克罗普被罚禁闭一天。

可越是深陷困境，就越要学会苦中作乐；越是寸步难行，就越要努力蓄势待发。加登和克罗普前脚刚走，保罗和卡特后脚便跟去看他们。四个人一起打起了卡斯特牌，直到夜幕降临。

从禁闭室返回营地的路上，保罗和卡特突发奇想，改变了路线。他们用香烟买通了一位弹药运输车司机，搭车来到一个早就盯上的窝棚，成功掳走了棚中的两只肥鹅。在他们的四面八方，炮火一刻不停。爆炸的闷响、凄厉的尖叫此起彼伏，整个世界都在瑟瑟颤抖。然而，当保罗和卡特躲在狭小废弃的库房中，面对面坐在"嗞嗞"冒油的肥鹅面前，感受着彼此的心那样贴近，他们却又觉得那样安全，享受生命片刻的美好。

压垮人的最后一根稻草，往往还是精神的煎熬

夹缝中的满足和温情总是转瞬即逝。听说敌方即将发起进攻后，保罗和战友们很快又被派往前线。他们夜以继日趴在战壕中，听到敌人源源不断运来部队、弹药和大炮，等待着不知会在何时爆发的正面进攻。

一连几天，敌军并没有什么大动静。就在大家渐渐放松下来时，猛烈的炮火却瞬间点燃了沉寂的夜空——轰炸终于来了！敌军火力极猛，保罗目光所及之处，整片土地都在遭受扫射。战壕几乎全被炸平，崩塌的泥土一次又一次掩埋了士兵，士兵只好一次又一次挣扎着将自己从泥土中挖出来。粮食供给也被切断，大家只好勒紧裤腰带，比平时慢三倍地咀嚼着仅剩的一点干粮。

肉体的折磨固然痛苦，但压垮人的最后一根稻草，往往还是精神的煎熬。在持续不断的精神紧绷中，几个新兵熬不住发了狂，不顾一切想要冲出掩护，哪怕下一秒就会被炮弹打成筛子。老兵们只好将他们打一顿，用疼痛让他们冷静冷静，然后把他们绑起来，好歹先保住他们的命。

终于，爆炸和炮火声渐渐熄灭。紧接着，正面进攻来了。在机枪的"砰砰"扫射中，敌军一顶顶扁平的钢盔、一张张扭曲的面容渐渐出现在保罗的视野中。他们一排排冲上来，一排排倒下去，又一排排冲上来。

保罗不断拉开手榴弹上的引爆线,海尔和克罗普快速投掷出去。手榴弹强烈的气流裹挟着他们,让他们力量倍增,勇气倍增。枪林弹雨之中,他们不再是人,而成了满腔怒火的野兽、杀手,甚至恶魔。而敌军也不再是人,而是戴着钢盔步步紧逼的死神。如果不能歼灭对方,就将被对方歼灭,这就是真实的战场!

这里的残酷足以颠覆天性,泯灭人性,让好人穷凶极恶,让天使变成魔鬼。

疯狂的愤怒和仇恨支配着保罗和他的战友们,逼着他们连滚带爬,不断挺进,居然所向披靡,一路冲进了敌方的阵营。

Day 4 《西线无战事》

人可以迷失方向，但一定要记得回家

> 站在生死面前，人们想做的总是太多，能做到的却又太少

一次次交战仍在不断重复，双方的战壕中渐渐堆满尸体。只要伤兵还有一口气，保罗和战友们都会竭尽全力把他们拖回阵地。可即便回到阵地，很多伤兵也只能躺着等死。

站在生死面前，人们想做的总是太多，能做到的却又太少。有一次，他们足足花了两天时间，也没能找到一个伤兵。那个伤兵大概是脸贴在地上无法翻身，因此再怎么喊，战友们也难以确定他的具体位置。起初，他还能清晰地呼喊"救命"，第二天夜里就开始说胡话，迷迷糊糊念叨着老婆和孩子，最后渐渐成了哭泣、呻吟，直至垂死的喘息。就算

所有人倾尽全力，一条鲜活的生命还是黯然逝去。

增援新兵中有许多初出茅庐的年轻人。他们从没受过任何专业训练，就懵懵懂懂上了战场。而在战场上，要想保住性命，就必须能预知炸弹会在哪里、何时引爆，就必须计算出手榴弹什么时候会炸响，就必须懂得分辨毒气弹特别的声响。

休息的间隙，保罗和战友们总会教他们几招。可真正的进攻一来，新兵们总是惊慌失措，立刻把一切忘得一干二净，前赴后继倒在炮火之中。在一次战斗中，海尔也倒下了。他的背部被炸成重伤，每次呼吸时都能从伤口看到肺的搏动。

面对坦克、炮火和毒气，生命是如此脆弱，不堪一击。

终于熬到换防的日子，可以回到后方整休的日子，可当连长一遍一遍喊着"二连"的番号，能够出列集合的却只剩下了三十二人。

保罗和战友们被带去野战兵营重新整编，并在那里短暂享受了美食和安宁。而亲历了真正的战争后，西摩尔史托斯也收起狂妄傲慢，提议双方和睦相处。

保罗同意达成和解，不仅因为西摩尔史托斯主动示好，更因为他曾亲眼看到，西摩尔史托斯曾在枪林弹雨中拼命将重伤的海尔拖回阵地。

在这个瞬息万变的修罗场,每一句话都可能是遗言

毫无疑问,战争是人类世界最极致的残酷,是对鲜活生命最卑劣的践踏。可有时候,极致的残酷反而能迫使人们自省,卑劣的践踏反而能激发对生命的理解和敬畏。在野战兵营,除了执勤,士兵们便四处闲逛,肆意胡闹,试图在闲逛和胡闹中忘记前线的残酷、伤痛和绝望。

可事实上,他们怎能真的忘记?战场上的一幕幕如巨石,有着他们无法承受的重量。他们不敢回想,不敢思考,只能任由记忆的巨石一路沉进心海。或许等到战争结束,巨石才会被打捞起来。到那时,死去的战友会重新站起来,和他们一起阐述战火中的生与死,功与过。可他们必须先放下那一切——要坚持走下去,就不仅要在肉体上活下来,更要在精神上撑下去。

换防期间,保罗接到通知。他得到了十七天的假期,足够回家看看。假期结束后,他也不必立刻赶回前线,而是要先去军事训练营报到。这当然是种巨大的幸运,可看到战友们,保罗却怎么也无法控制心中的沮丧。等他再回来,他还能见到他的战友们吗?克默里西和海尔已经不在了,谁知道下一个又会是谁?在这个瞬息万变的修罗场,每一句话都可能是遗言,每一次道别都可能是永诀。

火车隆隆行驶,窗外的风景浮现出熟悉的轮廓,站台上

的车站名也渐渐变得眼熟。傍晚时分,保罗终于走下火车,踏上了家乡的土地。金色的斜阳、狭长的巷子、林立的店铺,一切似乎都是老样子。然而再回到这里的人,内心却已经千疮百孔。当保罗终于拉开家中沉重的大门,闻到煎土豆饼熟悉的香味时,泪水忍不住湿润了他的眼眶。

他的姐姐很快从厨房中探出头,惊喜地叫着他的名字,又立刻跑去告诉母亲这个好消息。

越是面对深爱的人,常常越是手足无措;情感越是炽热浓烈,往往越不知该如何表达。此时此刻,保罗想说话,却一句话也说不出来,他想微笑,泪水却无声地滚落腮边。当他坐在母亲病床边,听到身患癌症的母亲柔声唤他"我亲爱的孩子",问他前线是不是很可怕时,他只能微笑摇头,告诉母亲,自己的身边总有战友陪伴。关于那些残酷和恐怖,他宁愿母亲永远不要明白,永远不会理解。

假期一天天过去,保罗不断告诉自己:"你到家了,到家了。"可他明白,他的心并没有彻底回来。对于战争,这里的人们要么好奇地打听,要么自以为是夸夸其谈,一切都让保罗不胜其烦。他既渴望像个平凡人,生活在自己狭小平庸的生活中。可下一秒他就会反感——那样的生活太局促,根本无法填满生命。他根本无法真心融入这里的群体,更无法真正享受这里的生活。

肉体迷失了,或许还能买到返程的车票,可心灵却往往只有一张单程票,一旦走丢,就有去无回。保罗隐约意识到,他的心已被战争渐渐拖垮,他的心恐怕已经无法回家……

Day 5 《西线无战事》

枪响之后，
没有赢家

> 战争伤害的从来不是一个个人，而是一个个家庭，以及由无数家庭组成的整个世界

虽然觉得格格不入，无所适从，但对于回归家园，回归生活，保罗仍然心存希望，仍在试着努力。他去当地兵营看望老朋友米特尔施泰特，希望友谊能给自己力量。

米特尔施泰特告诉保罗，当年鼓动全班同学报名参军的老师——康托列克也应征当了后备军，而且就分在了他所在的连队。当两人之间的地位发生逆转，米特尔施泰特立刻以其人之道还治其人之身，用当年康托列克羞辱折磨他们的方法，为自己和同学们报仇。人与人之间，恶意就像一把疯狂的火，今天用它烧伤别人，明天它可能就会焚毁自己。

米特尔施泰特当即邀请保罗一起检阅部队，并在检阅时尽情讥讽康托列克永远擦不亮的纽扣，分配给他最艰难的训练项目，又安排他去做最繁重的体力活。一个是眼前不成体统、畏畏缩缩的后备军，一个是记忆中让人胆战心惊、充满威严的老师，保罗简直无法将这两个形象联系起来。

可事实上，康托列克就是康托列克，这两个形象之间相差的，只是一个身份。没有心灵的力量和人格的魅力，总有一天会被打回原形，一败涂地。痛快只是暂时的，一项艰巨的任务如同巨石，始终压在保罗心头。当假期渐渐接近尾声时，他才终于鼓足勇气，动身前去看望克默里西的母亲。面对这位可怜的母亲，保罗怎能忍心告诉她真相？他只好赌咒发誓，说克默里西是心脏中枪，说他当场死亡，面色平静，没有受苦。

在战场上，每一场牺牲都会将一个家庭败得支离破碎。战争伤害的从来不是一个个人，而是一个个家庭，以及由无数家庭组成的整个世界。

在家里最后一晚，保罗的母亲一直坐在他床边，直到天色亮起。临行前，她将两条羊毛衬裤交给儿子。保罗知道，在物资匮乏的战时岁月，这两条衬裤花费了母亲多少心血。此时此刻，保罗多想和母亲抛下一切，一起回到没有痛苦、不必离别的岁月。然而他很清楚，天一亮，他就必须转身离开。

保罗忽然觉得自己根本不该回家。在战场上，他可以麻木、可以冷酷，他只是士兵，必须如此。可在家人身边，他又变回了一个有血有肉的人。为了自己、为了母亲，为了无休无止的苦难，他感到深切的痛苦。他再也无法麻木，无法冷酷。

这巨大的罪恶本该受到世人蔑视，本该接受最高制裁，现在却成了所有人的目标和使命

按照命令，保罗来到训练营报到。他白天执勤，训练并不算艰苦；晚上就去军人之家，弹弹钢琴打发时间。营房旁有一个巨大的俄国战俘营，他也常被派去看守那些俄国战俘。那些俄国人并不常交谈。黑夜之中，他们总是靠近铁栅栏并排站着，沉默着将脸紧紧贴在铁丝网上，深深呼吸从荒野和山林吹来的风。每天都有战俘死去。下葬时，他们会齐声唱起圣歌。那歌声空旷悠远，就像远处荒野中管风琴的鸣响。

保罗对他们一无所知，与他们无冤无仇。正因为这样，他才能扫清成见和立场的浮尘，去思考更本质、更纯粹的问题。他忍不住要问，是敌是友？谁能够分清？又该由谁判定？只需要一道不知是谁下达的命令，一份不知是谁签署的文件，这些沉默的身影就会朝他们开枪，而他们也会毫不犹豫射向他们。这巨大的罪恶本该受到世人蔑视，本该接受最高制裁，现在却成了所有人的目标和使命！当邪恶伪装成正义的样子，用利益和名望诱惑人心，用热血和情怀鼓动人心，又有多少人能够擦亮眼睛，保持理智？

离开训练营后，保罗终于回到部队。他离开的这段时间，队伍虽然伤亡惨重，但还好，所幸卡特、克罗普、米勒和加登都还在。刚刚归队，他们就迎来了一项重要任务——即将代表部队接受德国皇帝的检阅。为此，他们得到了崭新的制服。

为此，命令一道接一道传达下来。他们进行了一场彻底的大扫除，凡是破旧的东西一律换成新的。保罗还领到了一件崭新的上衣，卡特甚至搞到了全套新制服。然而，当他们列队站得笔直，迎接皇帝庄严地缓缓走来，却忍不住有些惊讶，又有些失望——在他们心中，他本该更高大魁伟，声音更洪亮。

巡视结束后，保罗和战友们聚在一起讨论起来。就算所有人都得在皇帝面前列队站好，但单凭皇帝一个人，也同样无力决定这场战争是继续还是停止。那么，战争究竟是怎么打起来的，又如何才能停下来呢？那些共同决定打仗的掌权者们，他们究竟想从中得到什么，又真的能够如愿以偿吗？他们之中真的会有一方能在战争中胜利，从战争中获益吗？

保罗和战友们无法知道未来将何去何从，他们只知道，领到的东西必须全数奉还。因为所有的好东西,只是为了迎接皇帝的检阅。

检阅结束后不久,他们又被派往前线。为了确认敌方兵力,保罗和几个战友被派出侦察。他们说好计划,分头行动,各自匍匐前进。很快,保罗便躲进一个浅弹坑中暗暗观察——这一带火力并不猛烈,可机枪不断扫射,让他动弹不得。

就在这时,一颗手榴弹忽然在不远处爆炸。突如其来的危机顿时让保罗惊慌失措,但很快,他就逼自己鼓足勇气恢复冷静,伺机爬出了弹坑。当他四下寻找返回阵地的路,却惊恐地发现,他迷失了方向。偏偏在这时,双方的正面交火又一次爆发了。在枪林弹雨之中,保罗不得不蜷缩进一个大弹坑中。这个弹坑中有一线生机,却又危机四伏。就在头顶,敌军沉重的脚步越来越近,一拨又一拨掠过弹坑,然后终于渐渐远去。生与死只是一线之隔,冷静、耐心和勇气,在这时候才是真正的救命稻草。保罗缩在弹坑中的积水里,努力将脸埋在污泥之中,拼命控制着全身恐惧的战栗,苦苦坚持下去,静静等待时机。

战斗持续了整晚,直到天光渐亮,敌军才终于被击退。然而交火还在继续,保罗身处的弹坑仍在双方火力范围内,他不得不继续忍耐,等待战友发起进攻,推进战线。

可就在这时,一个敌军忽然落进弹坑,"啪"一声砸在了保罗身上。保罗来不及思考，握住匕首便发疯似的朝那人身上捅去。一切发生得太快，一切都是本能反应。那一刻，保罗只是强烈地意识到，这个人必须安静下来，自己绝不能被暴露！用别人的"死"，才能换来自己的"生"，最大的悲哀莫过于此。可在战场上，这就是没有办法的办法，这就是没有选择的选择。

保罗喂那个伤兵喝水，又给他包扎伤口，试图救回他的命。可是没用了，苦苦熬到下午三点，伤兵还是呻吟着咽下了最后一口气。保罗从他的口袋中找到几张照片和几封信。照片上是一个女人和一个小姑娘。信上是陌生的文字，勉强读懂的每一个词都像子弹，一颗一颗射进保罗心中。

他杀死的不仅是一个士兵，甚至是一个家庭的希望和幸福！保罗下定决心，要给这个士兵的妻子写信说明一切，要负起照顾他的父母和女儿的责任——保罗要救赎他自己。

Day 6 《西线无战事》

时代的洪流中，
每个人都要找到自己的位置

> 在战争面前，所有的存在都是暂时的，所有的意义都不堪一击，只有毁灭是无法改变的结局

直到太阳西斜，保罗终于从罪恶感中脱身。求生欲随之燃起，他找准时机，爬出弹坑，摸索前行，终于遇到了不顾危险出来找他的卡特和克罗普。这次死里逃生后，保罗和战友们撤离前线，被派去看守一个军粮库——这可是件好差事。

军粮库建在一个村子中，村民已经全部撤离，可军粮库却并未完全清空。于是，他们毫不客气地在废弃的家园中翻出奢侈的软垫、毯子、鹅绒被，甚至还找到了两把红色丝绒扶手椅和一张挂着蓝绸帐子的桃花心木床。

炮火纷飞之中,厨房却热闹非凡。弹片不断穿过窗户,"嗖嗖"射进墙壁。保罗和战友们端着锅敏锐地躲避,而锅里正"嗞嗞"烤着猪肉和土豆煎饼。在避弹营中,他们喝着咖啡,抽着雪茄,大快朵颐,纵情歌唱,甚至还收留了一只小猫,尽情享受着这夹缝中的安逸。

然而,并不是每一次任务都能像这次一样轻松愉快。二十多天后,保罗和战友们接到开拔的消息,又被派去清理另一个村庄。刚到这里,他们就遇到突袭,保罗的左腿中了一枪,克罗普的膝盖也中弹了。很快,他们被送往野战医院,接着又被送上伤员专列,送回后方养伤。

伤员专列上,雪白的床单,温柔美丽的护士,不断远离的战场,一切都让保罗恍然如梦。然而,这毕竟是一趟载满伤员的列车。它行驶缓慢,会不时停下来,抬下去几个死人。

这里没有炮弹,却还是被战争的阴影紧紧笼罩。这里不是前线,死亡的阴霾却仍然挥之不去。上车后,克罗普一直高烧不退。第三天夜里,他终于被安排抬下列车。保罗怎能就这样和他分开?他想尽办法跟了下来,和克罗普一起被转移到了当地一家医院。

他们住在一间八人病房。这间病房中,伤势最重的是彼得。他肺部中弹,情况一天比一天差,最终被推进了临终病房。病友们告诉保罗,临终病房是一间靠近停尸间电梯的病房。一旦进去，病人就会被放弃治疗，几乎没有人能够活着出来。临走前，彼得挣扎着坐起来，满眼含泪地喊着："我会回来的！我会回来的！"几天后，彼得真的回到了病房。虽然苍白消瘦，鬓发蓬乱，但他却坐得笔挺，胜利而归。

最聪明的头脑不是用来推动进步，而是用来制造武器和谎言，这是多大的悲哀

可在这里，并不是所有人都能像保罗这样，永远紧握对生的渴望。一位年轻的音乐家在战场上失去了自己的眼睛。每当护士给他喂饭时，都要格外小心。因为稍不留神，他就会抓起叉子，使出浑身力气插进自己的心脏。有一次，保罗和病友们及时发现，大声呼救，总算救了他一命。可那一整晚，他都在痛骂他们，骂得自己浑身痉挛。

克罗普的情况也好不到哪儿去。他被医生们草率地截掉了一整条腿。刚截肢那会儿，他告诉保罗，如果能找回左轮手枪，他一定会开枪自行了断。还好，在病友们的陪伴和安慰下，克罗普熬过了最艰难的时期，渐渐找回了生的希望。然而，他却变得愈发严肃，话也比以前少了。治好身体的伤病，已经很不简单；而疗愈精神的重创，就更难上加难。就算假肢能帮克罗普重新站起来，但他心中的某一部分已经彻底坍塌，谁也不知道还能否重建。

病床边也会有家属哭泣。保罗还记得一位老太太。她本想整夜守在医院,但这并不符合规定。等她第二天一大早再赶来,床上却已经躺着另一个伤员。她只能将带来的苹果送给伤员,然后独自一人走去停尸间。

战争造成的,不仅仅是生命的陨落,更是精神的迷茫,是发展的停滞,是世界的倒退。这里只是一家野战医院,像这样的病区,德国有成千上万,法国有成千上万,俄国也有成千上万。在这里,那里,全世界,民族之间被迫为敌,人们无辜地相互杀戮。而经历了这一切后,世界各地、成千上万的"保罗"们又会变成什么样的人?又怎么还能保有对世界、对未来的热情?

伤痊愈后,保罗再次被派往前线。渐渐地,他开始麻木。他感到思想已经死去,个性已经磨平,希望已经幻灭——他不再是保罗,他只是一个士兵。

一场接一场战斗下来,德军伤亡惨重,几乎弹尽粮绝。前线不断崩溃、不断后退,取胜的希望越来越渺茫。每一天,每一个小时,都有人死去。而在保罗身边,米勒、莱尔、连长贝尔廷克接连阵亡。德特林一时糊涂当了逃兵,被送上军事法庭,再也没有人见过他。坦克、榴弹、毒气横行,痢疾、流感、伤寒肆虐。宛若无边无际的修罗地狱。所有的路都指向同一个归宿,那就是死亡。

到了1918年夏天,停战与和平的传闻终于浮出水面。可偏偏这个时候，卡特却倒下了。那是夏末的一天。发现卡特胫骨中弹后，保罗一把背起他，在枪林弹雨中拼命冲向急救站。路上，为了躲避榴弹，他们跳进一个小弹坑短暂躲避。在弹坑中，保罗要卡特写下自己的住址，相约战后一定要再见。

在那些最难熬的岁月里，是卡特和他一起在枪林弹雨中烤鹅，是卡特一次又一次将他从困境中拉出来。他是他同甘共苦的伙伴，更是他不能失去的朋友。他一定要救他，不惜一切代价。然而人生是残酷的，总有太多愿望无法实现，总有太多约定无法遵守。

当保罗跑得天昏地暗，终于背着卡特冲进急救站时，医生却告诉他，卡特已经死了。原来，在狂奔的路上，卡特的头部又中了一弹——那样小小的一个弹孔，却已经足够致命。就这样，当初一个班的七个人，只剩下了保罗一个。

很多时候，生者并不比死者更加幸运，活着并不比死去更加轻松。就算真能重回和平，但面对人生，保罗已经无法找到值得奋斗的目标，面对世界，他已经无法找到属于自己的位置。

他们这一代人，刚刚成年就被时代驱赶着走进战场，根本来不及把这个世界看个清楚，根本来不及在这个世界中站稳脚跟。先于他们成长的一代人，还能回到自己的家庭和岗位，渐渐忘记战争的噩梦。后于他们成长的一代人，对他们只会感到陌生，只会将他们推到一边。这些年来，战场就是他们的全部世界、全部认知、全部追求。战争耗尽了他们内心的全部力量，切断了他们与世界的全部联系，让他们成了无根、无望、无知的"多余人"。就算能够回家，他们也已经无"家"可回。

  终于，1918年10月，保罗阵亡了。他脸上表情镇定，就像对这样结束感到满意。而那天，整个前线寂静无声。战报上只有一句话：西线无战事。

Day 7 《西线无战事》

战争的伤痛，
烙印在心底

人们好像被回炉重塑，铸成一枚枚相同的硬币

经由保罗的眼睛，我们看到了第一次世界大战中前线战场的真实面貌。在这里，火光染红了天际，鲜血染红了大地。在炮弹爆炸、机枪扫射的巨响中，无数鲜活的生命前赴后继。

在这个无边无际的修罗场上，每分每秒都危机四伏，谁也无力决定何去何从，只能把生与死的概率问题交给命运。伤员源源不断涌入野战医院，医疗力量的极度匮乏让生命更加不堪一击。只要中弹，就很可能被截肢；只要恶化，就很可能被放弃治疗。每一天，都有难以计数的鲜活生命在伤病中饱受折磨，在痛苦中丧失希望，在绝望中黯然陨落。

然而，战争的残酷不仅仅在于对肉体的伤害，更在于对精神的摧残。上一刻还并肩作战的战友，下一刻就生死永诀。分在一个班的士兵，最后没有一个能够幸免于难。

炮火纷飞中，人类被迫划归不同阵营，为了一份不知道由谁签署的文件，为了自己根本不了解的目的，不得不拼个你死我活。

为了保命，杀人变成一种需求，一种技能，甚至变成一种本能。人类渐渐泯灭了天性，化身恶魔、死神、杀人机器。与此同时，个性、感情和思想的差别也被渐渐磨平。人们好像被回炉重塑，铸成一枚枚相同的硬币，正面刻着"士兵"，反面刻着"英勇"。就这样，战争夺走了人们对世界的热爱，夺走了人们对文明、秩序、人性的信任，夺走了人们重回和平世界的勇气和能力，最终彻底麻木，彻底崩溃。

虽然雷马克声称自己的创作初衷并非控诉战争，但看到这一幕幕鲜血淋漓的人间惨剧，人们又怎能不心惊肉跳，怎能不大声控诉？枪响之后，没有赢家。不论是战胜国还是战败国，都将面临人口的匮乏、经济的倒退和文明的破坏。

深刻铭记历史，才能保持警惕，防微杜渐，才能避免重蹈覆辙。我们或许无力扭转乾坤，但我们可以将对和平的热爱铭刻心中，然后挺身投入到时代的发展进程中，成就更稳固的和平。

除了肉体和精神的创伤，战争还夺走了保罗的"家"。

一开始，他渴望回家。到后来，他回到家中，却发现自己与一切格格不入。到最后即便可以回家，他却再也无法找到回家的路。对于保罗来说，家不仅是一幢房子，更是一个身份，一个家庭，一种生活，以及一份稳定的归属感、安全感和幸福感。或者不如说，"家"就是他在这个世界上的位置。

渐渐地，他们掌握了在战争中杀戮和保命的方法，却丧失了在和平年代谋求生计、享受生活的能力。

战争导致士兵与社会的脱节，对平凡的陌生，以及对杀戮的麻木，更让他们失去了适应正常生活的信心，丧失了找回自己位置的勇气。保罗不仅是一战中一名普通士兵，更是战争中"迷惘的一代"的缩影。他的迷惘不仅属于他自己，更属于那个群体，那个时代。

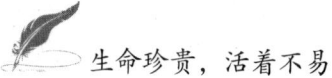
生命珍贵，活着不易

人生中这么多珍贵的东西被掠夺一空，保罗却根本没有机会说不，因为这是时代为他做出的选择。其实当初他之所以会和全班同学一起去报名参军，很大程度上是因为老师康托列克的教唆，以及盲目主战的社会氛围所带来的道德绑架。对于真正的战场，他们根本不了解。对于将要失去的一切，他们根本一无所知。对于即将面对的一切，他们也没有一点心理准备。懵懵懂懂之中,时代不由分说席卷了他们的命运,替他们做出了人生的决定,并残酷地吞噬了他们的生命。

那么,面对时代的滚滚洪流,个体究竟应该怎样自处,才能既对时代有所贡献,又能对自己有所交代?《楚辞》中,讲过这样一个故事。

传说屈原遭到放逐,在江边落魄游荡,容貌枯槁,面色憔悴。一位渔夫停下船来问他:"你不是三闾大夫吗?怎么落到了这步田地?"屈原便向他诉苦:"举世皆浊我独清,众人皆醉我独醒。"

渔夫微微一笑,一面摇桨,一面唱道:"沧浪之水清兮,可以濯我缨,沧浪之水浊兮,可以濯我足。"表面上是说,水要是清澈,就用它洗洗帽子;水要是浑浊,那就用它洗洗脚吧。但事实上,他是想告诉屈原,时代清明,就大展拳脚,时代混乱,就做好自己。顺势而为,才能在时代中如鱼得水,逍遥自在。

面对时代的激流,屈原选择了逆流而上,渔夫却主张顺势而为。逆流而上固然是一种勇气,顺势而为也同样是一种智慧。逆流而上,一定会遇到湍急的漩涡,经历更多磨砺和考验,但坚持走下去,或许会抵达另一个彼岸,找到另一种意义。顺势而为,也同样。但无论如何,都要谛听时代的变化,把握时代的流向,并在激流中寻找机遇,才能因势利导，收获属于自己的精彩。

保罗的悲哀不仅是小小年纪就走上战场，更是在对战争的真相一无所知的情况下，被一种盲目的狂热怂恿着改变了自己的人生。面对时代的激流，是逆流而上，还是顺势而为，他没有机会判断，也没有能力抉择。因此越向前走，他只会越觉得幻灭，越觉得绝望。

保罗用自己的悲剧告诉我们，生命珍贵，活着不易。

《宠儿》
关乎命运的挣扎与较劲

〔美〕托尼·莫里森

世间多难,人生多险,我们注定孤独,我们也注定要坚韧。

《纽约时报》称之为"25年来最佳美国小说"第一名
深沉而克制,浓厚而炽烈的爱恨情仇
以丰富的想象力和诗意表达
使美国一个极其重要的方面充满活力

扫码收听本书音频

MAI JIA
READING
WITH YOU

Day 1 《宠儿》

"美国黑人史的百科全书"

 时间不是托尼·莫里森的对手

托尼·莫里森,是迄今为止唯一一位获得诺贝尔文学奖的黑人女性作家。2019年托尼·莫里森逝世后,奥巴马曾在网上哀悼:"时间不是托尼·莫里森的对手,在她的写作中,她时常会玩弄它,把它弄弯、弄皱,使它屈服于她高超的意志。"

事实上,在早期美国社会,黑人女性是美国社会地位最低的,压在她们身上的有三座大山:白人男性、白人女性和黑人男性。这三类人群可以任意差遣和指使她们,对她们发号施令:"去做那个""过来""别动""躺下"……

她们无法拒绝,只能默默忍受。那个年代,黑人女性没有自由，甚至没有人权，她们的一切都是属于奴隶主的，生命、健康、能力，甚至是思想。

美国总统林肯在1863年就已经正式实施解放黑奴的宣言。但六十八年过去了，在莫里森出生的1931年，黑人依旧被排挤，被漠视，被边缘化。

莫里森的父亲是船厂焊接工，母亲在白人家里做帮佣。为了避免种族歧视，他们一家人曾辗转多次，从美国中西部，迁移到南部，后来又迁移到北方。所幸莫里森的父母并没有因为自己身上流淌着黑人血液而自卑，相反，他们都为黑人文化而骄傲。莫里森在这样的家庭环境氛围下，也生出了自信和胆量。

小学一年级时，她是班上唯一的黑人，但是她和白人孩子打成一片。她熟读黑人文化书籍，听黑人歌曲，听民间传说，攻读古典文学，最后成为纽约兰登书屋的高级编辑。

但是，不在意种族歧视，不代表种族歧视不会产生。在莫里森交男朋友的时候，她深深体会到这种根植于血液的种族歧视，也见证了无数黑人遭遇的不公。欺压、凌辱……她也越来越明白，自己应该为之做些什么。工作期间，莫里森搜集大量黑人相关资料，编写了《黑人之书》。这部书记述了美国黑人300年来的历史，为黑人文化做出了巨大的贡献。莫里森也因此被称为"美国黑人史的百科全书"，受到无数黑人的爱戴和支持。

她面临的只有两个选择：一个是深渊，另一个也是深渊

虽然她在文学领域获得无数赞誉，但她的成名之路异常艰难。之前我们共读的《最蓝的眼睛》，是她的小说处女作。出版这本书时，她已经年近40岁。那时的她，是一个离异母亲，一手要撑起工作，一手要托起家庭。莫里森不得不经常在黎明写作，因为那段时间孩子未醒，外界也还在沉睡，无人干扰。她可以全身心地沉浸到故事中去。

然而，《最蓝的眼睛》出版得并不顺利。它与故事中的主人公似乎有着相同的命运：被嘲笑，被嫌弃，被误读。足足花了25年的时间，《最蓝的眼睛》才得以赢回它的尊严。

《宠儿》，是莫里森的第五本小说。那时，她辞去工作，改做兼职编辑，一周去一次出版社。后来，她又说服自己，要像一名成熟的作家一样生活，专职写作，靠版税谋生。做完最后一天工作后，她回到家里，刚开始觉得很放松、自由。但是几天之后，有一种莫名的忧虑和恐慌。突然没有了工作安排，可以随意支配自己的时间，但一段时间后，并没有预期的快乐和自由，反而会产生焦躁和不安的情绪。莫里森在一番仔细思索后，便豁然开朗：当内心沉静、目标明确时，一切都不可怕了。就这样，她走进了《宠儿》

的世界。在书里,她写尽了复杂的人心和人性,写尽了黑人命运的绝望与悲鸣,更是写尽了那段昏天暗地又惨绝人寰的黑暗历史。

《洛杉矶时报》曾称:"这是一部惊世之作,很难想象美国文学没有它会是什么样子。"

《宠儿》这本书的灵感,来自她曾编写的《黑人之书》中的真实故事:一个叫玛格丽特·加纳的年轻黑人母亲,偷偷带着几个孩子从奴隶主家中逃离,但是没过多久,奴隶主便追捕到她。正要将其带回时,玛格丽特·加纳在绝望之下,杀死了自己的一个孩子,其他几个孩子侥幸被旁人救出。她宁愿和自己的孩子一同死去,也不愿再回到美丽但充满邪恶的庄园,让孩子遭遇她所受的苦难。

这该是多深的绝望,才能对自己的亲生骨肉痛下杀手。难道这位母亲不爱自己的孩子吗?不,她很爱,很爱。但是,爱是需要能力的。她面临的只有两个选择:一个是深渊,另一个也是深渊。无论选择哪一方,都是锥心之痛。

莫里森也为之心痛,但更为她的残忍、甘冒任何危险去争取自由而震撼。于是莫里森以玛格丽特·加纳的经历为主线,结合黑人的历史,融入爱、恨、责任、自由,写出了一个揪心不已的故事。

小说的开头写道:"一百二十四号充斥着恶意。充斥着一个婴儿的怨毒。房子里的女人们清楚,孩子们也清楚。多年以来,每个人都以各自的方式忍受着这份恶意……"

  各种离奇事件,让房子里的人没有片刻安宁。镜子一照就碎;蛋糕上突然出现两个小手印;苏打饼干被捻成碎末,沿着门槛撒了一路……乍一看,以为是鬼故事,但是它背后是对爱的渴望与追求,是关乎命运的挣扎与较劲,即便身处黑暗,他们也从未放弃寻找光亮,心中永存希望。

Day 2 《宠儿》

自我感动式的爱，
不是真正的爱

他们生而为人，受尽屈辱；化身为鬼，依旧可怜卑微

一个叫赛丝的黑人女人带着两个儿子和一个女儿，还有婆婆五人住在一百二十四号。在这座灰白两色的房子里，有个鬼魂，时刻折磨着这一家五口。两个儿子因无法忍受而离家出走。不久，婆婆也去世了。家里仅剩赛丝和十来岁的女儿丹芙。

谁能想到一个幼儿的亡灵会如此愤懑。但毫无疑问，命运对这个幼儿是不公平的——她死的时候还不到两岁。况且，这扇门，是赛丝亲自为她关上的。

赛丝曾求牧师给她的墓碑上刻字——Beloved，意为

"心爱的人"，在这里是"宠儿"的含义。墓碑上的字样，是赛丝用身体和牧师换来的。七个字母，赛丝付出了屈辱的十分钟。

然而，自我感动式的爱，那不是真正的爱，没有人领情，宠儿也是。赛丝用刻字仅仅求得了自己灵魂的片刻安宁。

面对一百二十四号婴儿的怨毒，赛丝也曾向婆婆提议搬家："要不，我们搬家吧。"婆婆说："有什么必要呢？这个鬼不过是个娃娃。你够走运的，还剩三个呢，只有一个从阴间过来折腾。我生过八个，每一个都离开了我。四个给逮走了，四个被人追捕，我估计，个个都在家里闹鬼呢。"在婆婆心里，那个时代，几乎每座房子从地板到房梁都塞满了黑人死鬼的悲伤。那时，黑人的世界里只有无尽的黑暗，他们生而为人，受尽屈辱；化身为鬼，依旧可怜卑微。

因为闹鬼，因为赛丝曾经"恶毒"的行为，没有人愿意来一百二十四号，更没有人愿意接触赛丝。于是，赛丝除了出门工作，和丹芙几乎过着隔绝世间的生活。

失望是一点一滴累积的，她感觉自己被全世界抛下了

可是有一天，赛丝脱掉鞋袜在水井旁泡洗春黄菊，等她

洗完回到房子时，竟然看到门廊台阶上坐着一个男人。他是"甜蜜之家"的最后一个男人——保罗·D。

"甜蜜之家"是赛丝和五个黑人一起侍奉白人的农庄。在那里，赛丝是唯一的女性，十三岁就加入了这个家庭，"甜蜜之家"的所有男人都血气方刚，没沾过女人，但看着这个新来的小姑娘，决定不去碰她，都温柔地如兄长般待她。其中有个叫黑尔的男人，他用五年的所有礼拜天，赎出了自己的母亲。或许正是这样，赛丝选中了他做自己的丈夫。一个如此爱自己母亲的人，愿意牺牲自己的自由，去换取母亲的自由，至少在感情上是一个顶天立地的男人。

可惜，在"甜蜜之家"集体逃亡中，她看到西索克被杀死，保罗·D被抓回，本就约定好在农庄外集合，赛丝始终没等到黑尔的到来。直至此刻，赛丝内心还幻想着丈夫回归，但她也做好了最坏的打算。

保罗·D就像是一道光，重新照亮了赛丝的世界。简单寒暄后，赛丝邀请他进屋坐坐，最后邀请他在房子里过夜。赛丝向保罗·D介绍了自己的女儿丹芙，保罗·D很开心地向丹芙问好，并开玩笑说，上次见面，你还在你母亲肚子里躺着呢。

丹芙看着自己的母亲像换了一个人似的。曾经的母亲，冷静、心狠，眼睛里藏着铁，看到有人在餐馆门前被母马踢死，也不把脸扭开；看到一只母猪开始吃自己的幼崽也不把脸扭开。而现在，因为保罗·D的到来，她变得像个小姑娘般温柔、娇羞。丹芙意识到，她唯一拥有的妈妈被保罗·D"抢走了"。

赛丝和保罗·D靠得很近，谈论着黑尔，谈论着只属于他们却不属于丹芙的"甜蜜之家"的往事。还用眼角交换目光。

丹芙就像在海面漂浮的求生者，一路寻找，一路失望，令人同情又心疼。丹芙打破他们的谈话："我们这有个鬼。"赛丝的幸福感突然被抽走，变得忐忑不安地望着保罗·D。保罗·D停顿了一会儿，说："我听说了，可那是悲伤。你妈妈说的，不是邪恶。"丹芙大叫："不，不是邪恶，也不是悲伤，是孤独和冤屈。"

对话还在继续，保罗·D尽量保持轻松的语气缓和气氛，但丹芙愈来愈愤怒，特别是母亲竟然为了护着保罗·D而呵斥她。赛丝要丹芙懂事，要她生炉子招待客人，这成了压倒她的最后一根稻草。"我不知道该去哪、干什么，可我不能在这住了，没有人跟我们说话，没有人来。男孩子不喜欢我，女孩子也不喜欢我。"很少吐露心事的丹芙，一股脑把气都撒了出来，她怨恨自己的母亲，是她让这栋房子成为凶宅，让这一家人被孤立，被遗忘。

随即，房子里陷入一片寂静。赛丝进厨房烤饼，一向坚韧的她在保罗·D面前露出柔软的一面。

保罗·D抚摸她的后背，掀开衣服，映入眼帘的是陈年老旧的伤疤。赛丝说，她的后背长了一棵苦樱桃树，有根，有巨大的主干和繁茂的枝杈。而苦樱桃树象征着苦涩和难以接受。

保罗·D心疼得说不出话来，他亲吻着，试图减轻赛丝身上的痛苦。可惜，苦樱桃树早已深入骨髓，赛丝没有感觉到任何温度。

没一会儿，保罗·D发现地板突然抖动起来，紧接着，整栋房子都在颠簸。赛丝摔倒在地上，慌忙穿衣，丹芙跑出房间，满眼恐惧，嘴角却挂着微笑。她来了，她带着恶意来了。

保罗·D怒吼着，跌跌撞撞去抓扶手。一张桌子向他扑来，他抓住了桌腿，地板在强烈摇晃，他勉强站稳，举起桌子就四处乱砸，屋内哐当哐当，瞬间一片狼藉。慢慢地，地板的摇晃感开始减弱，保罗·D还在大声怒吼和乱砸，企图赶走那东西。

没想到，她走了，她终于被赶跑了。

丹芙突然很想念哥哥和祖母，还有她唯一的"伙伴"——幼儿的亡灵。她虽然会折磨大家，但毕竟没有做出实质性的伤害。

Day 3 《宠儿》

命运迫使她们分离，
又安排她们以另一种身份相遇

比起活着和自由，其他的一切似乎变得无关紧要

保罗·D的到来，让丹芙感觉自己的权益一点一点被剥夺。他首先抢走了妈妈，后来又把她唯一的伙伴赶走了。她讨厌保罗·D，等到第三天，她质问对方："你还要在这混多久？"

这句话将保罗·D伤得体无完肤，失手打翻了咖啡杯。

赛丝满是尴尬和生气："丹芙，你中了什么邪？"并呵斥丹芙到其他地方待着。

保罗·D认为丹芙针对他，而赛丝替女儿道歉，并解释丹芙曾经不是这样的人。可保罗·D并不接受，说："你不能替别人道歉，得让她来说。"毕竟是自己的孩子，赛丝听

不得一丁点说她的坏话。"我活着的时候保护她,我不活的时候还保护她。"很多时候,母亲付出的,远远比我们知道的多。可惜,丹芙并不知道母亲如此在意她。

没过多久,保罗·D就搬进来和赛丝同居了。三个人的世界,总有一人会被孤独吞没。赛丝和保罗·D的亲密接触,对丹芙来说格外刺眼。

直到有一天,城里举办狂欢节,丹芙也愿意与他们一同前行,这让赛丝特别高兴。阳光下,他们虽各自走着,但三人的影子像是手牵手拂过地上的树叶,穿过光影,不停往前。赛丝满足地笑了。融洽、幸福、温馨,是个好兆头。

狂欢节结束后,他们三人一同回家,刚到一百二十四号门口,看到一个女人坐在离台阶不远的树桩上。她脖子弯着,下巴摩擦着衣襟,似乎精疲力竭。

赛丝刚走近,看到那一张脸,突然感觉一股尿意强烈袭来。她没能赶到厕所,在厕所门前就撩起了裙子——自打懂事以来,从没有出现过如此紧急到难以控制的事情。等赛丝赶到门口时,发现人都不见了,三个人都进了屋。

年轻女人盯着赛丝,赛丝也注视着她,年轻的脸庞,毫无瑕疵的皮肤,仅脑门上有三道精致而纤细的划痕,乍一看,像婴儿还没有长浓的头发。

保罗·D问她叫什么名字。女人回答:"宠儿。"

另外三人互相交换眼神,内心疑虑着。保罗·D再次确认:"宠儿,你姓什么呢?"

宠儿有些糊涂,告诉大家她全名就叫宠儿。

赛丝失手掉了鞋子,丹芙坐下来,而保罗·D还在微笑。他本想打听一下她的家人是谁,但还是忍住了。

"一个流浪的黑人姑娘是从毁灭中漂泊而来的。"比起活着和自由,其他的一切似乎变得无关紧要。赛丝想起墓石的种种记忆,或许是她的名字,让赛丝倍感亲切。而丹芙,望着这个美人,内心生出某种更隐晦的猜想。

宠儿很疲惫,又发烧了,一睡就睡了四天,只有喝水时才苏醒。丹芙对宠儿有一种特别的爱,甚至超过对母亲的爱。她看宠儿酣睡,听她吃力地呼吸,偷偷给她洗因失禁弄脏的床单。她对宠儿无微不至,寸步不离,生怕她有丝毫不舒服。

当丹芙回到房间,刚要坐下,宠儿突然睁开眼睛,把她吓一跳。倒不是因为宠儿的眼神头一次如此清晰,也不是因为眼睛又大又圆,而是因为那双眼睛深处根本没有表情。

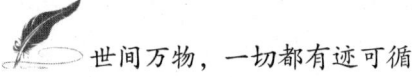世间万物,一切都有迹可循

后来,丹芙发现宠儿特别爱吃甜食,糖能满足她的所有需求,像个几岁的小孩子一样。

作为旁观者的我们,一眼便看出,这个宠儿就是赛丝

死去的女儿宠儿,丹芙的亲姐姐。世间万物,一切都有迹可循。

宠儿痊愈后,没有任何要离开的迹象,的确,她也没可去的地方。他们认为是这次高烧造成了她的记忆丧失,同时也造成了她的行动迟缓。明明是十九岁的姑娘,皮肤水嫩,身材苗条,走路却像八十岁的老人一样,需要扶着家具行走。

面对保罗·D的不满,赛丝仍坚持把宠儿留下。

宠儿每天天还没亮,就到厨房里等着赛丝,因为赛丝会在上班之前下楼来做快餐面包。灯光下,炉火旁,两人的身影相互交错重叠。每天下午,宠儿总是在窗口或者门口等着赛丝下班回家。甚至到后来,宠儿为了多看到赛丝一分一秒,她开始跑到小路、大路,越走越远地去迎接对方,再一起走回一百二十四号。

宠儿像一名崇拜者,狂热地追寻着赛丝。她太爱赛丝了,甚至爱到极致。而赛丝,也很喜欢这样一个客人相伴。有一次,赛丝在炉子旁睡着了,突然感觉宠儿在碰她。宠儿问赛丝:"你的钻石呢?戴耳朵上的。"赛丝突然想起来,她有过一副水晶的钻石耳环,那是一位白人太太送她的礼物。宠儿似乎很感兴趣,吵着要听故事。

赛丝也感到奇怪,从前,她一提起过去,就会唤起痛苦。丹芙打听的时候,她要么不耐烦,要么简短答复,即便与保罗·D共同回忆过去,她的心口,也像针扎般刺痛。但是在宠儿面前,赛丝是想讲的,爱讲的,愿意讲的。

宠儿和丹芙都听得入迷,等赛丝讲完,丹芙顺便问了一句:"我从来没见你戴过耳环,它们现在在哪里?"

"早没了。"赛丝回答道。

连丹芙都不知道钻石耳环的存在,但是宠儿却知晓。她们是幸运的,命运曾迫使她们分离,如今,又安排她们以另一种身份相遇。

Day 4 《宠儿》

极端背后的爱

 生命中所有的失去,会以另一种方式归来

宠儿年轻貌美,光彩照人,可保罗·D并不喜欢她。他再一次质问宠儿:"你没有兄弟姐妹吗?你从哪里来?你是怎么找到这里的……"

问题越来越尖锐,语气越来越严肃,但是丹芙和赛丝都全力护着宠儿。丹芙故意岔开话题,赛丝叫保罗·D别再挑毛病了。

保罗·D想把宠儿撵出去,但是作为一百二十四号的外人,他没有权力将宠儿赶出一所不属于自己的房子。等丹芙和宠儿上楼后,赛丝和保罗·D又争吵起来。

这一次,赛丝很崩溃,因为她知道了一个关于丈夫黑尔的惊天大秘密。在那次逃亡中，一群人围在牲口棚玷污了赛丝，而黑尔竟然在牲口棚上方的厩楼，目睹了这一切。

赛丝反复向保罗·D确认，他真的看见了吗？为什么他不出来？到了约定逃亡的时间，赛丝没看见黑尔到来，以为他死了，以为他被抓了，或者又以为他有了更好的出路。没想到，黑尔看到了那恶心的一幕。比起被人玷污，她更绝望的是，丈夫看见了，还不来阻止。

赛丝死死盯着保罗·D，往昔屈辱的画面像电影一样一帧帧在脑海放映，她的心如同坠入海中，孤独、无措、挣扎和窒息。保罗·D告诉赛丝，黑尔被困住没办法去救她，此后，黑尔便疯掉了，身体上和精神上，都像一根树枝被一折两段。

赛丝恨自己，为什么别人都疯了，她不能？为什么她拼命忘记过去，过去的经历却死死纠缠她不放？为什么她要知道这残忍的真相？

赛丝和保罗·D在楼下伤感过去，楼上却欢快得很。宠儿跳舞，丹芙伴奏。没多久，宠儿拉起丹芙的手一起转圈。两人像小猫一样快活，悠来荡去，直到疲惫不堪地坐在地上。而楼上丹芙和宠儿的对话也揭开另一种真相。

丹芙轻声问："你干吗管自己叫宠儿？"

宠儿合上眼睛："在黑暗中我的名字就叫宠儿。"

丹芙还想知道她所在的地方是什么样的，看见过什么人。宠儿一一作答,她在那里是很小的一团,下边那儿没法呼吸,也没地方待,看到成堆成堆的人,有些是死人。她在黑暗中度过了一年又一年,等了一年又一年。宠儿很直接地告诉丹芙,她出来的目的,就是见赛丝。

虽然在现实生活中,人死不能复生,但生命中所有的失去,会以另一种方式归来。只是,我们未曾发现罢了。

在他们眼中,这不是五条生命,而是五个能否干活的劳动力

在赛丝的那场大逃亡中,她的两个儿子和一个女儿先被救出,送往一百二十四号,交由孩子们的祖母贝比·萨格斯照看。赛丝一个人最后才逃,那时她怀着身孕,又遭人玷污,半只脚踏入了鬼门关,好在路上碰到一个女人,救了她,并且帮她顺利生产。

赛丝带着刚出生的婴儿躲躲藏藏,越山谷,走泥地,在死里逃生赶到一百二十四号的那一刻,一颗悬着的心,才终于放下。

赛丝度过了二十八天的"非奴隶生活",伤口慢慢痊愈,内心渐渐平息,呼吸着一百二十四号周围香甜的空气,那是赛丝整整渴望了半生的自由的味道。同时在家人邻居朋友们的陪伴下,赛丝解放自我,赢得了自我。

可惜，当四个骑马的男人——"学校老师"、一个侄子、一个猎奴者、一个警官到来后，一切美好都烟消云散了。他们把枪上膛，眼睛扫视着四周，以防逃犯狗急跳墙。他们是来捉拿逃犯的，但如果是丧了命的黑奴则一文不值，所以他们小心翼翼，遇到其他黑人只是轻轻举起枪，示意他们就地站着别动。

有两个黑人有点奇怪，一个疯疯癫癫的，拿着斧子站在木头堆里，并且发出低吼，另一个是戴帽子的女人。他们两人的眼睛，一直盯着棚屋。这四人觉得不对劲，便一起走向棚屋。

当他们走进棚屋时，棚屋内是一片凄惨的画面。锯末和尘土中沾染了一片鲜红，两个男孩躺在地上，血流不止。一个血淋淋的女孩被女黑人搂在胸前，另一个婴儿被她死死攥住脚跟。她根本不看进来的人，只顾把婴儿摔向墙板，第一次没撞着，又在做第二次尝试。这时，那个疯疯癫癫的老黑人从屋门冲进来，将婴儿救走。

来的那四人本来指望能把他们完好带回去培养，去"甜蜜之家"干农活，但是，现在不行了。女人疯掉了，两个男孩睁大眼睛躺在锯末里，第三个孩子的血正流淌着，而那个婴儿带回去也没人照料。在他们眼中，这不是五条生命，而是五个能否干活的劳动力。

那个"会爬了的女孩"死了，是她母亲亲手结束了她的生命。而活着的人，依旧没有逃脱奴役的宿命，那个警官叫来一辆车，把他们一并带走。

几年后，全国宣布正式实施解放黑奴宣言。也就是说，只要再忍受几年，那个小女孩就能获得自由，但是她的生命已经在棚屋内终结。她的名字，叫作宠儿，明明没做错什么，却草草结束了短暂的一生。

没有人拥有上帝视角，没有人会预知未来。如果赛丝知道几年后会发生什么，她一定不会对宠儿如此残忍，但是无法否认，这份残忍的背后是一个母亲对孩子的爱。

Day 5 《宠儿》

不浓的爱
本就不是爱

 嫉妒就像毒药般蔓延,让人心变得扭曲

赛丝逃到一百二十四号后,贝比·萨格斯开始举办庆祝大会。九十人到场,喧闹声一直延续到深夜。他们吃得好,笑得欢,但内心却生出嫉妒和怒气。

"太过分了,凭什么好事都让贝比·萨格斯占全了?凭什么她和她的一切总是中心?凭什么她治病人、藏逃犯,爱做饭,爱布道,爱唱歌跳舞,还热爱每一个人。不养牛却能吃到新鲜奶油,又是冰又是糖,还有面包和鱼,这简直是不属于他们这种人该有的权利。"

这世间,有一种人特别可恶,明明别人友善对他,甚至对他伸出援手,但他却见不得别人好。尤其是他们看到贝比·萨格斯被儿子黑尔赎回后,她不仅拥有自由,主人还送她安家费和一栋房子,更是亲自将她送来。

有些黑人嫉妒疯了。一百二十四号越慷慨大方,他们越是怒不可遏。在奴隶主来抓赛丝时,为什么没有人提前跑来报信?为什么没有人来警告他们?难道看不见吗?

不。嫉妒使他们袖手旁观,置若罔闻,或者他们想看一下贝比·萨格斯一家人的福气到底有多少。这种嫉妒就像毒药般蔓延,让人心变得扭曲。直到十多年后,这种心理仍未停歇。曾经救下婴儿的那个老黑人斯坦普,故意将一张剪纸拿给保罗·D看,那上面有一个黑人女人的肖像,和她杀死孩子的事件记录。保罗·D说照片里女人的嘴不像赛丝的,或者说他不敢相信如今与自己日夜相处的赛丝是个残忍至极的女人。嘴上说着不相信,但保罗·D还是带着剪纸回到一百二十四号,拿给赛丝看,同时在等她的一个解释。该来的还是会来的。赛丝不慌不忙道出曾经的一切。那时,赛丝认出了戴帽子的奴隶主,她知道自己逃不掉了,赶紧跑到棚屋里,企图让孩子获得"自由"。

保罗·D得知真相后,恍惚了许久,脑袋像炸裂般疼痛,让他恐惧的,不是赛丝的所作所为,而是她的动机,太可怕了。

保罗·D说赛丝的爱太浓了。而赛丝觉得,要么是爱,要么不是。不浓的爱本就不是爱。这种极致的爱,让她变得疯狂，让她变得狠心。

保罗·D的内心始终接受不了，他戴着帽子走到门口，告诉赛丝晚饭不用等他了，自己会晚一点回来。赛丝心如明镜，她知道保罗·D接受不了这样恶毒的自己，于是朝着他远走的背影说道："别了。"

无奈、可悲、痛苦、不甘的情绪充斥在赛丝内心。为什么刚刚建立起的幸福，一下子又被打碎了？难道每隔十八、二十年，她难以忍受的生活就要被一次短暂的辉煌打乱吗？

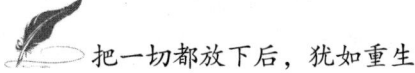
把一切都放下后，犹如重生

然而，对一个意志坚定且固执的人来说，能救赎自己的，永远只有自己。赛丝突然翻出冰鞋，决定听从婆婆曾经的建议：全放下。她带着丹芙、宠儿，三人一起跑到冻结的小河上滑冰。赛丝一边用胳膊搂着丹芙，另一边搂着宠儿，她们俩人也紧紧搂着赛丝的腰。

她们在坚硬的冰面前行，相互之间搀扶着，磕绊着，跌倒了，又站起来。笑声像不听自己使唤似的，飘荡在小河上空。没多久，她们玩累了，坐在地上喘粗气，赛丝看着丹芙和宠儿，双眼湿润，内心却出奇满足。

三个人到家已经是晚上了，一百二十四号此时只属于她们三个人。她们在炉子旁一边烤火褪去身体的寒气，一边吃晚餐。吃饱喝足后,赛丝正准备提醒大家去睡觉,宠儿突然哼起歌来。

声音很轻,却重重地砸在赛丝心头上。这首歌,是赛丝自己编的。除了她和她的孩子,谁也不会唱。宠儿盯着赛丝说:"我会。"

时间在那一刻静止,赛丝久久回不过神来。是时候面对了。赛丝躺在床上,细品与宠儿相处的点点滴滴,她笑了,笑宠儿就是自己的女儿,笑宠儿没有生她的气,笑自己再也不用想起曾经的那些事情。

作为魂魄的宠儿,被保罗·D赶走后,只能以人的身份再次回到赛丝身边。赛丝本该很早认出她的。宠儿额头上的划痕,是赛丝在棚屋里扶起她脑袋时划伤的。又或许是宠儿问到赛丝那对耳环时,但当时赛丝因为保罗·D而思绪混乱。总之,她的大女儿宠儿,带着爱,回到了她的身边。

 没有距离感的爱,始终是一场灾难

赛丝把全部的精力放在了这两个女儿身上,尤其是宠儿,她想要弥补这十八年来缺失的母爱,还有她给宠儿带来的伤害。赛丝无暇顾及工作,常常迟到,出错,最后被辞退,被告知以后不用再来了。

她没有因此生气,因为正好可以整日整夜地陪在宠儿身边。与她一起做饭，缝纫，梳头和打扮，曾经唱给丹芙听的歌，如今只唱给宠儿一人听了。丹芙有时也会加入她们的游戏，但看到她们眼中只有彼此后，便自觉退出。

丹芙曾经提防母亲，怕她再次伤害宠儿；同时，她也时刻注意宠儿，怕她报复母亲。但她的这种担心，似乎显得有些多余。因为她们都太渴望得到对方的爱了。

之后的日子，宠儿越来越任性，什么都要拿最好的，最大块的食物、最漂亮的盘子、最鲜艳的发带。提出各种无理要求，赛丝都尽全力满足她。

但是没多久，一百二十四号房子里，争吵开始了。

刚开始，宠儿埋怨一句，赛丝道歉一声，想要讨好的欢心也减少一分。最后，宠儿质问赛丝，为什么要将她抛下？她还说，那个世界，哭的时候，没有人。死去的男人躺在她的上面。她没有东西吃。没有皮的鬼将手指头戳进她的身体。她一个人，承受了所有的孤独和绝望。

赛丝很委屈，她无法在两个错误的选项中做出令所有人都满意的选择。对她来说，孩子比她自己的生命更加珍贵，她随时都愿意与宠儿交换位置。但宠儿不愿意听，她太任性了，时不时摔盘子，将盐全撒在地上，还打碎了一块玻璃。赛丝没有生气，收拾了盘子，扫去了盐末。她依旧惯着宠儿，眼里充满爱意。如今，宠儿能回到她身边，就是最大的幸福了。

可再美好的生活，总归要回到现实中来。赛丝失去工作后，家里的食物越来越少。她们开始饿肚子了，特别是赛丝，因为她将吃的都给了宠儿，自己就捡掉落在桌上的食物碎屑，或者面包渣、果皮。

丹芙看着母亲日渐消瘦的身子，很是心疼。她明白该轮到自己来扛起整个家庭的重担了。她必须走出院子，迈向这个世界的边缘，去向别人求救。十多年来，丹芙与外界的接触用一根手指头都能数清楚。而一百二十四号曾令无数人嫉妒到发狂，当听到她母亲整日游手好闲伺候已经长大成人的女儿，谁愿意救助她们呢？

Day 6 《宠儿》

你自己才是
最宝贵的

当你直面恐惧,有时会突然发现它并没有如此可怕

在丹芙的记忆中,她只听过这几个人:一个叫斯坦普的白发老人,一个叫琼斯的女士,还有就是保罗·D。这让丹芙的心怦怦跳,她不知道他们身在何处,更不知该怎样面对他们。丹芙花了很长时间做心理建设,穿戴好后,走到一百二十四号门廊上,准备被大门以外的世界吞没。

在她看来,外面不仅有母亲口中"甜蜜之家"的恐怖,还有白人。祖母贝比·萨格斯曾说:"这个世界上除了白人没有别的不幸。"但是没办法,如果丹芙不踏出这一步,她们三人就得等死。当你直面恐惧,有时会突然发现它并没有

如此可怕,是自己的想象,把恐惧因素放大了。丹芙一狠心,走出了房子。她来到一片居住地,看到很多房子紧紧挨在一起。有小男孩坐在门前嚼棍子,有鸡鸭在路口叫唤。还有一个女人,看到丹芙并向她招手。丹芙赶紧低下头,向前走。她又听到前面有男人说话的声音,丹芙更害怕了。她害怕自己挡了他们的道,更害怕他们扑向她,抓住她,捆了她。

她是不是要往回走,待在那个向她招手的女人身旁更安全呢?那个女人会不会因为她没回应就生气撒手不管呢?丹芙还在犹豫,男人们已经走到了她跟前。令她出乎意料的是,他们说了句早安,就走了。

这让丹芙再次鼓起勇气上前。

最后,她找到了琼斯女士。琼斯女士一眼就认出了丹芙,抓住她的手,带她进屋。丹芙小的时候,曾经偷偷跑出来,在教堂外听琼斯女士给学生上课,后来琼斯发现了,便把她带进去,与孩子们一起。没想到,时光飞逝,十多年过去了。

琼斯女士给丹芙泡茶,并询问她一家人的近况。丹芙坦言,母亲不舒服,自己想要一份工作,虽然什么都不会干,但是可以学。虽然琼斯女士处境艰难,但仍慷慨地给了丹芙大米、鸡蛋和茶叶,并让她需要什么就随时来拿。

这让丹芙感到抱歉,但这短暂的接触,更让她欣喜这世间并非所有人都是大恶之人。

两天以后,丹芙发现院子旁的树墩上放着东西,是一袋扁豆,后来又换成了一盘冷兔肉,又换成了鸡蛋。鸡蛋旁还放着一个小纸条,写着"M.露茜尔·威廉斯"。于是,丹芙再次走出一百二十四号,寻找M.露茜尔·威廉斯向她道谢。

整个春天,一百二十四号房子的周围,不时有不同的东西送来,同时也带有纸条。纸条仅仅是为了让丹芙归还装东西的容器。

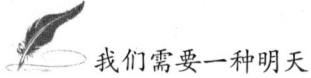我们需要一种明天

时光渐渐流逝,屋外是一片祥和、释怀的景象,但是家里却翻了天。宠儿不是拼命抓着自己的喉咙,就是在地板上缩成一团,仿佛要吞噬赛丝的生命般折磨她。此时最累的是丹芙,她不得不照顾两人的情绪与身体,并努力找一份工作。

她再次出门,这一次,她找到鲍德温先生和太太,并说服他们自己可以值夜班来照顾他俩,况且仆人简妮一个人照顾不过来。简妮负责面试,她问了很多问题,即便丹芙掩饰说宠儿是她远房表姐,但简妮一下子就猜到所谓的表姐,就是赛丝死去的女儿。

渐渐地,流言像病毒一样,迅速在黑人女人中传开:

"赛丝死去的女儿,她割断喉咙的那个,回来收拾她了。赛丝累瘫了,熬垮了,半死不活,面目全非,走火入魔。这个女儿打她,折磨她,把她捆在床上,拔光了她的头发。"

她们花了好几天时间,才把这个故事编得越来越真实。其中,有一个叫艾拉的女人,曾救过赛丝的孩子,她觉得应该去看看,不允许鬼魂继续作恶。

大概有三十个女人,有的人带着基督徒的忠诚,有的人纯粹为了看热闹。当所有人扎堆走到一百二十四号时,她们第一眼看到的却是曾经的自己。她们曾在这儿撒欢,在院子里玩耍,在吹口琴,在吃土豆沙拉,在聆听贝比·萨格斯的祈祷。那时还没有对一百二十四号的嫉妒和恶意。

她们死死凝视着一百二十四号,企图望穿墙壁,看透门板,瞧瞧死去的宠儿真的回来了吗?她真的会抽打赛丝吗?随即,所有的人都在吼着唱歌,但突然听到一种熟悉又可怕的声音从远处传来。赛丝和宠儿听到屋外的唱歌声后,一起走到门口查看。女人们立即认出赛丝,并发现了站在她身旁年轻貌美的宠儿,感到惊讶却并不害怕。这孩子明明很可爱漂亮嘛,哪里是又凶又狠的恶灵?

远处的声音愈来愈近,赛丝看到了他,他牵着一匹马,脸被帽子遮住,缓缓走来。同样的场景,同样的装扮。赛丝瞳孔瞬间放大,那熟悉的窒息感将她包围。现在,他在朝着她的院子走来,向她最宝贵的东西走来。赛丝拿着冰锥跑向男人，而那群女人却拦住了她，打成一团。等大家回头看房子时，突然发现，宠儿不见了，在所有人的眼前消失了。有人猜测宠儿真的走了，有人断言她肯定藏在树林里，等下一个时机。

而朝赛丝走来的那个男人，其实是白人鲍德温先生，他来接丹芙去上班，却差点被赛丝杀死。人死不能复生，宠儿终究离开了赛丝，这一次她是带着爱，带着回忆的。

后来，保罗·D又回来了，他与丹芙达成和解。当听到赛丝说"我最宝贵的东西离开我了"，保罗·D却告诉她："我们拥有的昨天比谁都多，我们需要一种明天。而你自己才是最宝贵的，赛丝，你才是。"

Day 7 《宠儿》

人生，就是快乐地将悲剧演完

每个人都是善恶共同体，没有绝对的好人，也没有绝对的坏人

《宠儿》一书弥漫着浓厚的爱与恨，孤独与绝望。人生最痛苦的选择，就是在两个错误的选项中去挑选。一面是结束生命，离开人世；另一面是被白人掳去，被压榨、欺辱、玷污，生不如死。

面对两个错误的选项时，我们选择的，只能是我们更能背负哪种错误带给我们的代价。这也从侧面反映了那个年代的黑人卑微到极致，无处申冤，无人庇护，丧失了所有人权，只能任人宰割的处境。而黑人女性；更是处于社会的最底层，成为生育和泄愤的工具人。

这部小说由真实故事改编，但是一个人的经历对小说家来说，往往是短暂而受限的。因此，作者莫里森结合黑人历史，并加入离奇色彩，使故事变得更加充实和饱满，人物也更加立体和生动。死去的宠儿重回人间，去寻找缺失的人生和爱。一方面是为了赛丝弥补她的内疚和痛苦，一方面为了提醒世人种族的偏见永不磨灭。

但是，除了白人带来的不幸，作者莫里森更加重视黑人自身的缺陷和不好的思想。

人人生而平等，人人生而自由。这是莫里森所期盼的，更是无数黑人内心的独白。她最渴望看到的，是所有黑人能够"站起来"，而不是依附别人，贬低同类。

在《宠儿》中，当一百二十四号的贝比·萨格斯邀请邻居们举办聚会时，邻居们一边享受着美食和音乐，一边却在疯狂嫉妒：凭什么她可以得到自由，凭什么她可以得到奴隶主赠送的房子，凭什么她可以在讲坛上洗涤别人的灵魂。以至于白人来抓赛丝时，邻居们都是冷眼相看，没有一人帮忙，哪怕是报个信也好。人性的薄凉，在那一刻，体现得淋漓尽致。此后，一百二十四号便成了凄凉之地，尤其是听说宠儿的亡灵在折磨这一家人时，更是人人避之不及。没有人愿意与赛丝接触，更不想与她成为朋友。

但是，当丹芙求救时，她们又主动伸出援手送食物。所以说，人性是复杂多变的。每个人都是善恶共同体，没有绝对的好人，也没有绝对的坏人。

每一次绝处逢生，都值得坚韧地活着

而本书的主人公宠儿，她虽然作恶，却压根没有坏心思，仅仅为了获得那份缺失的母爱。

莫里森的小说并不好读。情节上，不是那种行云流水，一镜到底的简单叙述。时间、人物、情感，各种穿插倒叙，层层交叠。有时候，一个片段让你感觉云里雾里，但看完接续后文便恍然大悟，原来是如此用意。内容上，总是生与死的较量，残忍、窒息、不幸、绝望……无数复杂的情感充斥着脑海。

但莫里森是一个说故事的高手，她的笔犹如黑色火焰，所到之处，皆唤起熊熊大火。即使她写的生活离你很远，但你依旧能与她笔下的人物有切肤之感，能够让你真正去感受生命和命运的无常。

赛丝愧对自己的孩子，在宠儿重生后尽全力满足她的一切，任性也好，无理取闹也罢，哪怕吞噬她的生命也无所谓，唯一害怕的，就是宠儿离开。这是一个母亲对孩子的亏欠和补偿。

宠儿从小缺失母爱，所以她干扰母亲与保罗·D亲热，她孤独，她没有安全感，她想用自己的任性来获取母亲的关注和宠爱。这是一个懵懂无知的孩子表达爱的方式。

而丹芙,十多年来,几乎不出门,但是当家里没有食物,无法度日时,她决定承担起责任,去外界寻求帮助。这是一个孩子蜕变的成长过程。

最后,当赛丝发现宠儿已经离开,自己变得支离破碎之时,保罗·D告诉她:"我们拥有的昨天比谁都多,我们需要一种明天。"

他们身为黑人,生活在社会最底层,经历了太多的不公和欺辱,但每一次绝处逢生,他们依旧坚韧地活着。这也是作者莫里森在进行小说创作时想让读者注意到的,她希望同伴们不管在怎样的环境下,都能够坚强、无畏地"站起来"。

《宠儿》这本书虽然所描述的是个简单的故事,但通过这个故事我们见证了人物们的成长,见证了几代人的生死考验,更是见证了黑人历史的演变和人类都将面临的重大抉择。

即使身处阴沟,也可以仰望星空。正如尼采所说:"人注定死亡,所以人生就是一场悲剧,但即使这样,我们仍要快乐地将它演完。"

《上来透口气》
回不去的田园牧歌

[英]乔治·奥威尔

> 我对故乡有一种警惕、怀疑,甚至有那么一点敌意,但一辈子总要写一部跟故乡相关的书,既是对自己童年的一种纪念,也是和故乡的一次和解。

回顾童年欢乐时光，审视现代无尽梦魇
被《时代周刊》评为
"最好的100本英国小说之一"
入选英美中学生必读书书目
20世纪影响最为深远的文学经典之一

扫码收听本书音频

MAI JIA
READING
WITH YOU

Day 1 《上来透口气》

他的一生颠沛流离，却写出惊叹世人的名著

 与魔鬼战斗的人，应当小心自己不要成为魔鬼

乔治·奥威尔出生在一个比较尴尬的家庭。名义上是官员、中产阶级，实际上他的家境并不富裕，不上不下，实为难受。因此，他没办法像其他中产家庭的小孩一样去贵族学校读书，只能进入一个二流的私立学校。学校看似是一个单纯的环境，但也是一个小小社会，里面充斥着攀比、排挤、欺压、恃强凌弱。而奥威尔也深受影响，虽然他认真学习，靠自己的努力拿到奖学金，但同学们都嘲笑他是一个穷学生，排挤他，歧视他。幼小的心灵遭受打击，他对这种阶级感深恶痛绝，这种情感甚至融进他的血肉骨髓。也正是因为童年的经历，让他对底层人民有深厚的共情与怜惜之感，为

其之后的创作打下了基础。

奥威尔在毕业时没能申请到牛津和剑桥的奖学金,而家里又没有经济条件再供他读书。没办法,十八岁的奥威尔只好出去找工作,他加入了英国在缅甸的殖民警察,服役五年。在缅甸的这五年中,他看到了人性究竟有多残暴,也意识到西方殖民主义的罪恶,一次次审判、酷刑、监禁和绞死囚犯的画面,深深印在他的脑海中,挥之不去。

尼采曾说:"与魔鬼战斗的人,应当小心自己不要成为魔鬼。当你凝视深渊时,深渊也在凝视着你。"况且奥威尔正处于这深渊之中,他不愿同流合污,更不愿成为罪恶的魔鬼。

奥威尔二十五岁开始正式写作,为了搜集素材,跑到巴黎和伦敦的底层社会,做厨房帮工,农业帮工,洗碗工,书店店员,码头工人,等等。他认为只有亲自体验他们的人生,才可能写出更真实的作品,也让他意识到有些人光是活着,就已经竭尽全力。

随着时间的流逝,奥威尔的事业慢慢有了起色,感情生活也不断升温。他结婚后,与妻子一起离开伦敦,移居哈佛郡,准备开启幸福的婚后生活。然而,才结婚一个月,西班牙爆发了内战,形势越来越严峻,他便与妻子一同前往西班牙参加保卫共和国的国际志愿军。不幸的是,奥威尔在一次行动中喉部中弹,不得不回国休养。在这短暂煎熬的时间里，他再次看到战争与人性的可怕，犹如人间炼狱。不仅是战场上的厮杀，还有内部的背叛、怀疑。他们夫妇受到严密监控，房间被搜查了个遍，所有资料几乎被带走。奥威尔在离开之后甚至还遭到追杀。战争还在继续，第二次世界大战爆发时，奥威尔曾多次报名参军，但都因体检不合格遭拒。

《上来透口气》，就是他在第二次世界大战前写的。文章多次提到人们的生活并不安宁，头顶上空总是有飞机在盘旋，每个人都担心它随时扔下炸弹。每个人心里对战争的爆发充满了恐惧，但这种恐惧，在现实生活中还是到来了。随着第二次世界大战的全面爆发，奥威尔受雇于BBC，负责撰写战争的相关报道。他又一次看到了战争的残忍、杀戮、轰炸、毁灭……

《动物庄园》因其强烈的讽刺性在出版时受挫，奥威尔以今后所有作品的出版权为引诱，终使《动物庄园》得以出版。该书的大火使奥威尔生活宽裕，并为创作《一九八四》奠定基础。奥威尔妻子死后，他又娶了一个女人，但一年不到，他就因肺病去世，年仅四十七岁。

他想在被绝望的现实逼死前，"上来透口气"

奥威尔短暂的一生，颠沛流离，疾病缠身，经历无数战争，见识了人性的残暴与黑暗。但他也是一位勇者，敢于讽刺当时的社会，敢于勾画人类的阴暗面。他坚信："在一个语言堕落的时代，作家必须保持自己的独立性，在抵抗暴力和承担苦难的意义上做一个永远的抗议者。"

在奥威尔的作品中，《动物庄园》是一部讽刺寓言小说，讲述了农场里的一群动物携手起义，将压榨他们的人类赶出农场，企图自己建立一个平等的动物社会，然而，在动物的世界里，依然有恃强凌弱，弱肉强食。《一九八四》同样是一部讽刺寓言小说。

而《上来透口气》，内容稍稍平缓，更接近现实的生活状态。小说主要讲述了一个保险推销员遭遇中年危机：工作不顺，夫妻争吵，孩子闹心，身材发福……所有的压力让他苟延残喘。突然有一天他想拿着一笔意外之财，瞒着妻子回到十多年未见的故乡，去看看熟人，去完成内心一直惦记的心愿。当然，更重要的是他想逃离现实，让自己"上来透口气"。然而，就像书中所说的：他想在被绝望的现实逼死前，"上来透口气"。只是，在这个垃圾已经堆到平流层的世界上，哪里还有空气呢？这个中年男人，其实也是生活中大多数人的影子。

Day 2 《上来透口气》

逃不掉生活中的压力，不如爱上生活本身

> 每个胖子的内心深处，其实都是瘦子，就像每一块石头里都隐藏着一座雕塑

主人公乔治·博林是一个保险公司的推销员，四十五岁的年纪，身材有些发福，体重一百八十斤左右。乔治总因为自己体格大而闷闷不乐，并且，他最近购买了一副假牙，由于身体机能的退化，让他不得不承认自己是个中年发福男人了。至于家庭，乔治自认为是一个好丈夫好父亲，十五年来，工资总是如数上交，陪伴孩子成长，竭尽全力给妻儿一个幸福温馨的家。

但是，因马赛下注而突如其来的一笔收入让他改变了想法。事情是这样的，最近这些天，一个叫梅洛斯的同事，非

常迷信赛马占星术，他认为赌马完全取决于骑师穿的衣服颜色与值令星辰是否吻合。近期的一场马赛里，有一匹母马叫"海盗新娘"，这匹马看起来娇小柔弱，几乎无人下注，但它的骑师穿着绿色的衣服，正好与值令星辰同色。梅洛斯对这套占星术深信不疑，果断地给"海盗新娘"投了好几英镑，他还邀请乔治一同下注。乔治对赌钱不感兴趣，但梅洛斯一直在他耳边呱唧，着实烦躁，乔治为了让梅洛斯不再烦他，一口气下了十先令的注码。结果"海盗新娘"真的获胜了。就这样，乔治轻松赢得十七英镑。

拿到这笔钱，乔治突然产生了一个奇怪的想法，他要把这笔钱偷偷藏起来，不告诉任何人——十五年好丈夫好父亲的角色已经当够了，这次他要独自享用。

美国加州圣迭戈大学一位精神病学教授曾指出，过了四十岁生日，不少男性会对现在的生活感到纠结和不满，觉得事业不顺，婚姻不幸，对周围一切心生怨气。他们急于改变自我，寻求新的刺激和快乐，甚至寻求新的人生。

乔治正处于这样的状态，他想在平淡寡味的生活里偷偷地寻欢作乐。正当他全身上下擦满肥皂，躺进浴缸时，洗手间外传来砰砰砸门声和呼喊声。

两个孩子在外面争吵推搡，他们都想上厕所。没办法，家里只有一个洗手间，而且厕所和浴室是连在一起的。乔治只好快速清洗身上的肥皂泡沫，简单擦擦就开门了。小儿子立马冲了进来。乔治在穿衣时，发现脖子处还残留泡沫，黏糊糊的，感觉用纸巾怎么擦也擦不干净，这让他极其难受，简直糟糕透顶。

他下楼来到客厅，看到妻子瞪了他一眼。妻子希尔达比他小六岁，柴米油盐的生活让希尔达失去了往日的光彩，如今在她的世界里，永远在怒吼黄油怎么又涨价了，煤气费太贵了，孩子们的衣服怎么又穿破了，该买新的了。而这一切都是冲向乔治的，因为乔治是家里的经济支柱。

没一会儿，孩子们又下楼来了，两个孩子无时无刻不在争吵——"就是你干的""不，我没干"。妻子的烦恼、孩子们的争吵，让乔治身心疲惫。他不想待在家里，他太需要独处了。有时候，他认为自己即将被绝望的生活吞没。当然，有时候他看着忙碌的妻子，看着熟睡的孩子，内心又充满怜爱和温暖。乔治出门了，他走在街上，丧气极了。尤其是走在埃尔斯米尔这一条街上，街边的房子就像一个大型的监狱，里面像是一个个小的牢房，牢房里住着一群可怜虫。每个人都被老板压榨，被生活逼得无处可逃。他们没时间享受自由，也没自由去享受所期待的生活。

 每个人不是在害怕失业，就是在害怕战争

乔治想起来自己要买一盒刮胡刀的刀片，于是走进一家便利商店。走到柜台时,碰巧撞上店面经理在责骂负责柜台销售的女店员。其实,这样的场面并不少见。有时候,女店员们站成一排被训话,甚至互扇耳光,或者体罚,店面经理用这样变态的行为来刺激员工的工作积极性。大一点的连锁店,甚至还会专门请人来挖苦店员,希望能以此变相"激励"他们。那个训斥的经理一看就不是善茬,应该是女店员做错了什么事,他正在大声呵斥她。

乔治为了避免尴尬,赶紧转身假装挑选柜台上的其他商品。便利店里除了这三人,还有其他员工,但他们都假装没听见,在忙自己的活。他们不想插手,也不敢插手。

女店员低着头一声不吭,经理骂够了才若无其事走开。于是乔治才慢慢走到柜台买刀片,那个被骂的女店员假装什么事情也没有发生。这群人每天生活在水深火热之中,这种恐惧已经深深渗进他们的骨子里。

其实,每个时代的人,都有自己焦虑的东西。曾经的他们,迫切希望世间再无战争,可以过安稳日子。如今的我们,依旧有无数生存的烦恼和生活的压力。没有谁可以过得一身轻松,但我们也要为之努力。既然每个人都跑不掉逃不开,那不如爱上生活。

Day 3 《上来透口气》

幸福的童年治愈一生，
不幸的童年需要一生去治愈

 把期望值降到最低，所有的遇见都是礼物

乔治去取他的假牙时，远远早于预约的时间。他的肚子有点饿了想找点东西吃，鬼使神差，他居然走进一间奶吧。这地方已经超出了他的生活水平，平常基本是不会去的。"我怎么会来到这里？"乔治在进门后一直在想。

整间奶吧摆满了镜子、珐琅器皿，以及呈流线形设计的装饰品，又亮又闪。这种装饰华丽的地方，消费的似乎不是食物本身，而是为了观看琳琅满目的装饰。乔治坐在吧台上浑身不自在，像长满了刺一样。吃个东西紧张兮兮的，随时需要注意自身形象，不敢乱动，不敢四处观望，他甚至觉得自己不配坐在这里。而且，这里的食物奇奇怪怪，你尝不出食物本身的味道，甚至不敢相信它们是怎么做出来的。有的是从纸盒里取出来的，有的是从冰柜里翻出来的，有的是从管子里挤出来的，再给食物取上一个听起来非常高级的名字，他们就认为食物变得高级了。

在乔治眼里，这是完完全全的欺骗行为。他反感一切工业化，不管是食品加工，还是工业化的装饰品，他都讨厌，他喜欢自然纯朴的生活，以及食物本身的味道。来都来了，乔治点了一根香肠，他对香肠的味道已经不抱希望，但让他大跌眼镜的是这根香肠的皮居然是橡胶做的，更有一股鱼腥味。乔治还点了一杯咖啡，碰都没碰，离开吧台落荒而逃了，简直太恶心了。他安好假牙后心情终于舒缓了些，还好，假牙没有让他失望，路过壁橱窗时，乔治停下脚步照一照，打量一下自己，突然发现自己的身材也没那么糟糕，他甚至认为自己比之前年轻了许多。

乔治想起来自己还偷偷藏着一笔钱，于是，他在店里买了一支雪茄，又在酒吧喝了一品脱啤酒，算是为这副假牙洗礼祝福。毕竟，在他眼中，生活还是需要一点仪式感的。或许，这副假牙会伴随他度过余生。

 幸福的童年治愈一生

乔治是一个敏感自卑的人，情绪很容易受到周遭环境的影响。他走在街上，看着车水马龙，看着行人脸上麻木不仁的表情，看着这座行尸走肉的城市，他突然心情低落，又回忆起了自己的童年，企图用美好的过去来填补他之后几十年里生活的失落与失算。他甚至想穿越到童年。

乔治是谷物种子商人萨缪尔的小儿子，他们一家人住在下宾菲尔德的高街五十七号。他七岁那年，经常去教堂。而教堂里总会散发出一股奇怪的味道，潮湿的尘土味混合着香薰味，角落里还有老鼠味。而到了星期天，又夹杂着法袍的味道。总之就像是生与死、鲜活与腐朽交织的气味，那其实是尸体的气味。

星期天，是教堂做礼拜的日子，教堂里待满了人，大家都穿着法袍，有两个人在台前大声吟唱赞美诗，引导节奏。实际上，也只有他们两人在唱，一个叫舒特，一个叫威瑟罗尔。他们并不是牧师，舒特是个鱼贩子，威瑟罗尔是个细木工和殡葬者。舒特个子小，满脸油光，身材发福；而威瑟罗尔，耄耋之年，瘦骨嶙峋，就像一根干枯的树干。他们两个人的声音也有很大区别，一个声嘶力竭，似乎用尽了全身力气；一个低沉浑厚，铿锵有力。他们总是轮流一唱一和，似乎在比赛，但似乎又相互配合。那时候，大人总是骗他说这种活动必须参加，他们对《圣经》也非常虔诚和迷信。

这种思想深入骨髓，即使三十多年过去了，乔治依旧对《圣经》里的许多片段记忆犹新。

乔治家祖传的谷物小店离集市很近，街角的另一头是威勒太太的糖果店，小时候乔治经常去光顾，哪怕手里只有一便士，都会快速跑去糖果店花掉半个便士。威勒太太不爱打扮，身上总是脏兮兮的，很多人怀疑她会先舔一舔糖果，再放进瓶子里出售，但没有人亲眼所见，是真是假便不得而知。

至于乔治，这一点丝毫不影响糖果对他的诱惑。乔治的父母平时工作很忙，便雇了一个叫凯蒂·西蒙斯的女孩每天下午陪乔治和他的哥哥乔伊一起散步。

那一年，乔治五岁，乔伊七岁，凯蒂十二岁。凯蒂还是个孩子，和乔治兄弟俩一样天真单纯。年龄差距不大，没有代沟，他们总是一边走，一边摘路上的野果子吃。漫无目的，却满心欢喜。凯蒂最大的任务就是看着这两兄弟不要乱跑，以免被牛群或者马车撞伤。其实，凯蒂的一生，是苦难的一生。因为贫穷，一家五口人晚上睡觉挤在一张床上。凯蒂的哥哥还因为偷东西被判刑坐牢一个月，让本就窘迫的家庭雪上加霜。凯蒂十五岁时意外怀孕，生了一个孩子，孩子的父亲是谁没有人知道，连凯蒂自己也不清楚。有人怀疑是她的某个兄弟干的坏事，她没辩解过，更没承认过。没多久，她就把孩子带到收容所，自己外出打工了，后来嫁给一位补锅匠。

十五年后，乔治在铁路旁的一座破烂木棚里看到一个沧桑的女人，披头散发，脸部凹陷，看上去至少五十岁了，那就是凯蒂，其实，那时她才二十七岁。明明是花一般的年纪，却被生活折磨得如此悲惨，世上美好的东西，似乎都与她无关。那个时代的女性，特别是家境贫穷的女性，被迫失去了许多。即便是嫁人，也不过是重蹈覆辙，因为婚姻不是她们的庇护所。

乔治为凯蒂感到难过，但他也无能为力。说回乔治的童年，其实，他最感兴趣的事情，是钓鱼。这是他一生最大的快乐，也是他一生中最大的遗憾。

Day 4 《上来透口气》

成年人世界里的遗憾，
是我本可以

年少的友谊，纯粹而直白，每个孩子都把情绪写在脸上

八岁之前，乔治从来没有正儿八经地钓过鱼，只用渔网捞过鱼。每次见到湖边钓鱼的人，乔治心里总是痒痒的。父母明令禁止小孩靠近水边，太危险了，更何况钓鱼。

但乔治对钓鱼的痴迷简直像着魔一般，他每次路过渔具店时，总会把鼻子贴在橱窗外的玻璃上，用期望的眼神望着店内的所有渔具。直到腿站麻，才依依不舍地走开。有时候半夜躺在床上，他会仔细回忆哥哥乔伊讲过的钓鱼技巧，如怎么选鱼饵？怎么扔鱼漂？出现什么迹象表明鱼已经上钩？就像大部分男孩子对赛车、篮球、游戏一样，毫无抵抗力。

有一天,哥哥乔伊打算与黑手帮成员一起逃学去钓鱼。乔治偷偷跟在他们身后,就算被哥哥发现,狠狠地打了一顿也不愿回去。

就这样,乔治留了下来。但这并不意味着他们能把他当作兄弟一样友好对待。年少的友谊,纯粹而直白,每个孩子都把情绪写在脸上——开心就笑,难过就哭。

时间一分一秒过去了,鱼漂还丝毫未动。他们抱怨乔治太吵,把鱼都给吓跑了。其实,乔治拿着钓竿静静地坐在池塘边,压根没他们发出的声响大。鱼一直未上钩,他们越来越不耐烦,越看乔治越觉得碍眼,他们要求他到池塘另一头去。那里的水又浅又脏,树荫小,光线足,压根不会有鱼过去。但弱小的乔治,除了接受,毫无办法。不过对乔治来说,能钓鱼已经非常满足了,哪怕池塘边上蚊子多,胳膊、大腿都被咬伤。

幸运的是,乔治竟是他们中第一个钓到鱼的人。

鱼拿上来后,大家都围在一起,开心极了。小孩子的情绪来得快,去得也快。此刻,所有人与乔治再无隔阂。正当他们热烈欢呼时,背后突然出现一个老人,他手里拿着一根很粗的树枝。老头朝他们跑来,一边怒骂一边挥舞树枝:"你们这帮小鬼在这里干什么?我就知道是你们跑到我的池塘里钓鱼。"这个老人是池塘主人,大家都叫他老布鲁尔,老布鲁尔狠狠抽打他们,但由于腿脚不利索,没追几步就赶不上他们了。

乔治年龄最小，跑得最慢，那一顿鞭打几乎都落在他身上。停下来时，乔治发现自己腿上有好几道红色鞭痕，火辣辣地疼。但他一点也不在意，反而乐呵呵地笑。回到家后，父母正在家里等着呢，原来老布鲁尔来告过状了。父亲气愤地大吼要把乔伊活生生抽死，但没打几下就结束了。而乔治，却被妈妈拿皮带狠狠惩戒了一番。乔治太惨了，一天时间挨了三次打。第一次被乔伊打，第二次被老布鲁尔打，第三次被妈妈打。虽然被打，但乔治一点也不后悔，这是他一生中最幸福的时光。

接下来的七年，从八岁到十五岁，乔治的回忆主要就是钓鱼。他还研究出了很多方法，什么渔具最好，什么鱼饵最容易让鱼上钩，什么鱼饵能钓什么种类的鱼，等等，简直可以出一本书了。虽然不被理解，但乔治自得其乐，坐在池塘边，周围一片静谧，似乎整个池塘都是你的，没有任何事情会打扰你，只有鱼儿在水里掀起涟漪，鸟儿在头顶飞过。

每个人都有惰性，一旦习惯了某种生活，很难再做出改变

但是乔治从十六岁开始，就再也没去钓鱼了。他得上班，得约会，得与朋友聚会，而且每个人都有惰性，一旦习惯了某种生活,很难再做出改变。乔治总是幻想有一天可以回去钓鱼,但他从未付出行动。

后来,乔治入伍,他们整个部队到一个村落驻扎训练。有一天,带领他们的军官生病了,没精力管束他们,乔治就偷偷溜走了。当他在农田边闲逛时,碰到一位绰号叫诺比的战友,他说农田那片树林后面有一个池塘,里面有非常多的鱼。他俩一拍即合,赶紧商量怎样才能弄到渔具,去买肯定是不可能的了,只能自己制作。

直到傍晚,他们才把所有的装备都准备好了,有的直接就地取材,有的是借来的,还有的是用烟换来的。他们偷偷摸摸进行的,千万不能让他们的班长知道,也不能让其他人知道,否则就会受到处罚。他们打算集合点名后就开溜,但是集合点名后,居然是打点行装,二十分钟后准备出发。就这样,钓鱼成了乔治此生最大的遗憾。

战争还在继续,乔治退伍后,找了一份保险工作。这份工作让他时刻保持严肃专业的形象,他认为钓鱼已经不再适合自己,应该去尝试其他娱乐活动。有段时间,他和妻子住在伯恩茅斯,有一次他们去码头散步,看到有人把鱼拉上岸的那一刻,乔治内心最柔软的那一部分,被触动到了。

是的,他又想钓鱼了,他尝试去看妻子希尔达的反应,希尔达大怒:什么?你想去钓鱼?乔治,你想把钱浪费在这玩意上?希尔达一想到买渔具的费用就很气愤,那可是很大一笔开销。她继续"教育"乔治:都这把年纪了还要去钓鱼,你可是成家立业的大人了,别像个小孩一样。乔治低着头,沉默不语。

Day 5 《上来透口气》

成长的代价，
是直面内心的挣扎

 年少的爱情，总是以遗憾收场

父亲的谷物小店，已经到了危急关头。附近开了新的谷物店，店内装潢新颖，谷物品种齐全，甚至还引进了许多新品种，又与运货商达成协议，完全垄断了当地市场。父亲急得焦头烂额，在思考了很多天后，才做出让孩子辍学的决定。乔治被父亲安排到杂货商老格里米特的店里帮忙，一去就是六年。

他在那儿做过店外跑腿，又学会了捆包裹、研磨咖啡、操作切火腿的机器、磨刀，等等。乔伊在父亲店里帮忙，但他一点也不安分，总是酗酒、打架，与一个又一个女孩谈恋爱。两年后的一个晚上，他把家里的钱柜撬开，拿了钱柜里所有的钱，离家出走了，再也没回来。

随着时间的流逝，乔治迎来了自己的青春期，他遇到一个女孩，名叫埃尔丝·沃特斯。埃尔丝打扮时尚，浑身散发着女人味。他们在一起一年左右，彼此享受着爱情的甜蜜。然而，年少的爱情，总是以遗憾收场。没多久，乔治参军了，之后的两三个月，两人断了书信来往，从此之后再无联系。

父亲离世时，乔治还在法国，无法及时赶回，所有的一切，都是母亲和身边认识的人一起处理的。而乔治在一次战斗后，本来已经撤退，没想到德军突袭，他被炸伤了。

后来，乔治在军队上被调走，在一个海岸的十二里库清点库存。特别诡异的是，库存就只有十一个牛肉罐头，压根就没有东西运来，也没有什么东西可以运出去。但每隔一段时间就会有电报传来，让他清点库存然后上报。乔治把那些毛毯、急救设备、铁丝网线圈等物品都备注为"零"，上级没有任何反馈，也没有人来勘查。就这样，乔治守着十一个罐头，守了两年。

那地方非常偏僻，除了几个庄稼汉外，乔治没见过任何人。所幸的是，之前驻守的士兵留下一些书，这成了乔治度日的精神食粮。就像毛姆所说的："阅读是一座随身携带的避难所。"乔治整日与书相伴，在这儿度过了两年安宁又静谧的日子。

故乡是他内心最柔软的白月光，而如今，被摔得粉碎

回到当下，乔治被工作和生活压得喘不过气来。他认为自己不是一个有上进心的人，当然也不是一个自甘堕落的人。在感情的世界里，他和妻子早已从激情退回平淡。乔治好几次想要离婚或者分居，但是他想想后还是算了。十五年的朝夕相处，他早已习惯了有妻子的生活，如果没有妻子在，他无法想象生活将会变成什么样子。况且，还有孩子在。

战争又要爆发了，街上有很多人在争论要不要参战。有个年轻人问乔治："如果你是个年轻人的话，你愿意参军打仗吗？"乔治回答说："我可不想打仗，上一次打仗我可受够了。"

在这个年轻人身上，乔治看到了自己曾经的影子。那时，他也是个热血青年，希望献出自己的一份力量。但如今，乔治告诉他，那不是神圣的战争，那只是一场血腥的屠杀。有流血，有牺牲，有满地尸体，有森森白骨，还有无数亡魂。乔治只想远离。他还在想着自己的私房钱应该怎么花掉，最后决定回一趟故乡下宾菲尔德，去偷偷住一个星期，享受安宁、静谧的生活。他像深海里的大海龟一样，在水底

游久了，需要上来透口气，然后再潜入水底，与海草、章鱼为伍。

钱和工作假期都好办，关键是怎么和妻子交代呢？妻子就像侦探一样，经常刨根问底纠缠不休，这让他犯难了。最后他想到一个计谋，让朋友帮忙。他和妻子说自己去伯明翰出差，住在罗伯顿家庭商业酒店。他的妻子肯定会写信到酒店，他可以让那个朋友顺路去伯明翰时帮他回一封信，地址就写罗伯顿家庭酒店。乔治为自己的"高智商"感到骄傲，自认为这个计划天衣无缝，于是，他毫无顾虑地出发了。

岁月流转，二十多年的光阴，故乡早已物是人非。乔治驱车一直往前，爬坡时，他记得这座山应该更陡峭些，这个弯道应该在那边的，但似乎一切都变了。等到了山顶，俯瞰山谷时，乔治心里一惊，下宾菲尔德呢？他的故乡去哪儿了？明明近在咫尺，却犹如相隔万里。这完全不是他印象的故乡，当然，它不是被摧毁了，只是被吞没了。

乔治继续往下行驶，曾经的田地、溪流、茅草屋都不见了。如今，到处都是工业化产物。砖头砌成的房子，大型的厂房，以及随处可见的垃圾。一切都变了，乔治再也回不到曾经的下宾菲尔德。故乡，是每个人生命中最重要的一部分。你在那里出生，在那里成长，也许它是你人生最幸福的时光，也许它曾狠狠伤害过你。也许你曾想过逃离，但随着年龄的增长，却越发地怀念。

麦家说:"我对故乡有一种警惕、怀疑,甚至有那么一点敌意,但一辈子总要写一部跟故乡相关的书,既是对自己童年的一种纪念,也是和故乡的一次和解。"但对乔治来说,故乡是他内心最柔软的白月光,而如今,被摔得粉碎。

Day 6 《上来透口气》

任何逃避现实的做法，都无法改善惨淡绝望的现实

> 看着眼前的一切，乔治发觉原来回不去的不只是小店，还有他的童年

父亲的谷物店已被收购为茶店，当乔治回到这里时，所有的回忆都向他涌来。这里，是他出生和成长的地方，每一个角落，每一寸土地都带有熟悉的味道。他似乎出现了幻觉，看到父亲坐在椅子上皱着眉，乔伊在打闹，母亲在奚落。乔治再眨眼一看，幻影突然都消失了。

如今，自己和陌生的过客没有任何不同。门廊改成了茶室，小院里摆上了桌子、茶具。看着眼前的一切，乔治发觉原来回不去的不只是小店，还有他的童年。后来，乔治又去了教堂，只有这里还保存着老镇的无数过往，能证明过去发

生的一切都是真实的。乔治走到旁边的坟地，发现坟墓上有许多认识的名字，舒特，威瑟罗尔，以前经营乔治酒店的老板特鲁，糖果店的老板娘威勒太太……这些熟悉的人都已经不在了。老镇真的被吞没了，乔治眼里充满了悲伤与难过。这时，一架轰炸机从他头顶上空飞过。乔治心里一惊，原来老镇的天空，也被飞机占领了，那还有什么地方可以上来透口气呢？他走进教堂，发现只有这里没什么变化，依旧充斥着腐朽的味道，跪垫也和以前的一样，只是曾经一起做礼拜的人都不在了。

一次，乔治在镇上看到一个陌生又熟悉的女人身影，乔治跟着她走到一家杂货铺。看清面孔后，发现原来这是他的初恋情人埃尔丝。

乔治完全没想到她成了这副模样，整张脸都下垂了，腰圆膀阔，脚步蹒跚。埃尔丝已认不出乔治了，在她眼里，这个中年男士只不过是陌生顾客中的一位。埃尔丝组建了家庭，她的丈夫竟然也叫乔治。乔治苦笑了一声，二十五年前，他们是何等的浪漫甜蜜，如今却形同陌路。

乔治还有一件很重要的事情没有完成，那就是去钓鱼。他在钓具店买好装备，满心欢喜地开车前往泰晤士河，却发现，泰晤士河如今四处飘着垃圾，脏得不行，旁边还伴有留声机的嘈杂声。于是，他又驱车前往宾菲尔德馆的那口池塘，没想到池塘变成了上宾菲尔德模型游艇俱乐部，有许多小孩子在荡桨划船，池塘里的水很清澈，却完全没有鱼的影子。而远处的另一个池塘，竟然成了垃圾堆。乔治恍恍惚惚，看着眼前的一切，似乎自己又扎进海底，强烈的窒息感从心头迅速涌来。

乔治回到酒店后，走到大厅里，突然听到收音机一则紧急广播找人消息的最后几个字，把他吓了一跳："……而他的妻子，希尔达·博林，身染重病。"乔治冷静后，觉得妻子肯定是装病骗他回去，就像之前乔治去出差，妻子通过蛛丝马迹在酒店把他抓个正着一样。

这一次，乔治不相信她了，他想着反正回去肯定会吵架的，不如再好好玩几天。但是，第二天早上，乔治差点儿遭遇一场爆炸，这场爆炸导致了三人死亡。事后方才得知，是演习事故。但这颗炸弹激起了所有人内心的恐惧，大家都明白，其实离战争已经不远了。这颗炸弹，也让乔治突然醒悟过来，以前的生活已经一去不复返了，就算回到故乡下宾菲尔德，也无法再享受从前那种安宁静谧的幸福时光。

他开始收拾行李，准备提前回家。

人与人之间的信任是非常珍贵和稀少的，只要说一句谎言，信任瞬间就被消耗光

当他回到郊区时，乔治突然想到希尔达可能真的病了，

紧急广播怎么可能是捏造的，她哪有这么大的本事。或许她正躺在医院忍受剧痛，甚至最坏的结果，她已经死了。此刻，乔治发现自己是在乎妻子的。他飞速赶回家，大声呼喊希尔达的名字，但一直没有人应答。

后来，从孩子口里得知，她和一个太太出门了。乔治心里五味杂陈，希尔达没有生病，她在撒谎，乔治不知道该高兴还是难过。这时，希尔达刚好回来了。

乔治看着她就来气，马上与她对质，问她为什么要说谎，希尔达一头雾水，不知道他在说什么。乔治这才突然反应过来，也许只是一场误会，他只听到了紧急通知的最后几个字，而希尔达·博林这个名字太普遍了，大街上，随便找找，都可能遇见叫希尔达·博林的人。紧接着，乔治的麻烦就来了，尽管在之前就想好了说辞，但妻子的紧急三连问，立刻就问出了破绽。"也就是说昨晚你知道我病得厉害，却直到今天早上才出发？"然后她又拿出一张纸，他出差的谎言一下子被拆穿。

希尔达确实给罗伯顿酒店写信了，但收到回信说酒店早已改成办公大楼。可就在同一天，同一家邮局，她又收到乔治的来信，说已入住酒店。这样不可思议的事情，希尔达认为除了乔治撒谎，没有第二种可能，他肯定找了人替他写信。乔治全力解释，妻子压根不听。后来他想，即便告诉她自己去了故乡，她也应该不会相信吧。

故事到这里就结束了。

乔治的悲剧,从某种程度上来说,是他咎由自取的。乔治说谎成性,曾以出差的名义在外面风流,结果被妻子抓个正着。如今再借着出差的由头回到故乡,妻子很难再信任他了。其实,人与人之间的信任是非常珍贵和稀少的,只要说一句谎言,信任瞬间就被消耗光,无论你再怎么弥补,都无法恢复。另一方面,乔治对周遭的一切都心生不满,想要逃避现实,却没有任何一个地方能够接纳他的脆弱与自卑。这是现实的残酷,也是所有人不可避免的生活真相。

Day 7 《上来透口气》

每个人
都是自己命运的锻造者

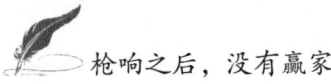
枪响之后,没有赢家

奥威尔是一位战地作家,曾受雇于BBC,负责撰写战争的相关报道。战争、颠沛流离、生离死别,几乎覆盖了他短暂的一生。1937年,奥尔威参加西班牙内战,在战斗中不幸被狙击枪击中喉咙,只好被遣回。然而,不到一年,他病情复发,又引发了严重的肺炎。那时候,他的生活很窘迫,没有钱治病,还是一位特别好的朋友给了他三百英镑治疗肺炎。

《上来透口气》就是在那段时间创作而成的。故事以普通人的视角,来讲述战争以及战争前后的生活。主人公乔治同样参加过战争,但是在一次撤退时,遭到敌军突袭,被炸伤了大腿和屁股，虽然都是皮外伤，但在倒地后又发生骨折，没办法，只能被遣送回家。后来，他还驻守过一个非常偏僻的海岸库，诡异的是，仓库里只有十一个牛肉罐头，压根就没有东西运来，也没有什么东西可以运出去。但每隔一段时间就会有电报传来，让他清点库存然后上报。就这样，他守候了两年。而作者奥威尔，在受伤恢复后，多次申请过参军，但都因为体检不合格被拒绝。

战争带给人的影响，实在太大了。"枪响之后，没有赢家。"不仅是战场上的伤亡，还有战后的一片狼藉，多少房屋成为废墟，多少人流离失所，多少人与家人生离死别，每天都过得战战兢兢，不知道等待自己的，是炮弹，还是明天。

《上来透口气》中，也把这种恐慌写到极致。主人公乔治回到家乡后，经常看到头顶上空飞机在盘旋。有一天他在集市散步，突然听到不远处发出巨大的爆炸声，所有人都在尖叫哭喊，以为战争开始了，其实，这是一次空袭演习事故。

操作员操作失误，把炸弹真的扔下来了，三人死亡，附近的房屋被炸毁，最严重的地方被夷为平地。这就是一颗炸弹的威力，如果是真正的空袭，又该有多少无辜的人遭难于此呢？为所有被战争所伤的人感到难过，同时，也为我们生活在和平年代感到幸运。

爱好会陪你度过无数痛苦难熬的时光。因为它,你不会觉得孤独

《上来透口气》的主人公参加过战争,他的童年与作者奥威尔的童年也极其相似。奥威尔小时候生活在泰晤士河附近,他的姐姐经常带着他和一群小伙伴四处游玩,优美的环境以及纯朴的小镇给奥威尔留下深刻的印象,这也是他生命中特别美好的一段时光。

书中,乔治享受钓鱼的乐趣,就像跑步爱好者享受运动后酣畅淋漓的快感。成年后,你会发现拥有一项特别的爱好是多么美好的事,它会陪你度过无数痛苦难熬的时光。因为它,你不会觉得孤独。

从这也可以看出作者奥威尔对童年的怀念,以及对自由生活的向往。迈克尔·谢尔顿说:"这本书有许多田园牧歌般的美妙描写,抒发了奥威尔的诗人情怀。"

而且,奥威尔用大量笔墨描写了第一次世界大战前后百姓生活环境的对比。曾经的故土家园被大量工业化产物吞没了,老镇上的小作坊被大型生产店垄断了。田野、溪流、池塘都变成了砖砌的房子、游艇俱乐部,以及脏臭的垃圾堆……乔治刚回到家乡时,脑海中浮现的第一个问题竟然是,我的故乡去哪儿了?奥威尔借助乔治表达了他对自然环

境的喜爱，对工业化产物的厌恶。

在乔治决定回家乡的那一刻，我们的心被紧紧牵引着，期待他能有所收获，但遗憾的是，乔治的愿望一一落空，甚至家乡那美好的幻景，在他心中也残忍破灭了，也是，生活哪有这么多奇迹？作者奥威尔从骨子生出了悲剧色彩，就注定了他笔下人物的悲剧人生。

《伊凡·伊里奇之死》

虚无中的生命意义

[俄]列夫·托尔斯泰

人生海海,敢死不叫勇气,活着才需要勇气。

文学大师的爱欲与哀愁
人类文学史上描写死亡的巅峰之作
莫泊桑感慨
我的全部创作活动都算不上什么
我的整整十卷作品分文不值

扫码收听本书音频

MAI JIA
READING
WITH YOU

Day 1 《伊凡·伊里奇之死》

活下去，
我想要活下去！

为了对抗乏味，他沉浸阅读，和那些热爱的书做朋友

　　托尔斯泰被认为是"最清醒的现实主义作家"，普鲁斯特、高尔基、陀思妥耶夫斯基都对其赞誉有加，其作品至今仍影响深远。纳博科夫在向学生讲述俄国文学时，做了一个拉开窗帘的动作，当阳光倾泻满屋，他高喊："这就是托尔斯泰！"作家茨威格还有更精到的说法："在人世间的权势者之中，他也是'首屈一指'的人物。"

　　托尔斯泰究竟有着怎样的一生，他又是如何把思想注入作品的？1828年9月的一天，托尔斯泰出生于俄国的一个贵族家庭。父母早亡，由姑母照看长大。母亲去世后的遗产使

得托尔斯泰年少时衣食无忧,逍遥自在。十六岁那年,他考入喀山大学,专业是法律,不过规矩和制度对于渴望自由的他而言显然是种束缚。为了对抗乏味,他沉浸阅读,和那些热爱的书做朋友。伏尔泰、孟德斯鸠、但丁、莎士比亚,都是他那时候沉迷和神交的对象。自由主义至上的他,没等到毕业就选择了退学。后来,他开始尝试推动俄国农奴制改革,又跟哥哥一起去高加索参了军。战场上的他,不仅表现出色,还获得嘉奖,得到了几枚勋章。与此同时,他决定边服役边写作,也因为这样,他的很多作品都脱胎于战争,而且极为真实。战争结束后,他很快成了一位著名作家,《战争与和平》《安娜·卡列尼娜》都是这一时期的代表作。

除了写作,他还投身政治、醉心情爱。他起草方案,试图从法制层面进一步解放农奴。兴办教育、研究教育制度、创办教育杂志也都逐一推进。他曾与好友联合创办二十多所学校,为农奴的下一代带来希望。只可惜,那些学校因托尔斯泰自身受到调查而被迫关闭了。在感情方面,托尔斯泰是个极其渴望被爱又难掩欲望的人。好在这并未影响他步入婚姻殿堂,妻子索尼娅是沙皇御医的女儿。起初,他们的结合被认为是有着精神层面交流的美好爱情。后来,由于托尔斯泰个人欲望强烈,妻子频繁生育,加之他在创作《复活》前后开始同情仆人和奴隶,越发向往普通人的生活,二人的矛盾日渐激化。1910年10月28日,托尔斯泰在私人医生陪同下出走。然而，途中无数双眼睛的注视，以及疾病的侵袭，让他最终没能走远。11月20日，托尔斯泰在阿斯塔波沃车站逝世。遵照他的遗愿，遗体被安葬在亚斯纳亚·波利亚纳的森林中，坟上没有竖立墓碑和十字架。

人是有惰性的，只有在死亡的情势下，他才可能有效地破除自己的惰性

《伊凡·伊里奇之死》中的主人公与托尔斯泰的经历有重合之处，起初身世显赫，后来经历波折，疾病缠身，慢慢看清世道人心。不同的是，和托尔斯泰相比，他终究是个普通人，没有人会过分在意他的生、他的死。

最终，伊里奇选择向前一步，走向死亡。虽然个中矛盾和挣扎值得探究，但好在他终于洞悉死亡的奥义，也是在那一刻，死亡结束了，他迎来了光。

这光芒恰似一面镜子，照见世道人心，也照见主人公自己。也许正如陀思妥耶夫斯基所说：人是有惰性的，只有在死亡的情势下，他才可能有效地破除自己的惰性，以高度紧张的身心活动踏上审视自我的思想之旅。伊里奇生病之前的日子看似忙忙碌碌，却也浑浑噩噩，事业家庭两点一线，生活无趣，社交刻板，他一贯追求的"优雅"，不过是把自己打造成了一个"好人"。

如果不是重病，他不会有时间和精力，慢慢静下心来审视自己，审视周围的人，在一而再、再而三受挫后，他才意识到要回归内心，反思自己的一生。一次又一次，他发现自己并不快乐，后来就连记忆中童年时光的快乐也没了，这折磨比疾病本身更让他痛苦，也成了他拼命想要寻求意义的一份执念。

就像托尔斯泰，伟大如他，还是常常会想到死亡，他甚至会把猎枪锁在柜子里，以防在绝望时开枪自杀。究其根本，只因心中有很多疑惑没能解决：为什么要生？我的生存以及所有人的生存的原因何在？我的生存和别人的生存有何目的？我内心里感觉到的善与恶的分离有何意义，为什么会有这种分离？我该怎样生活？死是什么——我如何才能拯救自己？

这些问题的出现绝非偶然，他们是托尔斯泰寻求探索后留下的某种痕迹，甚至可以说与他最终走向死亡不无关联，在《伊凡·伊里奇之死》的字里行间，同样能看到相关问题思索的痕迹，伊里奇在最后的时刻总能听到内心深处的声音：这就是死亡吗？为什么要受这样的折磨？

活下去，我想要活下去！什么是死亡？死亡在哪里？这样苦苦追寻换来的是如临深渊的死亡之路，亦是抛开迷雾之后的现实。光亮在黑洞下面，离开是最好的方式。如有来生，希望一切重新来过，在最初的起点坚持自我，不再成为世俗的微尘,不再顾及世俗的眼光,只安安静静地勇敢地做自己,活出自己的颜色。

这样的醒悟对伊里奇来说或许有些晚,但他的思想和行动变化,身边朋友、家人等关系网中人们对其死亡的态度,却能让我们感知到其深刻哲思,值得我们在阅读中细细品味。如果死亡注定是一场仪式,仪式之前应当见自己,见天地,见众生。

Day 2 《伊凡·伊里奇之死》

不要等到死亡来临的时候，才去思考如何生活

 必须活着，因为要养家糊口

伊凡·伊里奇的一生，要先从他死后说起。他生前是一名法官，那天，当他曾经的同事们在讨论一起案件时，得知了这个公认的"好人"离世的消息。他们拿到了一份油墨未干的报纸，黑色边框中印着如下文字：

"普拉斯克芙亚·菲德芙娜·戈洛文娜沉痛哀告各位亲朋好友，深爱之先夫伊凡·伊里奇·戈洛文法官于1882年2月4日不幸去世。兹定于本周五下午一点整举行葬礼。"讣告写得庄重得体，而伊里奇的死讯也并不让人感到意外，毕竟此前已有消息称他得了不治之症，病了好几个星期。不过，大家对于伊里奇之死表现出的悲痛却有些轻描淡写。因

为大家更为关注的是因伊里奇之死而空缺出来的职位,这虽说过于现实,却恰恰是人性的一种真实写照。不过,所有的私欲都被巧妙地隐藏起来,表面上他们仍旧讨论他的疾病,目前伊里奇家里情况如何,以及他离开后的财产问题。也有人主张,应该去他家里看望,毕竟大家都是绅士,而且还是同事一场。

议题并无实质的进展,不过大家很清楚也颇有些幸灾乐祸地想到:幸好死的是他,不是我!不过在看似幸灾乐祸的想法背后,却是很多人莫名的悲哀:必须活着,因为要养家糊口。与之相联系的,则是对于未来的恐惧心理。伊凡·伊里奇的离开,除了他的家人,受影响最大的要数菲德·瓦西里耶维奇和彼得·伊万诺维奇。两人曾经是他最亲近的朋友,后者还跟伊里奇一起在大学学习法律,并一直认为自己欠他一个人情。这样的关系,去送最后一程是理所应当的。因此,晚餐过后,伊万诺维奇驾着马车赶往伊里奇的葬礼现场。

葬礼现场上那些小声耳语的背后,是生活的颤音,也是一种不知所措的掩藏

伊万诺维奇到达伊里奇家中时,伊里奇的妹妹、昔日的同事们,都已经在那里迎来送往了。平日里,那些嬉笑顽皮

的人也穿上礼服，变得一本正经起来，仿佛有一种特别的讽刺感。毕竟，你永远不知道谁在葬礼现场商量着晚上去哪儿打牌，交流哪家馆子的菜更好吃，评价哪个女孩子更靓丽。

葬礼现场上那些小声耳语的背后，是生活的颤音，也是一种不知所措的掩藏。和其他人一样，作为伊里奇挚友的伊万诺维奇在类似的场合总是特别尴尬，想要做些什么，却生怕做错，成为众矢之的。想来想去，他选择了画十字架，虽然不确定画的同时是否应该鞠躬致意，但他还是这么做了。他留心着每个人的举动，但在管家助手格拉西姆经过身边时却略有不适，那一刻，他仿佛闻到了腐尸的臭味。这让伊万诺维奇想到了好友生前最后的时光，那应该是他们见过的最后一面。这个叫格拉西姆的年轻人对主人进行贴身护理，深受伊里奇的喜爱。

当终于看到好友的遗体时，伊万诺维奇开始比对，他变了，也瘦了，不过却更英俊、更高贵了。除此之外，那脸上的表情像是在诉说，所有必须完成的事情都已完成，而且正确无误。不过，透过那表情，伊万诺维奇也读出了某种不满，那架势好像是对生者的指摘和告诫。这让他深感不适，以致匆匆离开房间之际，失了礼节。

果然，当死者的同事、隔壁房间的施瓦兹告诉他今晚可以在瓦西里耶维奇家好好玩上几局时，他便慢慢振作起来了。可惜，他可能高兴得有点早。菲德芙娜走来了。作为伊里奇的妻子，她邀请众人参加灵堂的仪式，而伊万诺维奇作为其口中"伊凡·伊里奇真正的朋友"，没有理由拒绝。原以为只是参与仪式，总不会耽误太多时间，但菲德芙娜却提出要和他单独谈谈。他们来到一个房间，屋内的陈设还是伊里奇生前喜欢的样子，昔日好友曾有过布置建议的征询，如今已物是人非。

谈话以女人的哭声和沉默开场，中间也有插曲。不过终于还是由女主人开启了正题，她说她想要做点什么分散注意力，还说丈夫在最后几天遭了不少罪。尖叫，痛苦，却仍旧清醒。隔着三个房间都能听到喊叫，这就是遗孀口中死者生前最后的时光。伊万诺维奇一边回忆和好友共同成长的点滴，一边陷入恐惧。恐惧来源于死亡，不过在一番自我劝解之下，他认识到：死亡对伊凡·伊里奇是一件很自然的事情，但对他肯定不是。于是，他开始认真回答好友妻子关于抚恤金的提问。原以为一个女人对政策不可能懂得更多，但是他错了，菲德芙娜对政策研究得非常明白，她试图得到更多的抚恤金。

伊万诺维奇发觉，自己对这件事的了解并不比眼前这个妇人多，更加无奈的是，他并无更好的解决方式。意识到伊万诺维奇并无太大的作用，菲德芙娜便选择了打发伊万诺维奇离开。走出房间之后，伊万诺维奇遇到了好友的儿子，那个意气风发的少年，就像是一个小伊凡·伊里奇，记忆中他们一起学法律时,伊凡·伊里奇和现在这少年一模一样。管家助手格拉西姆再一次出现,他声称死亡是上帝的意愿,每个人迟早会有这么一天。话里透露出的冷静,让他看起来是全场最清醒的人。送走伊万诺维奇,格拉西姆继续料理杂事,那架势仿佛在说:无论如何,生活总要继续,人要学会向前看。

伊万诺维奇则在终于摆脱熏香、尸体和石炭酸的味道后,慢慢恢复了好心情。难怪马车夫询问目的地时,他毫不犹豫地报出了瓦西里耶维奇家的地址。赶到之时,刚巧上局结束,他顺利加入了新局。葬礼没能对人们的生活、娱乐等活动造成任何影响,一切仿佛恢复了往日的平静。

Day 3 《伊凡·伊里奇之死》

做自己的主角，
不必羡慕别人的样子

要过上一种体面、被社会认可的生活，必须采用一种明确的态度

伊凡·伊里奇的一生是简单平凡的一生。不同于哥哥的冷漠拘谨，弟弟的狂放不羁，他给人的印象大都是优雅、博学、活泼。顺利在法学院毕业后，就获得了十级官员的资格，后来，凭着父亲的关系，他在某省做了总督的特别服务员。入职后的日子也和学校时一样顺风顺水，他兢兢业业，履行职责，正派得体，偶尔还会去视察，而且一丝不苟，从不受贿，他为此感到骄傲。尽管伊里奇很年轻，但他做事谨慎，未曾出过差错。不仅如此，在社交场合他还显得如鱼得水，幽默风趣，脾气温和，彬彬有礼。难怪省长和其妻子在

与之相处时亲如一家,并夸奖他是个好孩子。其实他并非没有瑕疵,在省里时和不少人传出过绯闻。但都因其优雅的举止,未曾被人诟病,反而让人觉得无懈可击。人们面对他的种种,只会说一句:年轻人难免狂放不羁。此外,跻身上流社会,也让他的种种行为易于被原谅和理解。

这样的生活持续了五年后,他被调往新改革的司法机构,成了另一个省的地方预审法官。不过,他的行事风格并没有改变,依旧和过去一样公正、正派,公私分明,受到人们尊重。曾经,他客客气气地对待所有人。日子久了,慢慢发现,每一个人都处在他的权力范围内,无论是谁,只要是作为被告或证人带到他面前,如果选择不让他们坐下,他们就必须站着回答伊里奇的问题。

这样的顿悟并未让他养成滥用职权的习惯,反而督促他试着收敛锋芒,开始研究怎样排除所有与案子无关因素的考虑方法,并清晰明了地将它们表达出来。毕竟,作为第一批应用1864年新法典的人之一,他虽无处借鉴,却也有责任这么做。

很快,新的社交圈被他慢慢建立起来。远离权威人士,亲近本城法律界最优秀最富有的绅士们,是他为自己制定的新原则。同时,他虽然依旧注重外在形象,却刻意蓄起了络腮胡。改变由内而外,工资提高,学会打牌,还拥有了爱情。那女孩叫菲德芙娜,她的魅力和光彩深深吸引着伊里奇，凭着迷人的舞步，伊里奇很快俘获了佳人的芳心，并娶她为妻。

这段姻缘让他收获的，不仅仅是一个温和、美丽、有教养的女子，一个人生观一致的精神伴侣，还有她身后显赫而强大的社交圈。婚后的生活，起初甜蜜而惬意，伊里奇沉醉其中。但好景不长，良好局面随着妻子怀孕发生变化。那段时间，妻子越发任性，不仅吹毛求疵，还粗鲁无礼，这极大破坏了他原本追求的舒适和体面。结婚不到一年的时候，现实生活和理想之间的差异，越发令伊里奇烦恼。他深知，要过上一种体面、被社会认可的生活，必须采用一种明确的态度，就像对待公职一样。

工作一丝不苟向来是他的优势所在，三年后升职副检察官则是对他的回报。他也理所当然地回家次数越来越少，而与妻子共处的时光越来越短，因为很多时候有外人在场，彼此也不好发作。尽管两人孕育了多个孩子，不过妻子的性情并没有因此发生改变，反而变得越发易怒、暴戾。伊里奇以沉默作为回应，始终无动于衷。

这世界唯一不变的就是变化，平静不过是暂时的

在这个城市的第七个年头，伊里奇再一次接受了工作调动，职务是另一个省的检察官。升职、加薪，新的住所，新

的天地，这些却没能改变他的生活现状。除固有原因之外，生活成本的提高，以及两个孩子的死亡都是不愉快的导火索。随着孩子们一天天长大，夫妻俩的矛盾也日渐增多，除了子女的教育问题，还有对过去矛盾的追溯。偶尔的恩爱，并不能挽回局面，更多的时候他们对彼此充满了敌意。

因此，他的乐趣更多地在官场之中。工作上应对自如，私下里与同事聊天、吃饭、打牌，他用这些填满生活。秉持善于安排后辈的家族传统，伊里奇想让儿子去法学院，而妻子因为二人的矛盾，并不同意，反而将儿子送进了普通中学。这让伊里奇有些恼火，同样恼火的还有待遇优厚的职位被人挤占，与领导大吵后，他失去了未来更多的潜在机会。

时间流转到1880年，伊里奇感受到从未有过的艰难。薪资不够养家糊口，工作上备受冷落和不公正，甚至父亲也不愿意出面再帮助他。开销越来越大，负债越来越多，为了攒钱，那年夏天他只得请假和妻子到乡村内弟家里住。不过，伊里奇可不甘心，他不顾妻子和内弟反对，决定去彼得堡谋得一个年薪五千卢布的职位。

令伊里奇感到兴奋的是，他很快找到昔日的朋友，并谋得司法部门的职位。更令人激动的是，新职位不仅就在原先的部门，职级还比以前的同事高了两级，同时他将拥有五千卢布年薪和三千五百卢布免职费。慢慢地，夫妻俩重新经营起上流社会的社交圈，在家中办舞会、搞聚会，不亦乐乎，偶尔的争吵也成了调和剂。

人生剧本被改写的伊里奇和他的妻子,开始刻意与寒门的亲友保持距离,就连女儿也是如此。因此,门当户对成了择偶的首要标准。彼得斯契夫是各方面都优秀的备选者,伊里奇夫妇甚至开始为成就这桩姻缘筹划宴会和表演。就这样,周遭世界似乎达到了某种平衡。

Day 4 《伊凡·伊里奇之死》

不要为了迎合别人的期许，丢失真正的自己

> 对他来说，这就像一个悬而未决的案子，让人揪心

伊里奇的身体是在过分迷信之后坏掉的，有时候，他的嘴里会有一股怪味，左肋会有点不舒服。他坚称这不是疾病，可随之而来的，是身体一侧的压迫感和脾气的日渐暴躁。

夫妻间的争吵也越来越多，妻子开始理直气壮地向外人诉苦，塑造自己被迫忍耐二十年的假象。

谎言变得理直气壮是从伊里奇率先发起争吵开始的。几乎都是在餐前，餐具、食物，儿女的装束、动作，都可能是诱因，伊里奇总是习惯于把责任算在妻子菲德芙娜头上。妻

子也不甘示弱,直到发现丈夫因为就餐问题引起生理紊乱,才开始努力克制自己,却又由此可怜自己。越是可怜自己,她就越痛恨丈夫,有时候她甚至希望他死掉,但又担心没了那份工资,自己无法支撑起这个家。矛盾造成了她潜在的愤怒,她甚至觉得,自己的不幸不会因为伊里奇的死亡而终结。

后来有一次,伊里奇在吵架后声称,自己之所以暴躁是因为生了病。菲德芙娜便坚持让他去看病,而且务必要找名医。

看病的过程让伊里奇厌烦。医生神气活现,一副毋庸置疑的样子,那状态像极了他熟悉的法庭,他关心的问题却永远得不到解答。去之前,原本想着在肾、慢性黏膜炎和阑尾炎中确诊真实的病因所在,但就是不如人意。尽管医生倾向于阑尾炎,在结论上却还是有所保留。对他来说,这就像一个悬而未决的案子,让人揪心。最后他只得转换思路,询问医生到底严不严重。得到的回答却是:一切以检查结果而论。模棱两可的回答让他无法接受,而他似乎在这种压迫下,觉得自己的病更加严重了。即使后来检查结果被证实和医生所言的病症有矛盾,他还是选择相信医生,那架势就像抓着一根救命稻草。不过,每一件倒霉事都让他苦恼,让他绝望,让他想到身上的疾病。他甚至觉得跟他过不去的人,都是为了害死他。

> 理解是爱的别名，他们之间没了爱，自然也就缺乏理解

亲友们以为他嘴上说着安宁，一定是知道动怒对身体不利。实际上，情况更糟了，即使是微小的问题都会让伊里奇发脾气，且一发不可收拾。为了缓解焦虑，他开始读医书，向多名医生咨询，并坚称自己的病情跟之前没有区别，而实际情况却是：医生说他的病情正迅速恶化。咨询还在继续，伊里奇成了病急乱投医的范本。但结果是，左肋疼痛越发厉害，不疼的次数减少，嘴里的味道也越来越怪，令人作呕。

他的身体每况愈下，但周围的人大多是一副事不关己高高挂起的做派，在他们眼中一切如常。妻子女儿照旧参加社交活动，对他的身体漠不关心，他甚至觉得她们可能在心里暗暗责备，定义他为阻碍幸福的祸首。

面对外人，妻子的说法是：伊里奇不是个听话的病人，不被监督就不按时吃药。她甚至还找出不少丈夫不听话的证据。泰戈尔说：理解是爱的别名。他们之间没了爱，自然也就缺乏理解。这病让妻子烦心，也让伊里奇忧心。

法庭原本是伊里奇的主场，可如今似乎不同了。他总觉得，人们看他的眼神非常怪异，偶尔的玩笑也让他认为是一种嘲讽。独处时，他更感孤独，也更会胡思乱想，如临深

渊，咀嚼不被理解和怜悯的滋味。

两个月后，有一天内弟来访，伊里奇看到身体健康、面色红润的他，一时异常难受。无论对方如何转移话题，都提不起兴致。后来，是妻子的归来打破了僵局。回到房里，伊里奇对着照片审视镜中的自己不禁感叹，天啊，脸色比黑夜还要黑。他想看文件，竟一个字也读不进去。见会客厅门关着，伊里奇忍不住侧耳倾听。妻子在向内弟抱怨，她口中的伊里奇俨然成了个死人，双眼满是死气沉沉。

他无心再听，退到床上回想医生们说的话。伊里奇突然产生了一个想法：如果抓住游走的肾，一切都有可能出现转机。于是伊里奇迅速出发去找彼得·伊凡内奇，一个有医生朋友的朋友。

伊里奇从医生那里得到了这样的答复：只要刺激一个器官的能量，抑制另一个器官活动，吸收就会变好，一切就都好了。这说法证实了自己的正确性。伊里奇激动得在晚饭时高兴畅谈，在饭后努力工作，甚至主动跟访客交谈。家里很久没这么和谐了，一切似乎恢复了往日的平静。深夜十一点，他和大家说晚安，然后走进书房，脱掉衣服，陷入思索。自己渴望的改善是存在的，只要补补身子就行了。这样想着，他又开始好好吃药，甚至有一瞬间觉得自己好多了。但很快，熟悉的隐约的疼痛又一次来袭，令人作呕的怪味也涌了上来，相伴而来的，还有头晕目眩。终于，思想的藩篱被冲破,他想到了那个一直以来不愿面对的问题:生与死。

　　人终有一死。他开始胡思乱想,仿佛掉进了一个黑洞,心在跳动,呼吸停止。种种假设涌入脑海,好的,坏的。无论如何,他不想死,他想点燃蜡烛,把世界照亮。可是蜡烛和烛台都不听使唤地掉了。送走客人的妻子,刚巧经过,发现了伊里奇房间里的异常。她走进来,假意关心,提出要请专家诊治,还亲吻了他的额头。这些举动让伊里奇痛恨,他艰难地克制自己不把她推开。直到那句晚安说出口,才终于把她送走。

Day 5 《伊凡·伊里奇之死》

未经审视的人生，
不值得度过

 思想的崇高与否和地位高下无关

眼看就要步入死亡的伊里奇，开始陷入深深绝望中。尽管，死亡对他来说只是时间问题，但面对这个既定的事实，伊里奇却很难接受。他想起曾经从基捷韦帖尔的逻辑学中学到的三段论法："凯厄斯是人，人都是要死的，所以凯厄斯也要死。"伊里奇在想：凯厄斯是个抽象的人，而我不是。抽象的人终有一死，并无问题。而我不是，我是实在的人，我是伊凡·伊里奇，我是独一无二、与众不同的。

为证明自己的与众不同，尤其是跟凯厄斯的不同，他回忆起曾经的欢笑与泪水，一切能证明他有思想和情感的地方，都被拿来举证。而事实指向的结论都只有一个，伊凡·伊里奇不可能死。此外，他坚称如果必须和凯厄斯一样死去，自己应该早就有感应，至少心里会有个声音提前告知他。

伊里奇不甘心，尝试重建旧有的屏蔽死亡的想法，以降低恐惧的影响。但一切都回不去了。频繁的疼痛让伊里奇无法专心做事。频频出错，思维迟滞，工作这层保护伞算是彻底不起作用了。至于尝试寻找的新屏障，似乎总是那么脆弱，不堪一击。

很快，他生病已有三个月了。伊里奇发现，妻子，女儿，儿子，熟人医生，熟人，甚至是他自己都意识到别人对他的唯一兴趣就是即将空出的职位，周围人何时能从不舒服中解脱，自己又能不能摆脱折磨。

病痛和思绪愈演愈烈，吞噬了他的睡眠。医生不得不劝他服用鸦片，注射吗啡。但比起病痛和死亡念头的影响，这些都收效甚微。饮食遵循医嘱，却让人恶心，排泄物需要做特别处理。曾经喜欢舒适和优雅的他，如今不得不面对不体面、不洁净的自己，这痛苦可想而知。

众多痛苦中，有一件事给予了他安慰。管家的助手格拉西姆年轻开朗，他身材高大、体态结实，被安排服侍伊里奇，帮他处理排泄物。这个年轻人一向真诚待他，从未嫌弃与厌烦。

有时候，思想的崇高与否和地位高下无关。此后比如搀扶，挪动椅子，把垫子放在椅子上，抬高他的脚……种种动作都变得顺理成章，格拉西姆甚至不计较伊里奇耽误了自己手里的活，反而安慰主人：时间还多，剩下的等你不需要我时再去。可贵的温情将周围人的丑陋衬托得更加突出，这与外表无关，只关乎心灵，就像卡西莫多，人人都厌弃，却有着金子般的心。

自己生命之中的最后日子依旧难以避开那些俗世的干扰

不知为何，周围人态度突变，他们全都相信——他只是病了，并不会死，如果能保持沉默和谨遵遗嘱，病情就会好转。谎言让他愤怒，甚至想要当众大喊，拆穿他们每个人。他依稀觉得：这些人的举动要比疾病的恶心更甚。而且，死亡这件可怕、恐怖的事，被他最亲近的人贬低成了一次不愉快、不体面的偶然事件。只有格拉西姆理解他，同情他，宽慰他，甚至为他伤心。这是世间留给他为数不多的一抹阳光，让他想要被温暖得再久一点。某次伊里奇要求格拉西姆离开时，这个年轻人说："我们都有一死，我怎么会抱怨呢？"显然，他不认为这是个负担，他这样做是为了一个将死之人，并期盼当他将死之时也有人能为他这样做。

格拉西姆的悲悯让伊里奇动容，或者说那正是他一直渴望又未得的情愫。本想为此大哭，却被突然到访的下属谢贝克打断了。面对工作，伊里奇收起情绪，戴上面具，回归往日的严肃，表达意见和观点时依旧坚持有度。那一刻，他明白：自己生命之中的最后日子依旧难以避开那些俗世的干扰。

这又是新的一天。噬咬般的极度疼痛从未缓解且永不停歇，生的意志不可逆转地衰颓，但还没有消逝，让人恐惧又憎恨的死亡步步紧逼，这是唯一的现实，也是始终不变的虚幻。伊里奇对一切都失去了兴趣，他的负面情绪也蔓延到了别处。

服侍的仆人再正常不过的询问，令他感到厌烦。一个人面对空荡荡的房间时，伊里奇又试图把仆人留住。同时，他还是会胡思乱想。死亡的念头忽隐忽现，隐约间希望快点降临，却又迅速否决了自己。不，不，什么都行，但不要死亡！这呐喊让人共情，毕竟人们总是对未知感到害怕。茶、吗啡对转移注意无效，医生的造访让谎言升级，而妻子越亲密的表现，越让人憎恶。谎言编出的大网锁住他，即使请来专家也无济于事。有一瞬间，伊里奇也曾不甘心，他燃起希望，询问自己的病情是否会好转，即便得到肯定的答案，也很快被现实击得粉碎。

医生和妻子的麻木，早已令他习惯。经历了皮下注射的伊里奇，迷迷糊糊睡着了。醒来已是晚餐时分，他草草喝了碗牛肉汤。但妻子这时出现在他面前，妻子穿着性感的晚礼服，声称要去看演出。随后，同行的女儿、他们未来的女婿也前来探望。

但过一会儿，女儿以要看演出为由，和自己的母亲、未婚夫离开了这个令人感到窒息的家。他们的离开对伊里奇是种解脱，但疼痛又在这时袭来。渴望救赎的他找来了格拉西姆，他要抓住与美好世界的唯一链接。他这么做，或许是因为还有未了的心愿，或许只是找个理由说服自己。

Day 6 《伊凡·伊里奇之死》

趁我们还生活着，
一切都还来得及

曾经自认为一切都将顺风顺水，却屡屡受挫。到这一刻，连生命力都在远离自己

深夜归来的妻子轻手轻脚，却还是吵醒了伊里奇。她走进房间探望，试图取代格拉西姆陪伴丈夫。惨遭拒绝后，只得说了句"用点鸦片"后便离开了。凌晨三点，恍惚中的伊里奇，觉得自己和痛苦正被推进一个深邃狭窄的黑麻袋中，尽管被一推再推，却始终触不到底。格拉西姆昏睡着，伊里奇的腿因虚弱只得搭在这个年轻人肩上。昏暗的烛光，绵延的痛苦，让刚才的一幕记忆犹新。他想发泄自己内心汹涌澎湃的情感，因此特意费心打发走了格拉西姆，而后肆无忌惮地哭出来。

他哭得像个孩子，为自己的孤独，为人类和上帝的残酷。"你为什么这样对我？为什么让我经历这一切？为什么这样折磨我？"发问不为得到答案，却终因没有答案而失落。

随后，他开始不断重复：我想要什么？

伊里奇回忆起自己曾经所拥有的快乐，奇怪的是，除了童年，那些所谓的美好都变得不堪一击，一一融化，令人厌烦。

我的生活不对头，它没有按照该有的样子推进，他继续想着。但伊里奇又一转念，明明事情都很得体，那到底哪里出了问题？伊里奇对于所发生的种种感到十分困惑，他无法说明生活之中所出现问题的根源所在。其所能做出的回应是：我素来过着得体和规矩的生活，本不应如现在这样落魄。

奇怪的念头似乎很顽固，赶都赶不走。又过了一晚，他独自躺在沙发上，无法下地。那念头又一次袭来：这是什么？是死亡吗？是的，是死亡。内心的声音对话不自觉地开启：为什么要承受那么多折磨？没有原因，本来如此。此时，两个分裂的他已不受控制。一会是绝望，等待着不可理解而又可怕的死亡；一会是希望，专心致志观察器官运作。一会他的眼前出现肾脏或盲肠暂停工作的画面，一会又出现那逃也逃不掉、无法理解且异常可怕的死亡。但……三个月前,没生病的时候,一切都大不相同。

在可怕的孤独的重压下,伊里奇只得靠回忆度日。这一次,连童年也出现了痛苦的痕迹。黑暗,坠落,深渊,他感知到自己像一个不明飞行物,即将到达终点,到达毁灭。想抵抗而不得,想摆脱却被反噬。

又过了两周,女儿接受了心上人的求婚,妻子想跟他分享喜悦,却不知如何开口。不料,那一晚,伊里奇的病情急转直下。妻子走进房间的时候,察觉到了那异常。仰躺,呻吟,直直盯着正前方。除了提醒丈夫吃药,她不知如何是好。毕竟,她清楚地看到丈夫目光里的憎恶。

"看在基督的分上,让我安静死去吧!"伊里奇突然说。

妻子想逃,却正巧赶上女儿前来探望。此时,他的憎恶开始蔓延,从女儿到医生,无人幸免。

"难道我已经失去上帝赋予我的一切了吗?难道再也无法改正,只能带着遗憾离开了吗?"他不知道,他只知道自己处在可怕的骗局中,那里隐藏着生,隐藏着死。这念头和身体的折磨一样令他窒息。最后,他连衣服都开始痛恨。

妻子劝他领圣诞餐,以接受上帝的保佑,缓解痛苦。虽不情愿,他还是同意了。暂时的解脱,微弱的希望,让他想到了曾经咨询时医生提到的手术,由此他想活下去,迫切想要活下去。

过去和现在都是为谎言和欺骗而活,这不过是一场掩盖了生死的骗局

妻子的敷衍让他觉得恶心,好不容易才用一个"嗯"字回答了她所谓好转的关切,清醒也随之而来。他知道,过去和现在都是为谎言和欺骗而活,这不过是一场掩盖了生死的骗局。妻子还在自说自话,他却已忍无可忍,几近发疯。终于,那虚弱的身体、如死灰的面孔吼出几句话:"走开!走,让我一个人待着!"

声音极其恐怖,令人不寒而栗,似乎一切都在昭示着死亡即将逼近。自那一刻起,伊里奇不间断地喊叫了三天,隔着两道房门依旧清晰入耳。每个听到的人都不寒而栗。希望还在吗?其实早没有了,从那句"嗯"出口后就不在了。时间界限、昼夜交替变得模糊,他变换声调惨叫,是明知无济于事的挣扎。黑洞,阻碍,辩护,他的前行总受到羁绊。不过,似乎有股神秘力量出现,伊里奇胸部和左肋开始剧烈疼痛,呼吸越发急促,他慢慢坠落至洞中,看到一丝光亮。

第三天晚上,小儿子来探望,他用力与之发生肢体接触,随即再度坠落,看清了光亮。虽然生活不对头,但还是可以改正,他想。恍惚间他感到有人在亲吻,还有哭泣声,那是妻子,眼神中有绝望。他们真可怜,是我造成了他们的

不幸，很快就会好了吧？

　　此时，他暗示妻子带走儿子，还不清不楚地说了句原谅。但，上帝听懂了。一切归零，折磨化为乌有。疼痛和死亡似乎没了踪影，恐惧也不知去向。是啊，它们都不见了。取而代之的是光，多么欢乐！近旁的一个人说：过去了。伊里奇也跟着重复。已经死了，不再有死亡了。他对自己说。终于，他吸入一口气，呼出一半时停住了，两腿一伸，死了。至此，伊里奇的故事宣告结束。抗争了那么久，他终于和死亡和解，摆脱折磨，去了另一个世界。在那里，他不孤独，也不愤怒。他看到了光，也明确了真正的选择。对他而言，这样的结束，未尝不是某种希望的开始。

Day 7 《伊凡·伊里奇之死》

这本关于死亡的书，竟教会了我如何生活

在这些黑暗的背后，作家自己和他笔下的人物心里始终有一束光

《伊凡·伊里奇之死》堪称"人类文学史上描写死亡的巅峰神作"。循着死亡这条路，这部作品呈现出的面目有丑陋，有怀疑，有谎言，有折磨，有毁灭，也有虚无。

托尔斯泰一直是个矛盾体，晚年尤甚。纳博科夫说，晚年的托翁内心一直有两个角色在争斗——作为艺术家的托翁和作为布道者的托翁。正因如此，托翁的布道者情怀不允许伊凡·伊里奇沉沦，他的结局虽然是走向死亡，但也在某种程度上得到了救赎。循着眼前的那束光，伊里奇走向的不是万丈深渊，而可能是一道生门。

那道生门吸收了他的痛苦与绝望，包容了他的愤怒与虚伪，让他终于不再惧怕死亡，不再折磨自己和身边的人。关于这一点，最有效的证据除了伊里奇临死前终于有所悟外，好友伊万诺维奇在瞻仰遗容时，对其神态的描述也可窥见一二。

多番思想斗争后，托翁也终于在私人医生的陪同下逃离，尽管这逃离仅持续了不到一个月，他的生命就被病魔无情地夺走了。但相比于伊里奇，他确实更幸运，至少他真的离开过，至少他快乐的时间更久。《伊凡·伊里奇之死》中投影着托尔斯泰的生死观，他甚至用自己的情感与部分真实世界的存在赋予人物血肉，令其不自觉间与他本人靠近。而那些不能在身边就地取材的，托尔斯泰大概也做了很多功课去观察，去探寻，以求真实不做作，让作品归于本真。这份"真"，绝对是托尔斯泰作品备受推崇的最重要原因。

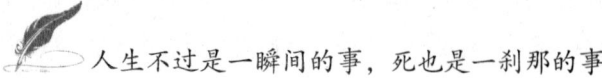
人生不过是一瞬间的事，死也是一刹那的事

伊里奇的故事以倒叙开场，死讯、葬礼成了探索人性的试金石，而疾病与痛苦则是主人公自我救赎中接受历练的必经之路。无论是同事们对于法官一职的觊觎，以及因死者离开、工作变动引发的疑虑，还是昔日爱人对高额抚恤金的追逐，又或是那些如同看戏般事不关己的边缘人物，在原本严肃的死亡面前都是一种亵渎。

他们说出口没说出口的，都是同样一句话：幸好死的是他，不是自己。对他人而言，从伊里奇的死中抽离，回到原本的生活，原本的圈子，可能仅仅需要花一秒甚至更短的时间。但现实的麻醉未必时时奏效，曾经的相信一旦崩塌，等待你的往往是万劫不复的境地。伊里奇临死前的醒悟大概就源于此。从前的他，崇尚得体与优雅，总是能恰到好处地解决问题，是公认的"好人"，所有人，包括他自己，并未觉得哪里不对。

席勒说：人生不过是一瞬间的事，死也是一刹那的事。但对伊里奇而言，死之前的折磨却更难挨。他不想死，他只求死神放过自己，然而潜意识告诉他：被死神选中没有任何理由，果断离开是最后的体面。

伊里奇始终还是不甘心，但越是愤怒，越是无力，所有的挣扎不过是在引起他人并不真切的注意罢了。但另一方面，尽管身处绝境，伊里奇身边依旧有心怀温暖的人愿意照顾他。格拉西姆大概就是那个传递幸福的使者，他是个仆人，灵魂却格外高贵。永远有求必应，永远谦卑，永远不觉得被麻烦和受牵累。他的真诚写在脸上，也具体在行动里，从不掺假，只论忠心。难怪能够赢得伊里奇信任，陪伴其走完最后一程。

有人说：托尔斯泰的写作功力就在于将技巧化于无形，

让真实自己说话。其作品的结构,尤其是后期作品,往往并不复杂,易于厘清。《伊凡·伊里奇之死》当是这一观点的有效验证。全书共十二小节,从伊里奇生病到他最终死亡占据了九小节,如果第一小节的死后算作死亡延伸,整本书只有六分之一与"死"没有直接关联,这一结构比例正体现了简单中的不简单。

作品以"死亡"为题,紧扣死亡来写,表面上是重点突出,但也容易因极力渲染死亡而陷入重复,失之乏味。但托尔斯泰这样大师级的人物显然不会将问题浮于表面。死亡可以分解为:生病、病情加剧、死亡前、接近死亡、最终死亡,以及他的死讯和葬礼。其间,心理活动的变化是故事发展的主要推手,同时加入现实、回忆、反思、拷问、争吵等丰富故事,于是一部篇幅不长,却大开大合的作品跃然纸上。

其中,令人印象最深刻的当然还是伊里奇死前灵魂的"回光返照"。疼痛的极致持续了三天,他也整整喊了三天,闻者无不头皮发麻。三天中的状态是递进的,虽然都是在他意念中的一个黑洞里,但其心态却经历了从不情愿到放下执念、达成和解的过程。而那束光,也是一点点接近的。向山洞下落的过程,便是他的追光过程。越是向下,离光芒越近,离希望也就越近。其间,他选择停下只因自己陷入犹豫。不能说生的这条路没有遗憾,心里的疑问还没有得到妥善解决，他对生与死依旧有困惑。但直到光芒趋近，他才意识到：死未必不好，由此获得的不仅是解脱和欢乐，还有接近全新世界的机会。

伊里奇最后说：死亡结束了。并不是这世上再不见死亡，只是他看见了光，那束光甚至让他觉得，死比生更美好。

小说如此的结尾有些奇特，却也不无道理。伊里奇生前的美好随着回忆被一点点消解，想起来都是痛苦，既然一切都无意义，不如归去。托翁给伊里奇一个这样的结局，且不论是悲是喜，我们看见的是满眼虚无。但谁说这虚无本身，不能成为生命的意义？

《大教堂》
普通人广阔而惊人的力量

[美] 雷蒙德·卡佛

小说要探索人精神匮乏背后的真相、悲哀之中的仁慈、乱象之中的坚定,以及冷漠人群中隐藏的那颗温暖的心。

美国短篇小说巨匠、极简主义文学之父
口碑代表作
Goodreads读者票选"最佳短篇小说集"
试着打开更深层的触角
摸索灰暗生活之下隐隐闪烁的光亮

 扫码收听本书音频

MAI JIA
READING
WITH YOU

Day 1 《大教堂》

目标和希望会枯萎,
但人们自己常常不会

生活不受控制,一切就像掉进了旋涡里,不能自拔

卡佛的前半生,穷困潦倒、极其失意。十六岁,卡佛辍学打零工,成为资深烟民。他的理想职业是图书管理员,现实中却从事过各类艰辛的工作:锯木工、加油工、送货员、仓库管理员、清洁工……十七岁时,他认识了在快餐店打工的玛丽安——他生命中的天使。他们相爱的时光也曾真实地存在。他们畅谈文学,展望未来,但是,玛丽安的怀孕让他们不得不面对艰难、贫穷的现实生活。结婚生子后,他在家庭、工作和写作间游走,在压力与责任之间疲于奔命。他半工半读,玛丽安在电话公司里当接线员,两个星期发一次工资,但支付完所有账单后,不到半个小时又没钱了。"我一

次又一次陷入这样的境地——只能撑到下月初，千方百计地弄够钱来付房租、买孩子上学穿的衣服。"在家里，卡佛忙于完成作业，隔着屋子扔咸饼干，让孩子去捡。

他尽力地学习，写下的小说笔记有几千条，也尝试创作，但始终感到悲观，认为自己受到的教育太少，又没有写作天赋。他们曾以为，弯下腰尽力工作，早晚能做自己想做的事。可生活不受控制，一切就像掉进了旋涡里，不能自拔。

在艰难的时世里行走，疲惫的生活中，卡佛始终怀揣一个英雄梦——文学。十五岁时，他在报纸上看到一篇报道：海明威从丛林归来，在两架飞机相撞时受了轻伤，小说家结束环球铁血之旅。翻来覆去地读了十几遍后，他陷入一种热烈的情感中，并渴望成为海明威第二。第二年，他哀求父亲为他支付二十五美元，参加写作学院的函授课程。这个课程让他明白了人们喜爱阅读故事的原因："读者被放在小说主角的位置上，分担他的痛苦和忧伤，理解他的想法，感受他那激动人心的经历的震撼，为他所处的困境担忧，与他一起享受成功的快乐。"他断断续续地求学、写作，婚姻生活和理想之间有着巨大的沟壑，让他每次坐下来时，"最害怕的就是屁股下的板凳又被抽走"。自然地，他没有时间写长篇小说。

妻子玛丽安明白这种断裂，她义无反顾地支持鼓励卡佛写作。卡佛二十五岁时，获得了文学学士学位后，他遵从老师的建议继续到作家讲习班学习。动身时全家只有三十一美元，为破旧的汽车更换电瓶后，只剩下一美元，一路上只能靠玛丽安为餐馆干两小时活换来一顿午餐。后来，卡佛开始发表小说和诗歌，也获得了一笔奖学金；玛丽安也边打工，边抓紧时间到大学学习。只是糟糕的境遇并没有改变，经济紧张，充满未知。

卡佛不像玛丽安那样乐观。他敏感腼腆，讨厌工作，逃避现实，什么工作都做不长。为了让他全身心写作，玛丽安开始上门推销百科全书，负担一家四口的生活，尽管这个年轻女人肩膀瘦弱，但意志坚定。随着小说《请你安静些，好吗》一举成名，卡佛的状态越来越好。他把多年来在底层社会摸爬滚打的经历写进小说，也出版了两本诗集，被推荐到一所大学讲课。玛丽安也获得大学文凭，在高中里任教。

可"坏卡佛时代"却悄悄来临。卡佛开始酗酒，多次因酒精中毒被送进医院、戒酒中心，自然地也失去了工作。家庭再次陷入贫困之中。玛丽安不得不白天黑夜都在工作，而当玛丽安在俱乐部的酒吧里当女招待时，卡佛却在不远的地方打高尔夫球。

矛盾，指责，怀疑。在酒精的作用下，失去控制的卡佛将酒瓶砸向玛丽安的额头，差点要了她的命。但玛丽安不曾离开卡佛。一直以来，她始终坚定地站在卡佛身边。当卡佛终于出版第一部有影响力的小说集后,加州以骗取失业金的罪名将他告上法庭——他曾在两所大学上课,却在加州拿低保。他在法庭上手足无措,是玛丽安像一位正义且英勇的女将军,为他辩护:"总有那么极少数人,为了真实地切身体验我们大家的感受,他们不得不凝神专注于自己的阴暗面……拜这种责任所赐,他既要受苦受难,还得心高气傲。"卡佛得以免受牢狱之灾。后来这部小说集被美国国家图书奖提名为候选作品。"坏卡佛时代"结束了,直到戒酒后,他获得了经济帮助,获得高额的文艺津贴,还在大学里教书。在一次聚会上,卡佛结识了女诗人苔丝后,离开了玛丽安和两个孩子。

必须坚持写,并诚实地写,写那些对他们来说重要的事

卡佛在晚年时曾说:"我的一生是一个误会""我是个失败者"。拮据的家庭生活,各种充满心酸的工作,苍白无力的生活……他将这样的生活写进小说里,于是在他的故事里,有那么些绝望的气氛弥漫在文字间,言语之外好像在期待些什么事,实际却什么也没有。

卡佛故事中那些微不足道的人,其实正是他自己和周围的人。小说总是围绕着几个主题:失败的婚姻、酗酒、失业

以及沟通障碍,他笔下的灰色世界也成为一个时代的标签。他是诚实的。在文学中,"失去了真,一切都无从谈起"。卡佛勇于袒露自己,将自己的真实经历融进小说里,就像一位医生那样将文字化为冰冷的手术刀,解剖的对象正是自己。他不是关注苦难,而是在亲历痛苦。

他的著作得到许多作家的推崇,被全世界读者阅读着。村上春树认为:由于他稍微拯救了自己,我们也会(在大多数情况下)稍微获得拯救。当他被问起对学习写作的人有什么建议时,他这样回答:"必须坚持写,并诚实地写,写那些对他们来说重要的事。如果他们幸运的话,有一天,会有人读的。"

Day 2 《大教堂》

《羽毛》：永远不要试图对生活做出任何评论

丑得让人无言以对，甚至说他难看都是一种仁慈

有两对夫妻：弗兰和"我"，以及巴德和奥拉。巴德是"我"工作中的朋友。有一天，他邀请"我"和妻子去他家里吃晚饭。弗兰不认识他，对这次聚会自然没有热情。但我们还是在打扮一番之后，驱车前往。巴德家的门廊上散放着玩具和婴儿摇篮，显示着孩子的存在。

巴德让一只秃鹰大小的孔雀来看门，它抖动身体，伸着脖颈，粗哑地大叫。还时常跑到屋顶上，在木瓦上走来走去。这次的拜访是无趣的，我们生硬地交谈，直到屋里传来婴儿的哭声，婴儿闹腾得很凶，巴德让奥拉把孩子抱出来，弗兰把目光转向门厅，等着他们。

看到婴儿时，"我"深吸了口气，弗兰则不自觉地叫了一声。奥拉等着我们的评论，弗兰最后用与众不同来形容他。毫无疑问，那是"我"见过的最难看的婴儿。大红脸，鼓眼泡，宽脑门，嘴巴又大又厚，肥下巴足有三四层，延伸到突兀的耳朵下，显得没有脖子。丑得让人无言以对。甚至说他难看都是一种仁慈。

巴德看看孩子，又看看弗兰，自嘲道：没事，不用担心。我们知道他还赢不了什么选美比赛。难看的婴儿发出咿咿呀呀的声音，在妈妈的腿上蹦跳，又向前倾着身子。奥拉说，孔雀和孩子今晚都有些反常。他们已经习惯了睡前一起闹腾闹腾了。于是，在征求了我们的同意之后，巴德打开前门，让孔雀到房间里来。

孔雀在客厅里踌躇不前，来回扭头，慢慢地向前迈步。弗兰从奥拉手里抱过总是扭动的婴儿，玩拍手游戏，还让他趴在自己颈侧，轻轻地对他耳语。这时，孔雀攒够了勇气，摇摇晃晃地向餐厅走来，昂着头，用红眼睛盯着我们，尾巴上的大羽毛竖了起来。婴儿看到了孔雀，在弗兰的大腿上站了起来，胖手指指鸟儿，跳上跳下，嘴里发出噪音。孔雀快速跑向婴儿，它的长脖子伸到婴儿的腿间，嘴巴钻进婴儿的睡衣里。婴儿笑着，小脚乱踹，设法从弗兰的膝盖滑到地上。

生活的本质就是琐碎庸常，而人与人之间的关系是脆弱的、易磨损的

在那个夜晚，"我"几乎为自己生命里拥有的一切感到高兴。"我"许下愿望，希望能永远不忘记那一晚。那是"我"的愿望中唯一得到实现的，但当时"我"并不知道这个愿望的实现是"我"的不幸。那个晚上是一切改变的开始。回到家后，情况就变了。

"我"和弗兰有了孩子，常常会无缘无故地提到那个难看的婴儿和臭烘烘的孔雀。弗兰不再工作，靠"我"养活，她早就剪去了那头迷人的金发——曾经，那是"我"迷醉的源头。"我"仍然会在工厂和巴德见面，一起工作、吃午饭，偶尔也聊到奥拉和他的儿子。后来得知，那只孔雀有一晚飞上了常栖的树，就再也没有下来。它消失了。"我"和他说话时变得小心了起来。当他问起"我"的生活时，"我"说都挺好的，但避而不谈"我"的孩子身上有种卑劣的天性，"我"和弗兰的交流也越来越少，除了电视，我们几乎不再交流。但"我"还是记得那个晚上，"我"的朋友巴德站在门廊上，和我们说再见，奥拉送给弗兰几根孔雀羽毛。我们互相握手，拥抱对方。在回家的路上，弗兰紧贴着"我"坐，手一直放在"我"的腿上，就这样一路开回了家。

《羽毛》揭示了一个残酷的真相——生活的本质就是琐碎庸常,而人与人之间的关系是脆弱的、易磨损的。起初,杰克(即小说中的叙述者"我")和弗兰追求浪漫的生活,许下无数愿望,也没有孩子。到巴德家做客时,因为为巴德琐碎、混乱的生活感到吃惊,所以为自己暗自庆幸。

在那一天,他们都相信,自己绝不会像巴德和奥拉那样。现在以及将来,他们会创造更好的生活。可当改变真正出现的时候,却和发生在别人身上没有什么不同。杰克和弗兰的孩子遗传了他们的虚伪、喜欢欺骗的天性;弗兰辞去工作,剪掉美丽的金发;后来,他们除了电视节目,几乎不再交谈……而曾经,他们无话不谈。买新车,去度假,对周边的景色都能发表自己的看法,紧紧地拥抱。似乎,当弗兰剪去杰克最喜欢的金发时,生活中浪漫轻盈的那部分就脱落了。

羽毛是唯一留下来的纪念物。羽毛轻盈,永不失色;生活沉重,只剩灰暗。

真正的生活,就是把照片里漂亮的孔雀养在身边。它庞大,到处拉屎,不知道自己只是一只鸟。时间逐渐拔去它身上美丽的羽毛,露出的正是生活丑陋的样子。

"这些平常的卑微的不起眼的琐碎日子,就这样成了永恒。"

晚餐之后,杰克和巴德的命运逐渐走向同一条轨道,即粗粝的生活。但杰克并不愿意承认这一点,他们之间的关系也慢慢疏远,是朋友,但多了些小心,言语里多了些遮掩。人与人之间的关系也不过如此,脆弱、易断。在旁观者看来充满优越感的人,事实上也可能充满着各种不堪。如果有人真的能从生活中获得道理,那一定是:永远不要试图对生活做出任何评论。

Day 3 《大教堂》

《保鲜》：麻木是生活的一种罪

> 如果这件事没有夸张的成分,那么这个男人在床上已经躺了二十三年

三个月前的情人节,桑迪的丈夫带回糖果、威士忌,也带来被解雇的消息。他们谈论着接下来还能做什么工作,但一样也想不出来。桑迪用积极的语气掩盖内心的惊慌,安慰丈夫,总会有办法的。但事实并不如此。

从那一天开始,丈夫就一天到晚蜷在沙发上看电视。丈夫并非没做过努力。失业的第二天,他就到城里领失业救济金、找工作。但无论什么行业,都无事可做,只剩找工作的男人女人挤在一起。此后,每两周领一次失业救济金,是他唯一的出门活动。

每天,他们交谈,喝热咖啡,谈论桑迪的一天,像身边的夫妇一样。桑迪仍爱着丈夫,但心里也惴惴不安,不知道还会有什么样的事发生。和女同事聊天时,她说到丈夫成天待在沙发上的事,但女同事反应平淡,说她的叔叔住在田纳西州,四十岁开始就再也不肯下床,每天至少哭一次,至今已六十三岁。如果这件事没有夸张的成分,那么这个男人在床上已经躺了二十三年。

桑迪震惊不已,她无法理解,一个没有受伤、没有生病的人,把自己的后半辈子都耗在床上或沙发上。

一天傍晚,她下班回家后,一如既往地听到电视的声音,沙发上是丈夫光着的脚和一动不动的后脑勺。她努力维护丈夫的尊严,但又不得不暗暗催促他重新为生计奔波,桑迪感到疲惫。她知道,这一天,和此前的任何一天没什么不同。可当桑迪打开冰箱门时,她知道,这一天和此前的任何一天都不一样。一团温热的闷气扑来,冰箱里一塌糊涂。桑迪从冷藏室拿出一盒酸奶,打开盖子,闻了闻,才冲丈夫大嚷起来。

一场心理攻防战悄悄进行中。丈夫终于舍得从沙发上起来,关掉电视,走到厨房里。先是说不可能,又在冷冻室里到处戳了戳。然后是咒骂,抱怨,挪动冰箱。还能再怎么倒霉?雪上加霜。他抱住冰箱连拖带拽,有东西从冰箱上掉下来,摔碎了。桑迪丢了手中的酸奶,脑子里涌出的话语又被咽下,只说了今晚要把所有东西都做了,还需要一台新冰箱。丈夫却消极面对:从哪儿弄一台呢?丈夫的手指从一栏滑到另一栏,但迅速跳过"招聘"那一栏。终于找到了:拍卖冰箱、煤气炉等新旧电器,每周四晚七点开始。正好是今天,地点也不远。桑迪建议今晚去参加拍卖会,正好也让丈夫出去转转。但丈夫却毫无兴趣,时不时泼冷水:咱们缺很多东西,可我现在没工作,记得吗?

在桑迪的坚持下,丈夫妥协了。桑迪抓紧时间做饭,递给丈夫一个盘子,丈夫接过盘子,却只是站在那儿。这时,桑迪看到了桌子上有一摊水,正在往下流。低下头看见丈夫光着的脚。她知道自己这辈子再也不会看到这么不同寻常的事了。桑迪不知道该作何感想。忽然间,她又觉得自己应该涂上口红,拿上外衣,去参加拍卖会。但她的眼睛无法从丈夫的脚上离开,她只能注视着它们离开厨房,重新回到客厅里。

一个人真正的腐坏,其实是从内部开始,从精神力量的失去开始的

丈夫脚边的水,反映了桑迪的内心世界。她不由自主地联想,丈夫就如从坏冰箱里拿出来的食品,正在融化,从内部开始腐烂,才会流出那些水。丈夫就是一潭死水。失业

后，求职屡次受挫，他的斗志如冰箱里的氟利昂，消失殆尽。直到冰箱彻底失去保鲜的功能，他也完全被颓废包裹变得麻木。

这样的人，活着，却无异于尸体。就像丈夫的阅读始终停留在的那几页，一具埋在沼泽里两千多年的男尸，皱着眉头，戴着一项皮帽，侧躺着，脸上却是安详的表情。就像同事的讲述里，那个在床上躺了二十三年的男人。更让人觉得可怕的是，在当时，这样的事并不是个例，是不值得令人惊讶的。

那到底是什么导致了丈夫的腐烂呢？是什么使他丧失了掌控生活的意愿和能力呢？他并非一开始就蜷在沙发上啊。罪魁祸首就是他的生活。一个年轻人踏入社会，好似被放入冰箱的食物，是新鲜的。真正熟悉、融入环境后，他和周围的一切气味混杂，温度也变得相同，不知不觉便被同化。此后便是循规蹈矩，重复、机械、麻木，按部就班。相似的人生规划，相差无几的人生道路，完成一项项被要求的任务。在这个过程中，年轻人逐渐丧失了自己的气味和思考，即使表面看起来仍新鲜，但内部已开始霉变。

用卡佛自己的话来说："麻木是生活的一种罪，一种恶。"而我们能做的就是保持思考，文学、艺术、科学、逻辑，思考会让自己保鲜，而不是成为冰箱里的一块冻肉，否则当冰箱突然坏掉时，失去了赖以生存的环境，又有谁能保证自己不腐烂呢？

Day 4 《大教堂》

《好事一小件》：谁也不知道，明天和意外哪个先到来

一个人要是倒霉了，那种力量会削弱甚至彻底毁掉这个人

周一早上，斯科蒂八岁的第一天，坏事在蛋糕被取走之前就发生了：他被车撞倒，头磕在水沟里，肇事者不知去向。回家后不久，他就突然倒下，被送往医院。轻微脑震荡，休克，呕吐，治疗，多次X光照射和各种化验之后，已是夜里十一点，斯科蒂在病床上沉睡。生日聚会早已取消，没有人记得那个装饰着宇宙飞船的蛋糕。斯科蒂的父亲霍华德决定回家洗个澡，换身衣服。他知道：一个人要是倒霉了，那种力量会削弱甚至彻底毁掉这个人。

回到家中的霍华德接到一个提醒他取走蛋糕的电话，他

以为是骚扰电话,便挂掉了。他不敢在家中多待,沐浴后赶往医院,劝劳累的妻子回家休息,妻子安挣扎后答应了。

返回家的安放心不下,又赶回医院。回到病房,斯科蒂仍在沉睡,两位医生刚走,他们打算给孩子做手术。

突然间,安尖叫了——斯科蒂睁开眼,又合上,又睁开,眼睛直直地盯着前方,好一会才缓慢地移动。他醒了,看着父母,却毫无反应,如陌生人一般。而后,他张开嘴,眼睛紧紧闭上,号叫着,直到肺里没了气。斯科蒂,没了。

医生说,那是一个隐蔽的脑堵塞,出现的概率是百万分之一,即使早点发现并立即动手术,成功的概率也几近于零。失去孩子后,夫妻俩回到家里,漫无目的地转圈,不知道该做什么。缓了很久,他们开始给亲戚们打电话,每次电话拨通都是一场哭泣。没头没脑的电话又响两次,这让夫妻俩几乎失去理智。究竟是谁在开玩笑?忽然间,安终于想起了那个被遗忘的蛋糕,一切就清晰了:打来电话的是那个无情的面包师。预订蛋糕时,安曾对他讲斯科蒂的事,却没有得到回应,当时她的心里就感到不适。而如今,他三番五次打来电话,为了一个蛋糕,竟然再三地往他们的伤口上撒盐!她的心里升起了恨意!

夫妻俩开车到购物中心的面包房。安要报仇,但这更像对命运的控诉。暗夜,只有面包房里间亮着灯。面包师问他们是否需要那个蛋糕,放了三天,已经不新鲜了。安握紧拳头，她的体内有一种至深的愤怒燃烧着，她觉得自己正在膨胀。安控诉面包师是混蛋，只知道说蛋糕的事，在晚上还打电话。

面包师以为他们是来找茬的，拿起擀面杖，在手掌心里拍着。安冰冷决绝地说，斯科蒂死了，在周一早晨被车撞了。说着说着，她痛哭起来。面包师放下擀面杖，解开围裙，拉开椅子，让夫妻俩坐下。他真诚地道歉，为夫妻俩倒咖啡，拿出奶油和糖，端上刚出炉的、热气腾腾的、霜糖还在流动的肉桂面包圈。"你们得吃东西，往前走。这种时候，吃啊，是好事一小件。"

安突然觉得自己很饿，一连吃了三个热乎香甜的面包圈。疲惫痛苦中，面包师也在不停地讲话。他讲起孤独，讲到人到中年的自我怀疑和无能为力，讲着无儿无女的生活。每天都是重复的，无休止地填满烤炉、清空烤炉。说着说着，面包师掰开一条黑面包，让他们闻一闻、尝一尝糖浆和粗糙谷粒的味道。安和霍华德听他讲着，把能吃的都吃了，一直到清晨，也没打算离开。

谁也不知道，明天和意外哪个先到来

霍华德一家是幸福的。父亲事业有成，母亲温柔有爱，房子里散落着孩子的玩具，宠物狗摇着尾巴。一切停止在孩子八岁生日那天，一个小小的错误，就夺走了一切。更令人难以接受的是明明及时送医了，明明医生反复说了不会有问题，明明所有的检查都显示正常，孩子却走了——百万分之一的概率，这不公平。安也觉得不公平，胸腔里积压着对造物者的怨愤，正好没有人情味的面包师为了一个十六美元的蛋糕一再打来电话。

带着怨气，安和霍华德赶到面包房，想要讨个公道，也为了发泄怒火。对面包师的抗议近乎无理取闹，但除此之外，他们还能怎么去反抗命运呢？面包师也是在生活中浮沉的人，从早到晚工作十六个小时才能勉强过活。他没有时间去了解这一切，矛盾就此产生。但当他得知这对夫妻的遭遇时，却把工作放下，拿出面包，安慰他们。他说，在这种时候，吃，是好事一小件。看似冷漠的面包师包容了他们此刻的脆弱，用面包咖啡抚慰他们的胃和心。

在这个故事里，卡佛着墨的人物并不多。霍华德夫妻、面包师，他们的共同点是都在面对生活的考验。他们就是我们。人们总说，不曾彻夜痛哭的人不足以语人生。可是，如果有选择的机会，谁愿意通过承受伤害获得成长感悟呢？生活还是要继续的，在痛哭之后，唯有拥抱这些看似微小的温暖，才能有力量接受命运，勇敢地往前走。这是卡佛在这个故事里所给予的温柔。

故事结束时，苍白的亮光从窗户投了进来。这亮光是苍白的,是微弱的,是渺茫的,但总归是明亮的。灰暗有时、明亮有时,一条缝隙也打开了,光由此洒落。万物皆有裂痕,那是光进来的地方。

Day 5 《大教堂》

《发烧》：放下过去的办法，是过好你的现在

 那些失去的，还会回来

卡莱尔有麻烦了。他在高中教书，勤勤恳恳。新学期的课程即将开始，但他的两个孩子却没人照顾了。他曾雇了一个名为黛比的十九岁保姆，本以为能解决燃眉之急，但当他提前回家时，却发现家里乱套了。

孩子们脏兮兮的，在前院和一条大狗玩耍；客厅里有一个十几岁的男孩，啤酒瓶立在桌子上；黛比和另一个十来岁的男孩坐在沙发上，正盘腿抽烟。卡莱尔立马就把他们赶出屋子。他的手在发抖，愤怒得恶心又头晕。孩子的妈妈去哪里了？几个月前，他的妻子艾琳离开了他。当时卡莱尔正在填写成绩单，艾琳告诉他，自己要开始一段新生活。艾琳学

艺术，平淡如水的家庭生活并不能让她满意，于是她选择去搏一把——她多次提到，希望孩子长大后能知道母亲是一名艺术家。

孩子询问妈妈去哪儿时，卡莱尔回答她在长途旅行。等孩子们睡着了，他才能真正敞开自己的内心。有时他拿着酒杯，告诉自己艾琳早晚会回来，但又咒骂艾琳，并表示永远也不原谅她。艾琳给孩子们寄过一些卡片、照片和钢笔画。她也给卡莱尔写絮絮叨叨的长信，请求他原谅自己。赶走保姆的这天晚上，艾琳打来了电话。她得知卡莱尔的情况，就擅作主张帮忙找了个保姆。卡莱尔的心情很复杂，前妻及其情人的帮助让他感到不适，但他确实需要帮助。最终，还是接受了这个提议。韦伯斯特夫人的到来让卡莱尔感到放松：平静而富有洞见的课堂，下午回家时井然有序的一切。

六个星期来，卡莱尔的生活经历了一系列改变。现在他已经能平静地面对艾琳离开的事实，也不再幻想其他的可能性，也有时间能与他的新情人共享宁静的片刻。偶尔还是会想起艾琳，觉得自己还爱着她，但他希望这份爱能停下来。

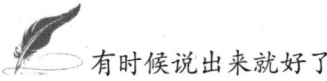有时候说出来就好了

生活正在重新开始。这时，毫无征兆地，卡莱尔病了。他只能向学校请假，缩在被子里，半睡半醒。韦伯斯特夫人

诊断这是发烧,并细心地照料着他,让小孩们降低音量,递来药片和果汁,在他醒来的间隙喂他吃下麦片粥,盖好毯子。卡莱尔沉沉地睡着了。

艾琳得知卡莱尔发烧,便建议他写日志,把发烧时的感觉和思考写下来。她认为,疾病是有关人的健康和幸福的信息,记录下来,等病好了,再回过头来看看。

"现在你只是不舒服,你要把这种不舒服转化成有用的东西。"卡莱尔觉得艾琳疯了。韦伯斯特夫人说,韦伯斯特先生早晨的拜访是想宣布他们的一个计划:辞职。为了谋生,他们要离开,去照管水貂饲养场。韦伯斯特先生已经有一阵子没有工作了。卡莱尔沉默着,然后向韦伯斯特夫人道谢。同时他说,把发烧的感觉写下来可能是个好主意,这样以后就能回头看看,弄清里面的含义。

笑起来时,眼里流出了眼泪,卡莱尔用掌根抹掉眼泪。此刻,卡莱尔害怕独自待着,他留下韦伯斯特夫人,也不由自主地向她倾吐心声。在他看来,在很长的时间里,他和艾琳的爱情超过世界上任何人和事,甚至超过孩子们。一起变老,一起做这世界上所有想做的事,是他们彼此的约定。两个孩子坐在旁边,这让卡莱尔觉得头疼和别扭,但慢慢地,他忘记了一切不舒服,头也不再疼了。他从最初,从他们十八九岁时如火的青春时代开始讲起。韦伯斯特夫人鼓励他继续说下去:"有时候说出来就好了。有时候,得说出来。"

孩子们在地毯上睡着了,韦伯斯特先生到门口来敲门。她仍然让卡莱尔继续讲,她说,等这件事过去以后,卡莱尔和艾琳都会没事的。直到所有的故事都讲完,卡莱尔送别韦伯斯特夫妇。在门口,他们握手,告别,祝彼此好运。到这一刻,卡莱尔觉得一切都结束了,他可以放艾琳走了。

做一个在生活中失败的人并不可耻,毕竟谁都有被生活敲一闷棍的时候

这是一个平淡简单的故事。

简单的情节是小说的第一条线索,隐藏在背后的空间也很广阔。婚姻生活并没有什么冲突,为什么艾琳要离家出走呢?从文中艾琳所说的话中,我们知道她渴望成为一名艺术家。家庭生活和谐美满却压抑住了她内心真实的渴望,因此她选择远走,去实现梦想。艾琳疯狂的行为和她在卡莱尔发烧时所提的建议一样,能看出其那一颗追逐艺术的心。卡莱尔是务实的,他认真、严谨地对待工作,照顾小孩也尽心尽力、无可指摘。一个指向艺术,一个指向生活。大相径庭的观念让他们无法继续一同生活,曾经再热烈的誓言也无法维系感情。人与人之间的关系是微妙的,曾以为海誓山盟就能天长地久,却发现生活中一些小细节的磨损会让彼此的关系

更加脆弱。

　　小说揭示了生活的一个真相:"事情在变……我不知道它们是怎么变的,但总是在不知不觉中,也不按照你的愿望来变。"理想与现实总是存在鸿沟,世界上唯一不变的恰是变化本身。恐惧未知是没有用处的,沉湎挫折、不知所措也是无益的,只有勇敢,唯有勇敢。承认自己在某个地方的失败,然后勇敢地跨越它。做一个在生活中失败的人并不可耻,毕竟谁都有被生活敲一闷棍的时候。更何况,在很多的时候我们仍然能接收到来自世界的善意。

Day 6 《大教堂》

《大教堂》：真正珍贵的东西，唯有用心才能看到

> 这件事在妻子心里似乎特别重要，她甚至为此写过一首诗

"我"的妻子有个老朋友，他是一个盲人。十年前，妻子曾经在西雅图替他工作过一个夏天。工作内容是为盲人读案例研究、报告，也帮忙收拾小办公室。最后一天工作时，盲人问自己能不能摸摸妻子的脸。她同意了，于是，盲人的手指触摸着妻子脸上的每一个角落，鼻子，甚至脖子。这件事在妻子心里似乎特别重要，她甚至为此写过一首诗。

后来，她就和那个未来的军官、她的青梅竹马结婚了。大概一年后，她主动联系了盲人。他们聊了起来，盲人请她寄一盒磁带，说说她过得怎样。她确实这么做了，在磁带里

讲述自己的丈夫。她爱自己的丈夫，但不喜欢他们居住的地方。盲人也录了一盒磁带寄给她。在不同的基地，她寄出描述她生活的磁带。漂泊不定的生活，使她与很多人失去联系。她把药箱里的所有药片和胶囊都吞进嘴里，用一瓶酒把它们冲进肚子里，洗了个热水澡，然后不省人事。她的军官丈夫回家后发现了她，叫来了救护车。她没有死亡，只是呕吐着。

所有这些事，都被录进磁带里。后来的一盒磁带里，她告诉盲人自己决定离开军官，然后是离婚，再然后是和"我"约会的事。这似乎成了每年写一首诗之外，她最主要的乐趣所在了。

"我"的妻子离开西雅图之后，另一位女子比乌拉开始为盲人工作，后来，他们在教堂举行了婚礼。他们形影不离地一起生活了八年之后，比乌拉去世了。而现在，这个盲人正在火车上，他要来拜访"我"的妻子。"我"不情愿但客气地迎接了这位盲人，同时又没来由地有一种敌意和鄙夷。这是"我"第一次见到失明的人。他年近五十，大块头，秃顶，肩膀垂着，穿得利落，留着络腮胡子。

一整个晚上"我"都在提带有敌意的问题，甚至在晚饭后打开电视机。妻子瞪着"我"，气得马上就要发作。盲人说自己有两台电视，一台彩色的，一台黑白的，他总是开着彩色的那一台——富有哲理意味的话。妻子上楼去了，

"我"和盲人一起听着电视节目。

寂静得太久了,"我"不得不开口介绍电视画面。突然间,产生了一个疑问,便问盲人是否知道大教堂是什么,它的样子,还有大教堂之间的区别。盲人缓缓地回答自己所知道的知识,说着说着,坐了起来。他希望"我"给他描述一下,大教堂到底是什么样子的。

这个问题难倒了"我",从哪里开始描绘呢?它很高,一直向上延伸,伸向天空。教堂的正面会雕刻恶魔或上帝和女人,可这又是为什么呢?虽然盲人一边听一边捋胡子,时不时点点头,像在鼓励"我",但"我"仍知道自己描述得磕磕绊绊,难以理解。直到他提议,找点厚纸和笔,试试一起画一座大教堂。"我"的腿软得一点力气也没有,就好像刚经过长途跋涉似的,翻箱倒柜找到纸笔,坐在盲人腿边。盲人也挨着"我"坐在地毯上,他的手紧贴着"我"握着笔的手,宽慰"我",没问题的。

于是"我"开始画,先画了像房子一样的盒子,又在上面加了一个屋顶,两侧画上尖顶。盲人鼓励"我",画得不错。"我"又在图纸上加了拱形的窗户……盲人摸着纸面,指尖滑过纸面"我"画的每一个地方,感受着,然后点点头。"我"几乎是在盲人指引下完成画作:加把劲儿,就这样,很好,你本来以为画不成,但你可以。再画点儿人进去,没人还叫什么大教堂?甚至,他鼓励"我"闭上眼睛。

"我"照做了,闭上眼,继续画。

故事以"我"的评价结束:了不起。

夜里不睡的人,白天多多少少总有什么逃避掩饰的

卡佛的作品一直都是极具"骨感"的,这一篇则让人觉得有血有肉。读者能从文字中了解到每个人物的性格、情绪,也能有自己的思考。"我"询问盲人坐火车坐在哪一边——左右两侧看到的风景不同;观察盲人没戴墨镜的眼睛;请他抽烟喝酒——因为听说盲人因看不见自己吐出的烟,所以不抽烟;甚至在这过程中打开了电视。在一个盲人面前,这些做法无异于伤害。但盲人全都化解了,以一种光明磊落的态度,一种充满奥妙的幽默感。

面对敌意,他不愤怒,而是真诚坦率,因为他知道,他看不见,但并非什么都不懂。盲人在面对他的提问时,回答了自己能回答的部分,并不回避自己不知道大教堂的问题,还邀请男主人描述一下大教堂的样子。

描述大教堂,看似简单的问题,其实很多人难以解答。男主人无法顺畅地描述,这让他感到沮丧,而他在接受盲人的建议,用纸笔把大教堂画下来时,最初所画的也和自己的房子没什么差别。这说明了什么?很多时候,我们的生活太过于粗糙,以至于如果现在闭上眼,要尝试去描述一道风

景,或是将它画出来,我们也只能描摹个大概,也只能述说与我们有关的生活。就像小说里的男主人,生活几乎就只剩下贫瘠的色调了。

大教堂是带有信仰意味的建筑,就如塔或庙宇对我们的意义一样,在我们的生命中带有超越俗世凡尘的意义。描述大教堂,其实就是在描述人生中精神性的东西。生活中,我们都熟悉一些事物,但也正因为如此而从未仔细地去观察它们。"在心灵性存在的面前,人人都像盲人一样。"

Day 7 《大教堂》

以一种悠长的凝视直面无望

在每一个失意者狼狈的生活里，我们都能窥见人性的弱点和生活的真相

心情低落时，不要读卡佛。

卡佛笔下的人物，大多数是被生活所淹没的，被困窘与绝望裹挟的，是微不足道的，也几乎都有他的影子。小说里的主人公有饭店女侍者、维生素推销员、酒鬼、失业者、机械师等，过着支离破碎、困顿颓丧的生活。哪怕是合伙人，也时常陷入灾难之中。人与人之间的交流常常是失败的，日子一天天重复，身心俱疲。

比如，《羽毛》中的杰克夫妇本以为自己的生活会不一样，最后才明白生活的真相就是不堪；《保鲜》里，桑迪的丈夫失业后意志消沉，成为横躺在沙发上的"活死人"；《软座包厢》里的工程师原打算与儿子见面、和解，但在火车上遗失了给儿子的礼物，泄了气，最终没有下车；《维生素》里的女推销员卖力地卖维生素，她的丈夫却觊觎着她的好朋友；《好事一小件》中，美国普通家庭温吞的生活中，夫妇俩突然遭遇儿子丧生的灾难……

这些故事多多少少来源于他自己的生活。卡佛的一生，命运多舛。前半生颠沛流离，勉强维持生计，失业、抽烟、酗酒、破产简直是家常便饭，甚至曾妻离子散、受到友人背弃，坠入人生谷底，苦难、绝望成为生活主调；晚年时卡佛终于在文学上获得声名，但很快又因肺癌离世。他"是写失败者的失败者，写酒鬼的酒鬼"。

卡佛被誉为"美国的契诃夫"，他的作品具有的特点就是："用普通但准确的语言，去写普通的事物，并赋予这些普通的事物以广阔而惊人的力量……写一句表面上看起来无伤大雅的寒暄，并随之传递给读者冷彻骨髓的寒意……"

村上春树翻译了卡佛的所有作品，他说，卡佛是我最有价值的老师和最伟大的文学同道人。在他为《大教堂》所写的序言中有这么一段话："把程式化的语言和不必要的修饰全部去除，在这个基础上尽可能以故事的形式，坦诚而温和地吐露自己的心声，是卡佛追求的文学境界。"

苏童认为卡佛是复杂的，"只有复杂的作家会对语言有超常的狠心肠，杀的杀，剐的剐，留下的反而是文字锻造的一把匕首"。卡佛的语言瘦骨嶙峋，"以一种悠长的凝视直面无望"，尽量客观地、不带感情色彩地描述生活。

《当我们谈论爱情时，我们在谈论什么》让卡佛获得"极简主义"的标签，《大教堂》则被认为是一种倒退。其实，"极简"这种风格与编辑戈登·利什关系极大。利什常常对卡佛的作品进行大刀阔斧的修改，四行文字能删减到仅剩一行，某种程度上而言，是他塑造了卡佛。

以《大教堂》中的《好事一小件》为例，它和卡佛的另一篇作品《洗澡》故事大体相同，但后者情节更简单，让人感到绝望。在《好事一小件》中，卡佛揭露生活原本的面目，但也让遭遇痛苦的霍华德夫妇得到面包师和面包圈的安慰，"把自己那扇一直尘封的天窗推开一条缝隙，洒下了些微光亮"。

因此，有人说卡佛的小说"永远都把灰暗的生活和细致意外的细节，凑成一块大石，放在人心最阴暗的天平一端，在另一端撒上一些希望的灰尘。利什总是无情地吹掉这些灰尘，在《大教堂》里，这些灰尘终于保留了下来"。

他自己也觉得，与过去的小说相比，《大教堂》显得更丰满，文字也更积极了。

"仿佛已耗尽，却又收拾起勇气。"

不可能打一个响指之间就变成一个新的人,换另一种活法

作为底层劳动人民的儿子,卡佛做过各种各样的蓝领工作,总是在贫困中挣扎,深切体会到人间的心酸和冷暖。他关注得最多的人物也是美国社会的中下层劳动人民,但他并不因此认为这些人是失败者。

每个人物都像他的父母,他的兄弟姐妹,还有他自己。《巴黎评论》在采访卡佛时,曾问过这样一个问题:你的人物可曾努力做一些有意义的事情?他回答:我想他们努力了,但努力和成功是两码事。

是啊,生活就是到处碰壁。有时候,我们会觉得自己仿佛生来就有裂缝,就像《保鲜》里坏掉的冰箱,勇气一点点遗漏,以至于最后畏首畏尾,不再有信心。而文学告诉我们:像一个人一样活着并非容易的事。不可能打一个响指之间就变成一个新的人,换另一种活法。卡佛说:文学能让我们意识到自己的匮乏,还有生活中那些已经削弱我们并正在让我们气喘吁吁的东西。然后,你总能找到对抗的方法。

麦家说过:"小说要探索人精神匮乏背后的真相、悲哀之中的仁慈、乱象之中的坚定,以及冷漠人群中隐藏的那颗温暖的心。"卡佛在小说中揭露自己,揭露生活,也体现出

了救赎和仁慈。够冷,也留了一些温情。阅读卡佛,确实会让人感到悲伤,但你也可以在绝望中发现希望。就像到医院,见到了死别;到车站,明白了离别。而后,从中获得重建精神家园的希望,更沉着、更勇敢地面对生活。在文字和故事之外,主人公还在继续生活,就如《好事一小件》的最后,从窗户透进来的苍白的亮光。

《相约星期二》

同生活握手言和的"人生之书"

[美]米奇·阿尔博姆

一个不会从生活中寻找并发现乐处的人,生活的意义就丢掉了大半,这样的人得到得再多其实都是最少的。相反,有一种人,他们常常可以在困难和苦楚中找到你意想不到的乐处,并由这种乐处悄悄地滋润着他们的生活、心灵。

一个老人,一个青年,一堂人生必修课
《波士顿环球报》评价
"在以死亡为主题的文学作品清单上,增加了一部了不起的杰作。"
见证亿万读者的相遇与成长

扫码收听本书音频

MAI JIA
READING
WITH YOU

Day 1 《相约星期二》
读懂人生的十二堂课

 拒绝衰老和病痛，一个人就不会幸福

自1959年到布兰戴斯大学担任社会学教授，直到1994年身患渐冻症后，身体无法自控，年过古稀的老教授莫里·施瓦茨才选择离开课堂，回到家中休养。虽然病痛摧毁了莫里的身体，但是他的思想依然犀利如昔。莫里老人以一种积极乐观的心态，面对病痛带来的身体与心灵层面的折磨，并由此得出结论：你应该发现在生活中的一切美好、真实的东西。回首过去会使你产生竞争意识，而年龄是无法竞争的。我属于任何一个年龄，直到现在的我。你能理解吗？我不会羡慕你的人生阶段——因为我也有过这一人生阶段。

"如果早知道面对死亡可以这样平静，我们就能应付人生最困难的事情了。"

什么是人生最困难的事?

"与生活讲和。"莫里给出一个平静而又震撼的回答,这是一个充满哲理的审美立场。

接受你所能接受和你所不能接受的现实

弥留之际的莫里,想将自己关于"人生意义"的思考流传在世间。于是他决定同学生米奇·阿尔博姆一起策划本书,视为他们"最后的合作论文"。

1959年,米奇出生于美国新泽西州。1979年毕业于布兰戴斯大学,获取文学学士学位,毕业后从事电台主持、体育记者、电视评论员和专栏作家等工作,同时他还是一个活跃于慈善界的社会活动家。

米奇认识莫里教授是在1976年的夏天。米奇眼中的莫里教授,是一个个子矮小、走起路来弱不禁风的老人,他穿着长袍,看上去像是《圣经》中的先知,又像是圣诞夜的精灵。莫里有一双炯炯有神的蓝眼睛,大耳朵,鹰钩鼻,两撮灰白眉毛,稀少的白发覆在前额上。牙齿长得参差不齐,下面一排向里凹陷,像是被人用拳头打过似的。

当米奇父母问莫里教授,米奇在课堂上的表现时,莫里说:"你们有一个不同寻常的儿子。"这样的评价,让米奇感到害羞。

十六年后,米奇已成为一家报社的记者,收入丰厚。而莫里教授因患上肌萎缩性侧索硬化症(俗称"渐冻症"),不得不放弃自己热衷的爱好——跳舞。这种病使人陷入"灵魂清醒无比,却被禁锢在软弱的躯壳中"的处境之中。患病后的莫里,虽然双腿已经无法行走,只能坐在轮椅上,但是他并没有因此感到沮丧,相反,他的思维甚至比之前还要活跃。他开始将自己的思想,随手写在信封、文件夹或随手可以拿到的纸帕上。记录自己在死亡阴影下对生活的思考:

"接受你所能接受和你所不能接受的现实。"

"生活中永远别说太迟了。"

"承认过去,不要否认或抛弃它。"

莫里写下的这些"格言",感动了学校的一位教授毛里·斯坦因,他将莫里的"格言"整理后寄给《波士顿环球》杂志社的记者,记者写了一篇标题为《教授的最后一门课:他的死亡》的报道。这篇文章被《夜线》节目的制作人看到后,安排《夜线》主持人泰德·科佩尔对莫里进行了三场访谈。米奇正是在电视上看到病中接受访谈的莫里教授,被他面对死亡那种积极且健康的心态深深地触动了。

联系到莫里教授后,米奇前往波士顿拜访莫里。在莫里的触发下,米奇猛然惊悟自己多年来沉溺于工作赚钱,却忽略了生活的真谛。于是,米奇便放下工作,像学生时代一样，相约每周星期二去莫里教授家上课，课的内容是讨论"人生的意义"。这堂课每周一次，一共十四周。直到莫里去世，米奇将同莫里的讨论，整理成书，取名《相约星期二》。本书自1997年出版后，美国图书畅销排行榜连续上榜四十四周。同名电影1999年上映，获得第52届艾美奖的四大奖项。

Day 2 《相约星期二》

来日无多同毫无价值
并不是同义词

我决定活下去，至少尽力去那么做，像我希望的那样活下去

莫里是个舞迷，虽然舞姿并不优美，但他不在乎是否能跟上舞伴的节奏，因为他是一个人在跳舞。莫里每周三会去哈佛教堂的一个广场，参加那里"免费的舞会"。

六十多岁时，莫里患上了哮喘，这让他不得不放弃自己保持多年的爱好。几年后，七十多岁的莫里在朋友的生日聚会上忽然无故摔倒，这让对自己身体敏感的莫里感到不对劲。直到神经科医生夏洛特正式宣布病情：莫里患上的是肌萎缩性侧索硬化症（ALS），这是一种无法医治的神经系统疾病。莫里同妻子夏洛特在诊所坐了快两个小时，听医生给他们解释ALS病的相关问题，医生遗憾地对夏洛特说："是的，他快死了。"

肌萎缩性侧索硬化症，通常从腿部开始，慢慢向上发展，等到病人不能控制大腿肌肉后，就再也无法站起来；控制不了躯干时，病人无法再坐直，最后病人如果还活着，只能通过一根插在咽喉的管子呼吸，病人的精神意识虽然清醒，身体却无法动弹。因为状态就像科幻电影中被冰冻在肉体中的怪物一样，所以这种病别称"渐冻症"，这种情况最长不会超过五年。医生估计莫里最多还有两年的时间。

决定要勇敢面对死亡的莫里，打算将他的死亡作为最后一门课程，让人们从他缓慢且耐心的死亡过程的研究和观察中，学到一些有意义的东西。

随着病情的加重，莫里的身体越来越虚弱，大腿开始日渐萎缩，连上卫生间都不能自理，因此需要用一个大口瓶小便，且小便的时候需要有人扶着，帮他拿瓶子。这对大多数人来说是件难堪的事情，但莫里却能坦然接受。他平静地说："这就像回到婴儿期。有人给你洗澡，有人抱你，有人替你擦洗。我们都有过当孩子的经历，它留在你的大脑深处。对我而言，这只是重新回忆起儿时的那份乐趣罢了。"

虽然ALS病让莫里的生活发生巨大变化。但莫里的声音仍是那么有力，能吸引人，他的脑子依然活跃，他要努力证明：来日无多同毫无价值并不是同义词。

1995年是莫里生命最后的一年。莫里有了一个念头：为自己办一场"活人葬礼"。这场葬礼上，莫里听到家人和朋友对他所说的悼词，随后他们又哭又笑。这场"活人葬礼"取得非凡的效果，也翻开了莫里生命不同寻常的一页。

莫里坦然面对死亡的故事，受到美国《夜线》节目的关注。节目开始时，主持人泰德·科佩尔在华盛顿的工作台后用富有魅力的声音说："谁是莫里·施瓦茨？为什么你们这么多人今晚要去关心他？"时隔十六年，远在几千里之外的米奇，在家随意调换电视频道时听到了这话。

凡是生活中美好但我又老得无法享受的东西，你都可以替我上场

米奇的梦想是成为一个大音乐家，但几年昏暗空虚的夜总会生活和从不兑现的承诺、不断拆散的乐队，以及除了米奇对谁都不感兴趣的制作人，让米奇的梦想变质，也让他第一次觉得自己是生活的失败者。同时，米奇最亲近的舅舅——那个教他玩音乐、开车、玩足球的人，在四十四岁那年死于胰腺癌。米奇亲眼看着舅舅强壮的身体一天天消瘦，开始浮肿，整夜受罪，痛到整个人变形。这让米奇第一次感到无能为力。

舅舅的死，改变了米奇的生活。米奇感觉时间宝贵，自

己浪费和虚度了太多的光阴。他放弃了音乐家梦想,回到学校,读完新闻学的硕士学位,找到了体育记者的工作。米奇不再追求自己的名望,而是开始写那些渴望成名的运动员。给报纸和专栏撰稿,开始"007"的工作模式。

几年后,米奇除了写体育报道的评论外,还开始出版体育方面的专著,制作广播节目,经常在电视上露脸,对体育明星和大学生的体育生活进行评论。米奇成为淹没在美国传媒的狂风暴雨的一部分,人们需要他。此时米奇不需要租房,他买了一幢山间别墅,有了自己的私家车,投资了股票。

米奇热衷于自己工作的成就,因为工作上的成就,让他相信他能主宰自己,在末日来临前享受到每一份最后的快乐。舅舅的厄运是他命中注定的结局。

如果不是随手换台,听到莫里的几句话,米奇的生活会一直在忙碌的工作中继续下去。米奇回想自己大学的第一年,选修完莫里第一门课后,又选修莫里的另外一门课。因为莫里是个打分宽松的教授,不太注重分数。当他听说莫里教授在越战期间给所有男生打A,使得他们获得缓役的机会后,米奇开始称呼莫里"教练"。莫里很喜欢这个绰号,对米奇说:"好吧,我会成为你的教练,你可以做上场队员。凡是生活中美好但我又老得无法享受的东西,你都可以替我上场。"

Day 3 《相约星期二》

他上了一节没有学分的课，却懂得了活着的意义

 事实上，生活不管多苦，只有爱拼的人才会赢

进入大学前的米奇，不知道人际关系竟然还可以是一门学术性课程，直到遇到莫里。莫里为米奇推荐了《个性和危机》《我与你》和《分离的自我》等书，米奇之前从未听过。有时候，米奇等到放学时同学们都离开教室后，同莫里教授单独开始交谈。

对于米奇抱怨所遇到的困惑：我分不清什么是自己想做的、什么是别人期望你做的，莫里用反向力的方式给米奇进行解答说："生活是持续不断地前进或后退。你想做某一件事，可你又注定去做另外一件事。你受到了伤害，可你知道你不该受伤害。你把某些事情视作理所当然，尽管你知道不

该这么做。反向力,就像是橡皮筋上的移动。我们大多数人生活在它的中间。"米奇觉得莫里的这个诠释听起来像是一场摔跤比赛。于是,他问莫里,谁会赢?

莫里笑着回答说:"爱会赢,爱是永远的胜者。"

十六年后,米奇再次见到教授莫里,这次莫里将教室地点设在家中。莫里又对他谈起大学生活,这让米奇觉得自己好像只是过了一个长长的假期。莫里对米奇抛出了这些问题:你有没有知心的朋友?你为社区贡献过什么?你对自己心安理得吗?你想不想做一个富有人情味的人?这几个问题,打乱了米奇的思绪,让他感到坐立不安。曾经米奇发誓永远不为钱工作,会去参加和平队,为美丽的理想而生活。如今的米奇已经三十七岁,比学生时代更有能力,每天泡在电脑和手机中,专门写著名运动员的文章。

一个患病的老者,同一个健康的年轻人,两个人在房间里聊着天,吃着东西。教授的问题让米奇陷入了沉思,整个房间变得寂静了起来。

这种寂静,让米奇觉得难堪。莫里忽然开口说:"死亡是一件令人悲哀的事情,米奇,可不幸地活着也同样令人悲哀。所以许多来探访我的人并不幸福。"

对于造成人们不幸的原因,莫里认为是我们的文化在教授人们一些错误的东西。只有非常坚强的人才敢说:如果这种文化没有用,就别去接受它。建立你自己的文化,但是大多数的人是做不到的。莫里说："我也许就要死去，但我周围有爱我、关心我的人们。有多少人能有这个福分。"米奇对莫里这种毫不自怜的生活态度感到惊讶。

相互交流、相互影响、相互爱护是莫里建立的一种人类活动模式

几个星期后，米奇到伦敦报道温布尔顿网球公开赛。英国的天气很暖和，每天早上米奇会在网球场附近的林荫小道上散步，一路上经常会遇到排队退票的孩子、叫卖冰激凌的小贩。网球场外有个报刊亭，里面卖着五颜六色的各种英国小报，以及皇家新闻的八卦新闻照片。

前几次来英国，米奇跟很多人一样热衷于看这些无聊的小报。这次，米奇脑海里却出现莫里在他那幢长着日本槭树、铺着木地板的房子里，数着自己的呼吸次数，挤出每分每秒的时间陪伴他所爱之人的画面。

莫里如同他自己所说的那样，建立了自己的文化。在他患病之前，他制订了一个绿屋计划，为贫困的人提供心理治疗；他有阅读的习惯，为他的课在书中找新的思想；他经常走访同事，同毕业的学生保持联系，给远方的朋友写信。莫里宁愿将时间花在吃东西或是欣赏大自然的风景上，也不将时间浪费在电视喜剧或是周末的电影上。相互交流、相互影

响、相互爱护是莫里建立的一种人类活动模式，丰盈着他的生活。

米奇也建立自己的文化，那就是"工作"。在英国，米奇同时做四到五份新闻工作，一天在电脑上工作八小时，将报道传回美国，同时还要制作电视节目，跟着摄制组走遍伦敦的每一个地方，忙得将一切的事情都抛在了脑后。

有一天，米奇遇到了一群发疯的记者，他们正在追一个体育明星和其女友。米奇被其中一个摄影师撞倒，但摄影师只是随口说了句"对不起"就跑得无影无踪了。米奇看着摄影师脖子上挂着的巨大金属镜头，想起了莫里曾对他说过的话："许多人过着没有意义的生活。即使当他们在忙于一些自以为重要的事情时，他们也是显得昏昏庸庸的。这是因为他们追求一种错误的东西。你要使生活有意义，你就得献身于爱，献身于你周围的群体，去创造一种能给你目标和意义的价值观。"

尽管米奇是反其道而行之，但他认为莫里是对的。公开赛结束后，靠着无数咖啡挺过来的米奇，关掉电脑，清理好工作台，回到住处整理好行李，已经是深夜。回到底特律，拖着疲惫身子回到家，米奇倒在床上就睡着了。一觉醒来，看到一则爆炸性新闻，米奇供稿的报社因为工会举行罢工而关闭了。作为工会的会员，米奇没有得选择。

人生中第一次失去工作，失去工资，同老板处在对立面。工会的领头人还打电话过来警告米奇,不许同任何以前的老板联系。这让米奇感到困惑又沮丧。虽然米奇有着在电视台和电台打工的副业,但一直以为报纸是他的生命线,将报纸视为生命的氧气。

罢工事件发生后,米奇才发现原来没有他,人们生活一样照常进行。

一个星期后,米奇拿起电话打给莫里。莫里以命令的口吻让米奇去看他,相约星期二,上第一堂课:谈论世界。

Day 4 《相约星期二》

人生最重要的是
学会如何施爱于人，并接受爱

 正是世界的复杂性，决定了认识上的无限性

星期二，米奇如约来到莫里家。

莫里问起米奇报业罢工的事情，莫里对于劳资双方不能用公开谈话方式来解决罢工问题感到不理解。米奇告诉莫里，并不是每个人都像他那么明智，也并不是任何时候，人们都能理智地处理问题。正是世界的复杂性，决定了认识上的无限性。

莫里也为失去自理能力感到烦恼，并对米奇说："因为这是失去自理能力最后的界限，得有人替我擦屁股，而我在努力适应它。我会尽力去享受这个过程的。"

用一种与众不同的心态看待自己即将走向死亡的人生，

莫里认为这是必须面对的。虽然他已经不能出门购物,不能管理银行账户,不能去倒垃圾,但是他仍可以坐在家里,关注那些他认为人生重大的事情。

米奇打趣回应莫里说,要找到人生的意义关键在于不倒垃圾。莫里听后大笑,而米奇感到释然。病中的莫里,通过报纸电视新闻关心波斯尼亚大街上被枪打死的无辜受害者,他们所遭受的痛苦,就像是他自己亲身感受一样。说起这些素不相识的遇难者,莫里眼眶湿润了。这让米奇感到不可思议。从事新闻媒体工作的他也报道死人的消息,采访过不幸的家庭,但他从没有哭过。而莫里却为半个地球之外的人流泪。也许死亡是一种强大的催化剂,可以令素不相识的人报以同情的泪水。

莫里对米奇说,总有一天,他会让自己感到流泪并不是一件难堪的事情。

下个星期二,米奇又去莫里家。

虽然每次去莫里家,需要坐飞机跨越七百英里。但是每当米奇与莫里在一起的时候,他感到心情格外舒畅。在从机场到莫里家的路上,米奇不再接打电话,并对自己说:"让他们去等。"底特律的报业形势不但未见好转,还因为纠察队员同替补员工的冲突,发生了逮捕、殴打和躺在街上拦截运报车的事件,整个事件越来越疯狂。这种社会形势下,米奇和莫里的会面,像是人类善良的清洁剂。一起谈论人生、爱以及莫里喜欢的话题：同情，为什么我们的社会缺乏同情心呢？

走进莫里的书房，米奇开始观察他的病情是否有加重的症状。莫里手指还能使用铅笔，或是拿起挂在胸前的眼镜，但手已经抬不过胸口。莫里只能待在书房里一张很大的躺椅上，椅子上放着枕头、毯子和一些固定莫里日见萎缩的腿和脚的海绵橡胶。莫里身边还放了一个传唤看护人员的铃，当他的头需要挪动，或是需要上厕所时，他会摇一下铃，家庭看护人员就会进来。然而，有时候摇铃对莫里来说，都是一件艰难的事情了，偶尔没把铃摇响，莫里也会感到沮丧。

米奇问莫里，面对这样的处境，会不会感到自怜。莫里坦诚回答说，有时候会的，那是他最悲哀的时刻。当他摸到自己的身体，活动手和手指，以及一切能动弹的部位，他屡屡会为自己的肌体逐渐失去活动或运动功能而感到悲哀。随后他就会去想生活中美好的东西，想那些要来看他的人，听到有趣的事情。

莫里对米奇说："我不让自己有更多的自哀自怜。每天早上一小会，掉几滴眼泪，就完了。"

这让米奇想到那些每天早上醒来，将时间花在自怨自艾上的人，事实上如果可以控制好心态，每天几分钟的伤心后再开始新的一天的生活，那么生活的幸福感会倍增。

教师追求的是永恒,他的影响也将永无止境

第三个星期二,米奇同往常一样带着几袋食品来到莫里家,这次还带了一台索尼录音机。米奇越来越清楚地意识到,莫里看待人生的态度是和别人不一样的,他是用一种更为健康、明智的态度面对人生苦难。

这台录音机,记录下莫里的人生故事。这次米奇提出了第一次在《夜线》节目中看到莫里时想问他的问题,就是在得知自己临近死亡时,会有什么样的遗憾?是否会改变生活方式?当莫里反问米奇这个问题时,米奇摇摇头,没有说话。莫里看出米奇对这个问题的矛盾心态,说:"我们的文化不鼓励你去思考这类问题,所以你只有在临死前才会去想它。我们所关注的是一些很现实的事情:事业,家庭,赚钱,偿还抵押贷款,买新车,等等,无止境的琐事中,就是为了活下去。因此,我们不习惯后退一步,审视自己生活中的这些是否是我所需要的一切?是不是还缺点什么?"

第一期节目收视率很高,《夜线》节目对莫里又做了一次跟踪报道。这次主持人科佩尔同莫里,聊起了各自的童年。莫里回忆童年时期,八岁那年失去母亲的经历。莫里的父亲叫查理,为了逃避兵役来到美国,没受过什么教育,不会说英语,经常失业,家里一直很穷,家里基本靠救济度日。

母亲死后，莫里和弟弟大卫被送到康涅狄格州森林里的一家小旅馆。那里有好几家住在一起，但是莫里的亲戚们认为森林里有新鲜空气，对孩子们来说会有好处。从来没见过这么多绿色的莫里和大卫，在野外尽情地玩耍。有一天吃过晚饭后，兄弟俩外出散步时突然下起了雨，他们没有回家，在雨里折腾了几个小时。

第二天醒来后，大卫害怕地说，他不能动了。莫里以为淋雨让弟弟大卫得了小儿麻痹症，病好后会留下跛脚的后遗症。这让九岁的莫里感到非常的自责，每天早上到教堂去祈祷，希望上帝保佑逝去的母亲和病中的弟弟。下午，他到地铁里卖杂志，晚上把赚来的钱给家里买吃的。看着默默吃东西的父亲，莫里希望能够得到一点父亲的关心或是情感的交流，却从未得到过。这让九岁的莫里感到巨大的压力。第二年，莫里在继母伊娃到来后得到情感层面的补偿。伊娃是个矮小的罗马尼亚移民，长得很普通，却有着超人的精力。她身上像光一样的热情，温暖了莫里的家。

虽然未能逃离贫穷，但是在这样的境遇下，伊娃让莫里学会了去爱、关心和学习。伊娃将受教育视为摆脱贫困的唯一解药，莫里在伊娃的怀抱中养成了对学习的热爱。当伊娃问长大后莫里想做什么，莫里思考再三后最终选择了当一名教师。亨利·亚当斯说："教师追求的是永恒，他的影响也将永无止境。"

Day 5 《相约星期二》

人一生都会面对的五大问题,他给出了答案

一旦你学会了怎样去死,你也就学会了怎样去活

第四个星期二,莫里和米奇的课程是从讨论死亡这个话题开始的。书房里又新添了一台设备:便携式的制氧机。这是为了方便晚上莫里感到呼吸困难时,护工能把长长的塑料管插进莫里的鼻子。米奇不想将莫里同机械联系在一起,在同莫里谈话时,他尽量避免去看那台制氧机。

对于死亡的态度,莫里这样对米奇说:"一旦你学会了怎样去死,你也就学会了怎样去活。"在患病之前,莫里同大多数人一样,并没有思考死亡,莫里曾对他的一个朋友说:"我将成为你所见到的最健康的老人!"

如今他认为只有意识到自己快要死时,看待问题的眼光

才会发生大的改变。

或许你会把时间腾出来，做些满足自己精神需求的事情。何谓"精神需求"米奇说不出来，但是他明显意识到自己在这方面是有缺陷的。很多人往往为了追求并不能让自己获得满足的物质，忽视了人与人之间相互的爱护的关系，忽视了周围的世界。莫里把头扭向透进阳光的窗户。因为知道自己快要死了，自然界对莫里的吸引力就像刚出生的婴儿那样强烈。

家庭的含义，并不仅仅是爱，而是告诉别人有人守护着你

第五个星期二，米奇和莫里谈话的录音工具，已经从手提话筒改为颈挂式话筒。因为莫里无法长时间握一件东西了，颈挂式的话筒不时滑落下来，米奇只能探过身去重新别住。

米奇开启今天的话题，谈论家庭。莫里对米奇说："事实上，如果没有家庭，人们便失去了可以支撑的根基。我得病后对这一点更有体会。如果你得不到来自家庭的支持、爱抚、照顾和关心，你拥有的东西就会少得可怜。爱是至高无上的，正如大诗人奥登说的那样，'相爱或死亡'。"家庭的含义，并不仅仅是爱，而是告诉别人有人守护着你。这

种感觉，只有家庭能给予，金钱给不了，名望和工作也给不了。

对于要不要生孩子，莫里从来不告诉他人应该怎么做。在他看来"生孩子这件事情，并没有什么经验可循"。如果你想体验怎样对另一个人承担责任，想学会如何全身心地去爱的话，那么你应该要个孩子。莫里问起米奇的家庭成员时，米奇想起小他两岁的弟弟。弟弟调皮捣蛋，放荡不羁，这让米奇相信成年后的他们会有不同的命运安排。米奇的一切发展很顺，但舅舅的死使他心生恐惧，他疯狂工作，为了在癌症到来前做好准备。

米奇的担心是对的，胰腺癌，真的来了。但是癌症没有找上米奇，而是找上米奇的弟弟。米奇的弟弟像个斗士一样，同疾病作着斗争。但他坚持一个人作战，这让米奇对不能帮到弟弟感到内疚，同时对弟弟剥夺他关心的权利感到怨恨。

第六个星期二到来时，米奇跟莫里讨论感情。日常生活中，我们需要超脱地处理感情的问题。可能你时常感到孤独，却不敢哭，因为不该哭泣。有时你对伴侣会产生一股爱的激流，却不敢表达，害怕有些话说出来变成伤害。莫里对感情的态度却是截然相反。莫里认为感情不会伤害人，只会帮助人。只有从感情的困扰中超脱出来，才能进入一种安宁的境界，离开世界时才不慌张。

如果一个人找到了生活的意义，就不会再想回到从前去

第七个星期二，米奇去看望莫里时，莫里已经需要护工替他擦洗屁股了。肌萎缩性侧索硬化症已经成为莫里最隐私的、最基本的事情，米奇问莫里是如何保持乐观态度的呢？

莫里对米奇说："我是个独立的人，因此我总在同一切抗争，依赖车子、让他人替我穿衣服，等等，我有一种羞耻感，因为我们的文化告诉我们说，如果你不能自己擦洗屁股，你就应该感到羞耻。我又想，忘掉文化对我们的灌输。"

莫里对衰老并不感到恐惧，他对年龄有着自己的独特视角。他并不认同中年危机，在他看来，年轻人其实还不够明智，对生活的理解也有限。因为随着年龄的增加，你的阅历也会更丰富。可是为什么人们都向往年轻，想回到二十岁，却没有人愿意回到六十五岁呢？莫里认为，人们这种向往年轻的心理，反映了他们对生活的不满足，这背后说明他们的生活缺乏意义。如果一个人找到了生活的意义，就不会再想回到从前去，而是想往前走，想看到更多，做得更多，想去体验六十五岁后的那份经历。如果一个人不愿意变老，那么他永远不会幸福，因为人终究是要变老，谁都无法逃避。随

着年龄的增长,要学会接受现状并能自得其乐。在任何时代,年长的人回首过去,或许面对当下年轻人会产生一种竞争意识,但其实年龄是无法竞争的。

第八个星期二,米奇同莫里谈论金钱,他认为很多人因为盲目追求物质生活,而失去了最为基本的自我判断能力。生活中,总会遇到那些对新的东西充满占有欲的人,向他人炫耀自己拥有的最好的物质条件。在莫里看来,这些充满占有欲的人事实上都渴望得到爱,但因无法得到,只能通过物质来获得某种具有替代性的感受。实际上,寻求生活的意义就要回到爱,把自己的爱奉献出去,奉献给那些能给予你目标和意义的创造中去。

Day 6 《相约星期二》

怎么过好这一生，
不要等死亡来到面前才开始想

爱是永恒的情感，即使你离开人世，你也活在人们心中

莫里人生中最后一个秋天，留给世人的是积极向上的事情。每天早上，莫里还是坚持让人将他从床上抱起来，用轮椅将他推到书房，同他的书本、纸张和窗台上的木槿待在一起。莫里说："当你在床上时，你是个死人。"说句话时，莫里笑了，米奇想或许只有莫里才能笑得出来，这是一种苦涩的幽默。在莫里病重期间，《夜线》节目的制作人想再制作一档节目，打算等到莫里只有最后一口气时再来录制，这让米奇感到很生气。莫里笑着对米奇说："米奇，也许是他们想利用我增加点戏剧效果。没什么，我也在利用他们。他们可以把我的信息带给数以万计的观众。没有他们我可做不到这一点,是不是?所以,就算是让步吧米奇!"米奇看着身体每况愈下的老教授,心里有一种负罪感,提出结束最后的一堂课。老教授闭上眼,摇摇头说:"不,这是我们最后一篇论文,我们得完成它。"

于是,第九个星期二,他们选择了谈论"爱的永恒"这个话题。莫里相信自己死后不会被遗忘,他相信那么多无比亲近的人参与到他的生活。爱是永恒的情感,即使你离开人世,你也活在人们心中。

此外,莫里认为人们注意力不能集中的原因在于日常生活太过匆忙,没有找到生活的意义,所以总是在忙着寻找。很多人总是想着要新的车子,新的房子,新的工作,等到他们真正得到这些东西后,才发现所追逐的其实是空虚的,毫无意义的,于是又开始重新奔忙起来。

米奇觉得,人一旦忙起来,就很难再停下。"其实不怎么难。"莫里笑着对米奇说,当有人想超你的车的时候,你举起手挥一挥,一笑了之,让他开过去就好了。不必把时间花在"超车"这件事上,而应该把精力放在与他人的交流上。

第十个星期二,米奇带妻子詹宁一起来看望莫里,他们今天要谈论婚姻。米奇这一代人总想挣脱某种义务的束缚,因此将婚姻视作是泥潭里的鳄鱼。身边经常有朋友刚刚结婚不久，就和伴侣选择了分居生活。米奇认为他们这一代人，在婚姻问题上比起父辈更谨慎，或者说是自私。莫里说："在这个社会，人与人之间产生一种爱的关系是十分重要的，因为我们的文化中很大一部分并没有给予你这种东西。可是现在这些可怜的年轻人……并不清楚要从伴侣那儿得到什么。他们连自己也无法认清，又如何去认识他们所要嫁娶的人呢？"

莫里从自己跟夏洛特四十四年的婚姻中，得出这样的体会："你通过婚姻可以得到检验。你认识了自己，也认识了对方，知道了你们彼此是否合得来。"

爱情和婚姻也是有章可循的：如果你不尊重对方，不懂怎样妥协，彼此不能开诚布公地交流，没有共同的价值观，你们的关系就会有麻烦。相同的价值观就是：对婚姻重要性所具有的强烈信念。婚姻是一件很重要的事情，如果你没有去尝试，你就会失去很多很多。

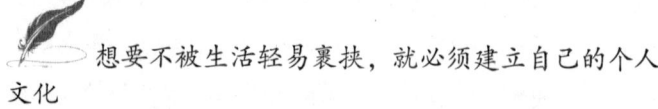想要不被生活轻易裹挟，就必须建立自己的个人文化

十月，莫里的病情逼近最后一道防线，蔓延到他的肺部。他已经预见到自己可能会窒息而死，这让米奇感到无法想象。第十一个星期二，谈论的主题是他们的文化。

莫里相信东方传统哲学：人之初，性本善。他认为人在受到威胁时，就会变得自私，只为自己的利益考虑，并因此会视金钱为上帝。而这就是我们文化的一部分。想要不被生活轻易裹挟，就必须建立自己的个人文化。

莫里建议道："我并不是让你去忽视这个社会的每一个准则。比如说，我不会光着身子去外面转悠，也不会闯红灯，这类事情上我们必须遵守法律和社会道德规范。但是在大的问题上，比如说，如何思想，如何评判，你就必须自己选择。你不能让任何人，或是任何社会替你决定。"

当米奇问莫里是否有过移民的想法时，莫里说："每个社会都有它自己的问题，用移民逃避并不是解决问题的方法。你应该为建立自己的文化而努力。"

《夜线》节目组在莫里生命最后的日子，对其进行了最后采访。采访结束时，莫里用微弱的声音对观众说：要有同情心，要有责任感。只要我们学会这两点，这个世界就美好得多。

第十二个星期二，莫里和米奇讨论的主题是：原谅。我们每个人不仅需要原谅别人，同时也需要原谅自己。原谅自己该做而没有做的事情，不应该让自己陷入遗憾的情绪中不能自拔，因为自怨自艾对自我与他人都毫无帮助。要跟自己和解，跟周围的人和解。

莫里希望死后将自己火化，这个想法得到妻子和家人的支持。莫里给米奇上的最后一课在第十三个星期二,他们谈论完美的一天。莫里死于第十四周的星期六,他的家人都在他的身边,但莫里是在家人离开房间时停止呼吸的。米奇相信莫里是有意这么做的。

Day 7 《相约星期二》

这是一堂值得每个人
都静心聆听的人生课

 完美的生活其实就是：简单过好每一天

米奇是幸运的，他遇上了一位好老师莫里。莫里在生命最后十四周，用亲身经历来教授米奇最后一堂人生课。教授死后，米奇将之撰写成《相约星期二》。在这本书中，莫里在人生的最后阶段，将自己对人生意义的思考，通过死亡、恐惧、衰老、欲望、婚姻、家庭、社会、原谅和有意义的人生等关键词，同学生米奇分享，并展开讨论。

什么是人生的重大问题？在莫里看来，它们离不开爱、责任、精神、意识等范畴。他说，今天如果我还是一个健康的人，这些还将是我要去思考的问题，它们将伴随我一生。如果还有健康的身体，莫里心中完美的一天二十四小时将怎么度过的呢？早上起床后进行晨练，然后吃一顿可口的早餐。早餐后，出门去游泳，然后邀请朋友一起吃午餐。莫里每次只请一到两位朋友，这样可以谈谈他们和家庭，生活中所遇到的问题和彼此的友情。午饭后，到公园散步，看看大自然的色彩，尽情享受大自然。晚上跟朋友一起去吃上好的意大利面食，也有可能是鸭子，因为莫里喜欢吃鸭子。吃好晚饭后，到广场去跳舞。跳到精疲力竭后回家，美美地睡一个好觉。

完美的生活其实就是：简单过好每一天。

米奇对弟弟离开家人周游世界，生病后拒绝见家人的行为，一直耿耿于怀。看出米奇心病的莫里，劝慰说："米奇，我知道不能和你爱的人在一起是痛苦的，但你应该平静地看待他的愿望，也许他是不想烦扰你的生活，也许他是承受不了那份压力。譬如我就是想要每一个我所认识的人继续他们自己的生活，不要因为我的死而毁了它。"

人与人之间的相处关系，并没有固定的模式，但需要双方用爱心来促成，给予彼此相对独立的空间，了解彼此的愿望和需求。

人生最困难的事情，就是同生活握手言和

莫里教授告诫米奇，生活中没有"来不及"，生命的最后一天，也要努力去适应各种发展变化，不逃避困难，积极面对，为建立自己的文化而努力。对莫里来说，活着就意味着与人交流，感受他人的思想。

米奇问莫里想怎么写自己的碑文，莫里说："一位终身的教师。"

他用自己的经历告诉学生们，真正让人生充实，让人生得到满足的，并不是物质上的享受，而是给予他人你应该给予的东西。比如说，你的时间，你的关心，你的爱护。这些其实并不难，莫里认为当下人最大的焦虑在于，盲目的物质追求和竞争的压力下，在向前奋进的过程中，迷失掉自己。在他最后的课程中，其一次次强调人生最重要的是爱，没有爱，我们都将是折断翅膀的小鸟。

这是一堂值得每个人都静心聆听的人生课。

莫里用朴实的言语，帮助读者以健康积极的心态去理解这个纷繁复杂的世界。只有理解世界，不逃避问题，才能与生活言和。在爱与亲情、友情中继续生活，才不容易迷失自己。只有建立自己的文化，才能不被世俗文化牵着鼻子走。

这是一堂没有分数、没有成绩和标准答案的课，因为每个人不同的人生经历，必然会产生不同的人生感受。莫里对每一个经过他课堂的人说："你说，我听。"通过彼此的倾诉与分享形成美妙的课堂氛围。生命的终点是死亡，生命的中途和终点彼此相依。学会接受爱，施爱于他人的人，终会被世界温柔以待，爱是永远的胜利者。

《流动的盛宴》
美好的令人着迷的时光

[美]海明威

人生真苦短,没那么多时间去应酬,应该把有限的时间交给自己真正需要的事情。

海明威非虚构代表作

如果你在年轻时有幸生活于巴黎

那无论你在哪里度过余生

巴黎都与你同在

因为巴黎,是一场流动的盛宴

扫码收听本书音频

MAI JIA
READING
WITH YOU

Day 1 《流动的盛宴》

巴黎是一场流动的盛宴

海明威，将自己的人生过成小说的传奇作家

《纽约时报》曾评论海明威说："海明威本人及其笔下的人物影响了整整一代甚至几代美国人，人们争相仿效他和他作品中的人物，他就是美国精神的化身。"

1920年，海明威移居到加拿大多伦多，找到一份在《多伦多星报》的工作，正式成为自由作家、记者和海外特派员。海明威以驻欧记者的身份到巴黎，于1921年同第一任妻子哈德莉结婚，定居巴黎，直到1928年离开。《流动的盛宴》，便是海明威对这期间在巴黎生活的回忆。

在感情上，海明威是个名副其实的多情浪子。他一生经历了四次婚姻，每次离婚都是因为女方不堪忍受他的花心。

第一任妻子哈德莉是在他成名前相识结婚的,哈德莉给未成名的海明威提供物质和精神支持,并给予海明威极大的信任和帮助。在海明威成名后,哈德莉忍受不了海明威的花心,最终和他离婚。始乱终弃的人注定不会专一,此后海明威经历了三段婚姻。他的最后一位妻子玛丽·韦尔什,同海明威的前几位妻子不同,因为了解海明威的花心,下定决心,不论海明威在外面怎么花心,都坚持不离开。直到海明威去世,玛丽成为留在他身边最后一位妻子,在他死后,为他整理出版了《流动的盛宴》。事实上,海明威对于女性的特殊情感,源自他在一战时期遇到的一名比自己大九岁的女护士,海明威向她求婚未果后,继而产生了怨恨之意。

关于文学风格,海明威说:"一个作家的风格应该是直接的、个人的;他作品中的形象是丰富多彩的,有人情味的;他的文字简洁有力。最伟大的作家生来具有卓越的简洁,他们是苦干者,辛勤的学者,又是胜任的风格家。"

海明威将自己的青春留在了巴黎,《流动的盛宴》是暮年的海明威所表现出的其本人对灿烂生命的向往。它打动千万读者,并不是因为海明威对巴黎往事和名人的八卦的书写,而是他对生命的态度。如泰戈尔所说:"生如夏花之绚烂,死如秋叶之静美。"在海明威的回忆中,巴黎这座城市青春且有着永恒的生命力,作品开篇这样说:"假如你年轻的时候有幸在巴黎生活过,那么你此后一生中不论去哪里,她都与你同在,因为巴黎是一场流动的盛宴。"

功成名就的海明威,对年轻时候的这段回忆,是从圣米歇尔广场的一家好咖啡馆开始的。1921年的冬天,二十二岁的海明威放弃记者的职业,同第一任妻子哈德莉来到巴黎,打算做全职的作家。秋天一过,坏天气就会不时光顾巴黎。连绵几场冬雨,使得巴黎这座城市,陷入一种沮丧的氛围中。

高大的白房子看不到顶端,走在街道上,看到只有潮湿发黑的路面,关着门的小店铺,只有卖草药的、文具店和报亭,笛尔卡街三十九号的旅馆还开着门。法国诗人魏尔伦在这个旅馆去世,同时代的作家乔伊斯也在这家旅馆住过。这家旅馆的顶层有一间是海明威的工作室。冬天屋子里很冷,彼时的海明威,没有钱买木柴生火取暖……

Day 2 《流动的盛宴》

他二十二岁辞职当作家：生活贫苦，灵魂自由

✒ 海明威将这种写作状态，比作将自己移植到一个地方去

没钱买木柴生火的海明威只能走到街的对面，抬头看雨中的屋顶，看烟是怎样冒出来的。并没有烟，海明威自我安慰，或许烟是冷的，或许室内已经烟雾弥漫，就算花钱买了燃料，屋里也不会暖和。于是，海明威继续冒着风雨前行，一直走到亨利四世公立中学，经过古老的圣艾蒂安教堂、先贤祠广场向右拐，走到圣米歇尔林荫大道背风的一边，沿着大道继续向前，经过克吕尼老教堂、圣日耳曼林荫大道，走到圣米歇尔广场上，一家熟悉的好咖啡馆。

咖啡馆让海明威感到温暖、洁净且友好，让人感到惬

意，他将淋湿的旧雨衣挂在衣架上，将他那顶饱受风雨的旧毡帽放在长椅上方的架子上后，点一杯牛奶咖啡。侍者端上咖啡后，海明威从上衣口袋拿出笔记本和铅笔，开始写作。

在这种风雨交加、寒冷的日子里，适合写《在密歇根州北部》的故事。在青少年时期，早已见过秋天将尽的景象，在一个地方写这种景象，比在另一个地方写要好一些。海明威将这种写作状态，比作将自己移植到一个地方去，在他看来，这对人和对别的不断生长的事物是一样有必要的。

在小说里，海明威写小伙子们喝酒的场景，这让他自己也感到口渴了起来，于是他点了一杯圣詹斯朗姆酒。寒冷的冬天，一杯温酒下肚，让海明威感到身心暖和，继续写下去。直到一个漂亮姑娘进来，在一张靠窗的桌子边坐下，扰乱了专注写作的海明威，他总忍不住注视姑娘，这让他感到激动，想象可以将她写到他的作品中去，看出姑娘在等人后，海明威继续开始写作。每次写完一篇小说，海明威总感到空落落的，既悲伤又快乐，非常肯定是一篇好的小说，至于好到什么程度，要第二天检查通读后才知道。

总要将工作做出一点成绩才能罢休，只有清楚下一步将要发生什么后才会停笔

巴黎冬天的到来，就是恶劣天气的到来。海明威决定离

开巴黎一段时间，或许只有离开巴黎，才能写巴黎，就像现在身在巴黎写《在密歇根北部》的故事一样。做好决定后，海明威付完在咖啡馆挂的账，抄近路冒雨赶回圣热内维埃弗山顶套房，告诉新婚妻子哈德莉他的决定。

海明威对妻子说："也许等我们回来的时候，这儿天气就晴好了。等天晴了，变冷了，就会非常好。"海明威和妻子来一场说走就走的旅行，等他们回到巴黎时，城市已经适应了冬天。

天气晴朗、凛冽且美好。大街上冬天的阳光美丽，光秃秃的树木映衬着蓝天，海明威已习惯迎着清新料峭的风，穿越在卢森堡公园被雨水洗刷过的砾石小路上。如果你有在山中待过的经历，那么所有远景，看起来都像是近在咫尺。回到巴黎的海明威，怀着愉快的心情，登上旅馆顶层工作室也成了他生活中的一种乐趣。

房间的壁炉通风，这让海明威在工作的时候，感到温暖又愉快。每天到工作室，要走很多路，加上天冷和写作，总让年轻的海明威感到饥饿。为了抵抗饥饿，海明威买柑橘和烤栗子带到工作室，还在工作室藏了一瓶从山区带回的樱桃酒。每当他快完成一篇小说或是结束一天工作时，就会喝上一杯樱桃酒。做完一天的工作后，将笔记本或是稿纸放进桌子的抽屉，将吃剩下的柑橘带回家，如果放在工作室，它们第二天就会冻结。

一天的写作非常顺利，海明威走下楼梯时心里乐滋滋的。海明威的写作习惯是：总要将工作做出一点成绩才能罢休，只有清楚下一步将要发生什么后才会停笔。这样才有把握，第二天接着写下去。海明威是一个非常会自我调整的作家，遇到写不下去的时候，他就坐在炉火前，将小橘子皮中的汁水挤到火焰的边缘，看到一缕蹿起的蓝色火焰，他就会站在窗前眺望巴黎千家万户的屋顶，一边对自己说："别着急。你以前一直这样写来着，你现在也会写下去的。你只消写出一句真实的句子来就行。写出你心目中最真实的句子。"

通过自我约束，加上些运气，海明威写作进行得很顺利，他在走下工作室楼梯时，会感到自由自在，到巴黎的任何地方信步闲游。海明威几乎每天都会到卢森堡博物馆，去看塞尚、马奈和莫奈，还有其他印象派大师的画。他们是海明威在芝加哥美术学院时熟悉的画家。从塞尚的画中，他学习到一些写作的技巧。塞尚的画让海明威明白：写简单且真实的句子，并不足以让小说具有深度，而他正在试图让他的小说具有深度。

如果卢森堡博物馆关灯闭馆，海明威就会穿过公园路二十七号，到葛特鲁特·斯泰因小姐那套带工作室的公寓去。斯泰因小姐的教诲影响海明威的创作，在同海明威的交谈中提出"迷惘的一代"的说法。

在巴黎，那些没钱买书的日子，海明威就到奥德翁剧院路十二号的图书馆和书店中读书，在他的记忆中，莎士比亚图书公司，是一个温暖且惬意的地方。

Day 3 《流动的盛宴》

真正的富有，
是你内心的安宁

当冷雨不停地下，扼杀春天的时候，海明威感到像是一个年轻人毫无道理地夭折了一样

年轻时，穷困的海明威住在勒穆瓦纳红衣主教路七十四号，一个穷得不能再穷的地区。从勒穆瓦纳红衣主教路的尽头走到塞纳河有很多条路。海明威在写作间隙，经常到塞纳河边散步。城中岛的西端，是新桥南面亨利四世雕像的所在地，它让小岛变得像一个尖尖的船头，临水的地方有个小公园，公园里长着优美高大、枝叶纷披的栗树。塞纳河中形成的急流和回流水处，有很多适合垂钓的地方。垂钓的人钓到最多的是鲌鱼，而吃鲌鱼最好的地方，海明威在书中推荐的是在下默东的一家建筑河上的露天餐厅，当海明威有钱出游

的时候，就会到这里。

在天气晴朗的日子里，海明威会买一升葡萄酒、一块面包和一些香肠，坐在阳光下看新买的书，看塞纳河边钓鱼的人。最适合钓鱼的地方是夏朗通，因此，其东西两岸都是垂钓者。海明威没有去钓鱼，有两个原因：一是他没有钱买钓具，二是他不知道自己的写作什么时候可以告一段落，也不知道什么时候不得不出门，因此不想让自己沉迷于钓鱼不能自拔。能够从观察钓鱼中学到一些相关知识，这让海明威感觉良好。在巴黎有很多人爱好钓鱼，这是一项健康且认真的活动。看到他们把钓到的鱼带回家，海明威感到很快乐。

巴黎天气多变，一夜春风来，将春天带到城市中。有时忽然一阵寒冷的大雨，又将春天吹走。这让人感到似乎就那么快地失去一个季节。海明威认为巴黎这样的天气是违反自然的，这让人感到悲凉。当冷雨不停地下，扼杀春天的时候，海明威感到像是一个年轻人毫无道理地夭折了一样。然而，春天总是会来临。

饥饿是一种良好的锻炼，可以从中学到东西

那时候的他和妻子都觉得很快乐，能够从写作中得到满足，并没有因为贫穷感到困扰。有时他们甚至认为自己是高人一等的，看不起那些认为自己富有是理所当然却不被他人信任的有钱人。

妻子建议海明威一起去看赛马,自带午餐和酒水,为了省钱建议坐火车去。海明威虽然手头拮据,还是接受了妻子的建议。幸运地在赛马场赢了一笔钱,海明威将钱悄悄地留了一半,作为以后看赛马的本钱。晚上回去时,途经卢浮宫,海明威夫妇走到街对面,倚在石栏桥上,看着桥下的流水。海明威和妻子望着眼前的一切:我们的这条塞纳河,我们这座城市和我们这座城市里的孤岛。夫妻二人沿着教皇路,走到雅各布路的拐角,不时停下看橱窗里的画和家具。

经过米肖餐厅时,他们感到兴奋,这是一家对当时贫穷的海明威来说非常昂贵的餐厅。爱尔兰作家《尤利西斯》的作者乔伊斯,便是时常带着家人光顾米肖餐厅的。站在餐厅的门口,海明威问妻子是否感到饿了。妻子回答说:"我不知道,塔迪。饥饿有很多种类。逢到春天,种类就更多了。但是现在饥饿已经过去,记忆就成了饥饿。"于是,海明威跟妻子进了米肖餐厅,美美地吃了一顿。半夜醒来,看到窗外月光照在高耸的建筑屋顶,饥饿感又悄然袭来。挥之不去的饥饿感让海明威一直想不出所以然来。

年轻的海明威觉得一切,包括贫穷、意外之财、月光、是与非和月光边睡在身边的人,都是那么简单。

那年开始及往后的几年里,海明威在巴黎的日子,基本上都是结束一天的工作后跟妻子哈德莉一起去看赛马。巧合的是，当时海明威所有手稿都意外丢失，只有一篇关于赛马的短篇因为在邮寄途中得以保存了下来。后来赌马花去了海明威太多的时间，他不得不结束这项副业，放弃赛马这一爱好。放弃赛马既让海明威感到高兴，也让他感到空虚。海明威将赌马的本钱存到积蓄中，积蓄变多，让他感到轻松且快乐。

在巴黎，如果吃不饱，就会感到饥肠辘辘。那时的海明威，还没有写出一部有出版社愿意出版的作品，又放弃了记者的工作。穷得没钱吃饭的海明威，跟妻子说有朋友在外面请吃午饭。实际上是一个人到卢森堡公园，因为从天文台走到沃日尔格，不会经过餐厅和面包店，一路上闻不到食物的味道。

一路走过去，如果肚子确实饿得慌的话，会觉得那些名画在眼中，显得更加的鲜明、清晰和美丽了。饥饿感让海明威对塞尚的画，有了更深刻的理解，顿悟了塞尚是如何创作风景画的，应该是在他饥饿的时候。塞尚的饥饿是因为忘了吃饭，而海明威的饥饿是因为穷。

放弃新闻记者，全职投入写作是海明威自愿的。他安慰自己说，饥饿是有益健康的，饿的时候看画会更清晰。饥饿是一种良好的锻炼，可以从中学到东西。为了能够按时吃上饭，海明威非常清楚地知道自己必须写一部长篇小说。虽然对当时的他来说这是一件很困难的事情，但是也是唯一要做的事情，除此别无选择。穷到没有钱吃饱饭的海明威，格外清醒地知道：现在的他必须做的一切，就是保持身体健康和头脑清醒，直到早晨来临，开始继续写作。

Day 4 《流动的盛宴》

在自己的节奏里，过好这一生

海明威和同时代的年轻人对没有参加过大战的人，一概不信任

位于巴黎蒙巴纳斯街上的丁香园咖啡馆，是在海明威当时住所附近的一家咖啡馆，也是巴黎最好的咖啡馆之一。它一度是诗人们定期聚会的地方，最后一位露面的主要诗人是保罗·福尔，法国象征主义诗人，海明威并没有读过他的作品。在丁香园，海明威唯一见过面的诗人是瑞士的法语诗人布莱斯·桑德拉尔，当时他的脸上还残留着被拳击手重击过的伤痕，没受伤的手上拿着卷烟。没有喝醉酒的桑德拉尔会是很好的朋友，听他说谎比听许多人讲真实的故事都有意思。

丁香园的老顾客大多上了年纪、留着胡须，穿着旧且讲究的衣服。他们互相关心，关心喝的什么酒、咖啡、泡制的什么饮料和那些夹在报夹中的报刊，没有人在这里炫耀自己。海明威和同时代的年轻人对没有参加过大战的人，一概不信任。人们对桑德拉尔炫耀自己在战争中失去一只胳膊的行为非常反感。

一天傍晚，海明威坐在丁香园外面的一张桌子上，正看着林荫大道走过的马群出神时，身后咖啡馆的门打开了，从他的右边走出一个男人，走到他桌边的位子上，说："啊，原来在这里。"原来是英国小说家、评论家和编辑福特·马多克斯·福特。他透过浓密的染色八字胡喘着粗气，身子挺得笔直，看上去像个包装得很好的倒置大酒桶。福特边坐下边问海明威："可以跟你坐一起吗？"海明威并不是很高兴，尤其福特对咖啡馆侍者粗鲁的表现，让他感到难以容忍。海明威只能回想埃兹拉·庞德和他说过的话：我决不能对他粗鲁，我必须记住，他只是在很疲惫的时候才说谎，但他确实是个好作家，而且遭遇过很多的家庭烦恼。

戒掉赛马爱好后的海明威，将所有时间用在写作上。每天清晨醒来，几本蓝色笔记簿、两支铅笔、一把卷笔刀和一张大理石的桌子，就是他所需的一切。有段时间他写得很顺利，可以把乡间的田野写得给人以身临其境的感觉。当海明威写到投入的时候，忽然听到有人说："嗨，海明威，你想干什么？在咖啡馆里写作？"写作思路及灵感就这么被打断，海明威不得不合上笔记簿，这对他来说是一天发生的最倒霉的事情。如果能够忍着不发脾气是最好的，可是年轻的海明威还是控制不住自己的脾气，说："你这臭小子不在你玩腻的地方待着，到这里来捣什么鬼？"虽然巴黎也有别的咖啡馆可以写作，但是要走很远的路，就近的丁香园咖啡馆一直是海明威写作的根据地。也许离开是明智的举动，但年轻气盛的海明威认为被人撵出丁香园是件丢人的事情。

来人并不理会海明威的怒气，坐在他邻桌的是一个又高又胖、戴着眼镜的青年人。这个人点了一杯啤酒后坐了下来。海明威试着不理会他，继续自己的写作。可高胖的青年人却像个评论家一样，开始评论海明威的作品太过简略。海明威接受了高胖青年人的建议，说以后会写得丰满一些，并请他以后不要在他工作的时候到咖啡馆来。青年人同意了海明威的要求，答应尽可能不到咖啡馆。

这些人物映射出穷困的海明威对食物和酒的渴望

辛勤写作一天的海明威，傍晚时分会离开锯木厂楼顶的套间。从门对面蒙巴纳斯林荫大道的面包房的后门，闻着烘炉的面包香穿过店堂，走到街上。此时街上已经被暮色笼罩，对外面的人来说，一天已经结束，独自一人走在街上的海明威，在图卢兹黑人餐馆外面停了下来，当天的特色菜什锦砂锅，让他觉得肚子饿。

二十五岁的海明威，因为穷困，每天只能勉强吃两顿饭，少吃一顿饭让海明威经常有着饥饿感。这种饥饿感可以让人所有的感官变得敏锐，海明威才发现他笔下的人物很多都胃口极好，并且对食物有着极大的爱好和欲望，大多数都期待能喝上一杯。从雅仕咖啡馆开始往回走，经过穹庐咖啡馆时，海明威满怀着骄傲之情，走过聚集在咖啡馆的人群，在心里嘲笑他们的恶习，跨过林荫大道，来到了圆顶咖啡馆。傍晚时分的圆顶咖啡馆里，挤满了忙完一天工作的人们。

这天，海明威遇上画家帕散正和他的两个女模特一起，帕散招呼海明威过来坐，主动请他喝酒，并大方地将身边一个黑皮肤的女模特留给海明威做伴，喝完酒之后，邀请海明威一起去吃晚饭。海明威想到家里的妻子和儿子，拒绝了帕散的邀请。海明威眼中的帕散像是十九世纪九十年代百老汇舞台上的人物，并不像是一位受人喜欢的画家，这大概是他的本色。

"人家说我们将来会干些什么，其种子就在我们心中，但是我始终以为那些在生活中爱开玩笑的人心中，种子上覆盖的是优质泥土和高级肥料。"这是海明威对帕散的看法，也是为才华横溢、生活作风糜烂的自己找一个心安理得的理由。

美国现代派诗歌大师埃兹拉·庞德是海明威的好朋友，埃兹拉是个热心人，通过埃兹拉，海明威加入"才智之士"的组织。其目的是将英国诗人艾略特从他工作的银行解救出来。大家捐献出来的基金，使他有了钱，这样，艾略特就能有足够的时间写诗。海明威却表现很糟糕，他最终将决定给"才智之士"的捐款，拿到昂吉安赛马场，赌马输掉了。还自我安慰说，如果他下注赢了钱，那么就能捐更多的钱给"才智之士"。

Day 5 《流动的盛宴》

成年人的友谊，需要保持距离

> 斯泰因小姐跟所有的男性朋友吵过架又言归于好，只为了显得不那么妄自尊大

葛特鲁特·斯泰因小姐曾经是海明威亲密的朋友，一度充当过他的文学导师，最后却用一种在海明威看来是奇特的方式分手。在巴黎时，海明威帮助斯泰因小姐做过很多事情。海明威同斯泰因小姐，本来有机会成为更好的朋友。但是海明威觉得跟显贵的女人交往，对男人来说不会有多大的前途，因此他开始以不知道斯泰因小姐是否在家为借口，不再顺道去公园路二十七号。斯泰因说："可是海明威，你在这个地方有任意出入的自由，难道你不知道？我说的是真心话，什么时候来都行。"

但海明威没有过度使用斯泰因小姐给他的这个自由,偶尔顺道拜访时,斯泰因小姐的女仆会给他倒一杯酒,海明威会在那里欣赏油画。如果斯泰因小姐不回来,海明威便向女仆致谢,留下口信后离开。不知道如何拒绝斯坦因小姐邀请的海明威,已经学会一套不去拜访的方法。就是先答应别人的邀请,当天又找借口说去不了。很久之后,画家毕加索告诉海明威,只要有钱人请他去,他从不拒绝,这样总会使得对方很高兴。

最后一次去斯泰因小姐家,海明威清楚地记得是个明媚的春日,他从天文台广场穿过卢森堡公园。还没按门铃,女仆就把门打开,让海明威到屋里等着,说斯泰因小姐随时会从楼上下来。还不到中午,女仆就倒了一杯白兰地给海明威,还快乐地对他眨眼睛。无色的烈酒的口感对海明威来说是极佳的,酒香还留在海明威嘴里,他听到有人跟斯泰因小姐说话,这个声音是海明威之前没听到过的,接着传出斯泰因小姐恳求的声音。

海明威一口气喝完杯子里的酒,放下酒杯就朝门口走去。女仆摇摇手低声说:"别走,她马上要下来了。"海明威决定溜之大吉,说:"请你这么说,我到了院子,见到了你。说我不能等待,因为一位朋友病了。替我祝她们一路顺风。我会写信给她的。"

对海明威来说,就这么了结了他和斯泰因小姐的交往。

看穿不说穿是一种修养

一个下午,海明威在埃兹拉的工作室遇到了欧内斯特·沃尔什,一个得了肺痨、注定要死的人。海明威眼中的沃尔什长得黑黑的,是个热情认真的人,有一种无懈可击的爱尔兰人气质。

这次见面之后,海明威从埃兹拉那里听到一些关于沃尔什的消息,说他在几个仰慕他的年轻诗人帮助下摆脱困境,获得一份资助。作为编辑之一,沃尔什跟当时的朋友合办新的杂志,名曰《日晷》杂志。该刊对外传出消息称,他们将颁发一项年度奖金,额度为一千元,用来奖励在文学创作上取得成就的作家。当时的欧洲,两个人一天花五块钱就能生活得很舒适,还能出去旅行。沃尔什是季刊的编辑之一,据说出齐第一年的四期时,就会将一笔十分可观的奖金授予最佳作品的撰稿人。

海明威在听到消息后不久,沃尔什请他到圣米歇尔林荫大道的一家最贵的餐厅去吃午饭。先是聊共同的朋友埃兹拉,沃尔什说他是个伟大的诗人。接着又聊起乔伊斯,沃尔什评价乔伊斯是个了不起的人。最后沃尔什说到海明威的作品,并告诉他要得奖的事情。这让海明威感到恶心,心想沃尔什你们这些骗子,想用肺痨来骗我。沃尔什用自己死亡来欺骗别人以便维持生活的行为，让海明威感到非常的气愤，他直接戳穿了沃尔什的谎言。

很久之后的一天，海明威遇到乔伊斯，乔伊斯刚独自看了一场日戏，沿着圣日耳曼林荫大道走来，虽然他的眼睛已经看不清演员，但是他喜欢听他们念台词。乔伊斯邀请海明威一起喝一杯，于是两人到了双猕猴咖啡馆，点了干雪利酒。尽管在一些关于乔伊斯的文章中都说他爱喝的是瑞士白葡萄酒。两人聊起沃尔什，海明威评价说："一个某某人活着等于一个某某人死了。"对于沃尔什同样承诺过他获奖的事情，乔伊斯让海明威就此打住，不要再去问。看穿不说穿是一种修养。

完全没有野心的作家与真正好的没有发表的诗作是当前我们最缺乏的东西

自从发现西尔维亚·比奇图书馆后，海明威开始大量地阅读俄罗斯作家的作品，先是阅读屠格涅夫的所有作品。海明威在到巴黎之前，别人对他说凯瑟林·曼斯菲尔德是个优秀的短篇小说家，在读过契诃夫的小说后，再去读曼斯菲尔德的作品，海明威觉得像听一个老处女精心编造的故事，而契诃夫的作品则像是出于一个善于表达且洞察人生的内科医生。

在海明威眼中，曼斯菲尔德的作品像是一杯淡啤酒，不如喝白开水，而契诃夫的作品除了像水一样明澈，有一些短篇还像是新闻报道。在陀思妥耶夫斯基的作品中，则有些可信或不可信的东西，但是他的作品写得真实，读着读着会改变读者；人性中的脆弱、邪恶和圣洁，赌徒似的疯狂，任由读者自己去了解。这让海明威发现了一个新世界，这些宝藏可以在旅行中随身携带。有一天海明威同埃兹拉谈起对陀思妥耶夫斯基的看法时，埃兹拉回答说，他从来不看俄国作家的作品。这让海明威感到难过，埃兹拉是他所喜欢且信任的评论家，他教会海明威不要依赖使用形容词。埃兹拉建议海明威集中精力阅读法国作家的作品，因为可以从中学习到很多东西。

从埃兹拉工作室回家后，海明威遇到了埃文·希尔曼，他也是美国作家。两个人一起喝酒时，再次聊起了俄国作家，埃文认为《战争与和平》是一部伟大的作品，值得反复阅读。多年后海明威仍然回忆起他们聊天的场景和对话。

埃兹拉离开乡村圣母院前，留下一瓶鸦片交给海明威保管，让他在美国诗人邓宁需要的时候拿给他。邓宁是个诗人，热衷于创作传统的格律诗，又不求发表。他的诗博得埃兹拉的好感，埃兹拉让他住进了工作室，方便在其濒危时照顾他。邓宁有吸鸦片的习惯。埃兹拉离开工作室时，请海明威帮忙照顾他，在邓宁难受时拿鸦片给他。海明威送鸦片过去，邓宁却将瓶子朝海明威扔了过去，还用脏话辱骂了海明威。最后，海明威不得不捡起摔破的鸦片瓶离开。事后，海明威想或许邓宁是将他当成特工或是警察，才会那么对待他。

海明威始终希望邓宁可以成为一位优秀的诗人。但是这中间有着很多的问题，海明威感到不解。埃兹拉有一次对海明威说："完全没有野心的作家与真正好的没有发表的诗作是当前我们最缺乏的东西。当然，这里存在维持生计的问题。"

Day 6 《流动的盛宴》

控制好自己的情绪，
才能控制好自己的人生

菲茨杰拉德的嘴在熟识之前，让人觉得烦恼，熟识后更加烦恼

当海明威在巴黎遇见司各特·菲茨杰拉德时，后者已经是位成名的作家。奠定菲茨杰拉德在美国文学史地位的作品，正是他在1925年出版的《了不起的盖茨比》。那天海明威正在德朗布尔路丁戈饭店的酒吧间，跟一些他看来毫无价值的人坐在一起。菲茨杰拉德走进来时，身边跟着一位身材高大、和蔼可亲的男人。菲茨杰拉德自我介绍后，向大家介绍了身边的男人，是当时著名的棒球投手邓克·查普林。海明威虽然不关注普林斯顿的棒球赛，但相比菲茨杰拉德，他更喜欢从容不迫且友好的邓克。

一直想结识菲茨杰拉德的海明威,对于这次的相遇感到非常的奇妙。在他眼中的菲茨杰拉德看起来像个孩子,一张介于英俊与漂亮之间的脸。最让人感到有魅力的是他的金发和嘴。

菲茨杰拉德的嘴在熟识前,让人觉得烦恼,熟识后更加烦恼。缘由是每次和菲茨杰拉德在一起时,他总是一直不停地说着关于海明威作品如何了不起的话,这让遵从旧思想的海明威感到窘迫。因为当时的人们认为,当面的恭维是公开的羞辱。好不容易菲茨杰拉德停下他的演讲,但又开始对海明威提问,这让海明威无法回避。

后来海明威发现,菲茨杰拉德之所以会提出一些让人觉得尴尬的问题,是因为他认为小说家可以通过直接向他的朋友或熟人提问,从而获得他需要知道的东西。

已经连续喝了两瓶香槟酒的菲茨杰拉德问海明威:"别犯傻了,这是认真的。告诉我,你跟妻子在你们结婚前一起睡过吗?"对于这样的提问,海明威并不想直接回答。海明威注意到菲茨杰拉德说这些话时,一直在冒汗,汗是从他的嘴唇上沁出来的。

当海明威再次把目光回到菲茨杰拉德脸上时,发现他脸上的皮肤似乎全是绷紧的,脸上的赘肉全部消失,最后变得像个骷髅头一样。两只眼睛开始凹陷,脸上失去血色,嘴唇抿得紧紧的,脸上呈现出蜡黄的颜色,像是快要死去的人一样。海明威强调说,这并不是他凭空想象。海明威立刻对邓克说,要不要将菲茨杰拉德送到急救站去。邓克告诉海明威,菲茨杰拉德喝了酒就会这样子,将他送回家就好了。几天后,海明威在丁香园遇到菲茨杰拉德时,表示对于在丁戈酒吧让他喝醉犯病的事情感到抱歉。可是菲茨杰拉德却已经完全不记得当天的事情了。这次相遇,两个人聊得很投缘,菲茨杰拉德让海明威阅读他的新作《了不起的盖茨比》——等他从别人手里要回仅有的一本后,就拿给海明威看。

 写作对他来说成了一件美妙的事情

菲茨杰拉德从他的编辑马克斯韦尔·珀金斯那里得知,《了不起的盖茨比》销量并不很好,但是得到极高的评价。珀金斯是美国斯克里布纳出版公司的天才编辑,经过菲茨杰拉德的介绍,他也成为海明威的编辑,帮助海明威出版了成名作《太阳照常升起》。

这次在丁香园咖啡馆的相遇,海明威仔细观察了菲茨杰拉德,他没有提出令人难堪的问题,也没有做出任何难堪的事情,举止行为完全是个正常、明智且可爱的人。菲茨杰拉德告诉海明威,他的妻子珊尔达因为巴黎的天气不好,将他们的雷诺牌小车放在里昂。菲茨杰拉德询问海明威是否愿意陪他一起到里昂,然后一起开车回巴黎。当时正值暮春时节，海明威想此时的乡野应该正是一片大好春光，便答应了菲茨杰拉德的邀请，两人一起到里昂旅行。对于这次旅行，海明威颇为热心，认为自己肯定能从菲茨杰拉德那里学到很多有用的知识。在丁香园时，菲茨杰拉德曾告诉过海明威，他是如何写出那些他自认为好的短篇小说的，对于那些对《星期六晚邮报》来说好的作品，发表之后他再改写投到杂志社。

这样的做法让海明威感到震惊，但是菲茨杰拉德说他必须这么做，必须先从杂志社赚到钱，才能进一步写出好的作品。海明威不相信一个人可以想怎么写就怎么写，还能不断送自己的才华。但是菲茨杰拉德说，他是一开始先写出好的作品，然后再改动，这对他并不会有什么害处。海明威想说服菲茨杰拉德不要这么做，则需要有一部长篇小说来支撑自己的信念，可惜当时的海明威还没有一部能拿得出手的长篇小说。

不过他已经开始打破原有的写作方式，放弃一切的技巧，用塑造来代替描述，写作对他来说成了一件美妙的事情。这样的写作非常的困难，经常要辛苦地劳作一上午。

妻子哈德莉为海明威的这次旅行感到非常高兴，虽然哈德莉心目中的好作家并不是菲茨杰拉德，但是海明威能放下工作去休息一下，在她看来也是件好事。

巴黎始终是巴黎,而我们会随着"她"的改变而改变

里昂旅行结束,回到巴黎一两天后,菲茨杰拉德给海明威送来他的新作《了不起的盖茨比》精装版。读完后,海明威非常想成为对菲茨杰拉德有帮助的朋友,坚信他还能写出一部更优秀的书来。那时海明威并不认识菲茨杰拉德的妻子珊尔达。之后某一天,菲茨杰拉德邀请海明威到他在蒂尔西特路十四号的公寓中和他的妻子珊尔达以及小女儿一起吃午餐。

海明威之所以评价珊尔达是毁了菲茨杰拉德的人,大概是因为从第一次见面时就有不好的印象。海明威不记得套房摆设是什么样子,只是记得房间阴暗且不通风,除了菲茨杰拉德几部用浅蓝色装订起来的早期作品外,房间里几乎没有什么是属于他的东西。

头天夜里夫妻二人去蒙马特尔参加晚会,因为菲茨杰拉德不想喝醉,跟珊尔达发生了口角。菲茨杰拉德告诉海明威,他决定要努力写作,不想再喝酒了,但是妻子抱怨他不能陪她参加通宵达旦的聚会。珊尔达对海明威和哈德莉的到来,表面上很和蔼可亲,实际上心不在焉。她对菲茨杰拉德和海明威到里昂的旅行表示出嫉妒,甚至还嫉妒菲茨杰拉德的作品。

海明威在和这对夫妻熟识后,发现他们之间一个不变的模式:只要菲茨杰拉德决心不去参加各种通宵达旦的酒会,每天坚持有规律地写和锻炼,妻子珊尔达就开始抱怨,拉着菲茨杰拉德去参加热闹的酒会。两人开始往往会激烈争吵,而后又和好,周而复始,直到菲茨杰拉德死去,也没有再写出一部超越《了不起的盖茨比》的作品。

1926年,海明威在珀金斯的帮忙下,出版了《太阳照常升起》,并取得不错的反响。总算熬出头的海明威结束了在巴黎的生活,也结束了第一段婚姻。巴黎对晚年的海明威来说,再不会像往昔一样。巴黎始终是巴黎,而我们会随着"她"的改变而改变。

Day 7 《流动的盛宴》

让海明威终生难忘的文学之旅，还原了一场文学的盛宴

> 在一个奢华浪费的年代，我希望能向世界表明，人类真正需要的东西是非常之微妙的

海明威曾说："我始终相信，开始在内心生活得更严肃的人，也会在外表上开始生活得更朴素。在一个奢华浪费的年代，我希望能向世界表明，人类真正需要的东西是非常之微妙的。"

《流动的盛宴》写于海明威生命的最后几年，是他对年轻时巴黎生活进行回忆的随笔。至于海明威的回忆，是否存在虚构的部分，其本人在作品的序言中表明，或许可以把《流动的盛宴》理解为一部小说，但书中的人物又真实存在过。

1921年海明威同哈德莉结婚，定居巴黎；1927年因为第二任妻子波琳的介入，海明威同哈德莉离婚并离开了巴黎。在这段岁月里，不论是写作状态，还是友情和爱情，对海明威来说都是最美好的。尽管在《流动的盛宴》中，看到来火车站接自己的妻子哈德莉时，海明威由衷感慨：我想我情愿死去，也绝不会爱上除了妻子以外的女人。

第二任妻子波琳不仅出身高贵，还是时尚杂志的编辑，婚后让海明威过上悠闲的生活，除了写作之外，还可以到非洲狩猎，到西班牙看斗牛。波琳还为海明威生下两个儿子，但在她怀孕期间，海明威再次婚内出轨。海明威还理直气壮地指责波琳破坏了他和哈德莉的婚姻，这是她罪有应得。《永别了，武器》中凯瑟琳死亡的情节，灵感就来自他和波琳这段感情刚开始时的经历。

海明威的第三任妻子玛莎是20世纪美国最伟大的战地记者之一。在自传《我与另一个人的旅行》中玛莎说："我的人生不是任何人的注脚。"两人相识于1936年，当时海明威已经是成名的作家，玛莎只是出过两本书的新人作者。海明威为了追求玛莎，说自己正组织一批记者、作家做战地报道。但玛莎并没有依靠任何人，只身前往西班牙战场，写出第一篇战地报道，这也让她开始小有名气。

玛莎是个事业型的女性，不同于前两任妻子对海明威盲目地崇拜和无底线地忍让。婚后，玛莎面对评论家对她"海明威夫人"身份的嘲笑,她调整心情,独自到芬兰战场,写出作品《丽安娜》,受到评论家的一致好评,甚至夸她塑造的女性角色超过海明威。这样的评论让大男子主义的海明威感到不满。1948年,玛莎同海明威离婚,海明威同年又与战地记者玛丽结婚。玛丽是陪伴海明威时间最长的妻子,或许是因为玛丽的容忍,或许海明威老了,需要人照顾。尽管两个人结婚后仍是争吵不断,但是玛丽依然没有离开海明威。

每个成功的人,都有一段沉默而努力的时光

真正让海明威开始反思自己的过去,是其第二任妻子波琳去世后,儿子格雷戈因变性手术而进了监狱。格雷戈在狱中写信指责海明威害死了自己的母亲。海明威开始进行反思时,想得最多的并不是第二任妻子,而是第一任妻子哈德莉。在《流动的盛宴》中海明威深情地写道:"我爱她,我并不爱任何别的女人,我们单独在一起度过的是美好的令人着迷的时光。"

不过海明威后一句写的却是:"我写作很顺利,我们一起进行过几次非常愉快的旅行,但是我们在暮春时分离开山区回到巴黎,另外的那件事情重新开始。"这里所写的另外的事情,指的是他和第二任妻子波琳的恋爱仍在继续进行。

我们对于海明威的情感世界,不必做过多探究。但正是因为他自己所述的回忆,让我们看到海明威"铁汉"形象背后的"柔情"。

《老人与海》体现出的是海明威文学成就的高度,而《流动的盛宴》则映照出海明威复杂的一生。当晚年的海明威在疾病中回首过往时,他所写下的巴黎岁月也是缠绕其一生的甜蜜的梦。同时也是海明威对于自己创作成就的总结:想要写得好,就要不停地写。

麦家陪你读书(第一辑)

《我想要的人生》

《写给世间所有的迷茫》

《做简单的自己》

《一切都来得及》

荐书人

深蓝蓝　慕　榕　竹　子　momo
文　苑　慧　清　陈不识　妍　诺
无患子　路雨生　三尺晴　琴萧陌
驿路奇奇　竹露滴清响　盐系少女
恪慕容　北　坡　贰　九